LOUIS ROUSSELET

LE

CHARMEUR DE SERPENTS

OUVRAGE

Illustré de 68 gravures dessinées sur bois

Par A. MARIE

PARIS

LIBRAIRIE HACHETTE ET Cᴵᴱ

79, BOULEVARD SAINT-GERMAIN, 79

LE
CHARMEUR DE SERPENTS

PARIS. — IMPRIMERIE E. MARTINET, RUE MIGNON, 2.

LOUIS ROUSSELET

LE

CHARMEUR DE SERPENTS

OUVRAGE

Illustré de 68 gravures dessinées sur bois

Par A. MARIE

PARIS

LIBRAIRIE HACHETTE ET Cie

79, BOULEVARD SAINT-GERMAIN, 79

1879

A MON AMI TONY

Il marchait lentement.

LE
CHARMEUR DE SERPENTS

CHAPITRE PREMIER

Sur les bords du Gange.

Le jour allait se lever. Déjà de vagues lueurs estompant
les contours de l'horizon annonçaient l'approche de
l'éblouissant soleil de l'Inde. Les étoiles s'éteignaient une
à une ; seule la superbe Croix du Sud semblait vouloir
encore lutter avec l'astre naissant.

L'air pur et frais n'était troublé par aucun bruit. La
jungle où retentissaient encore tout à l'heure les joyeux
appels des chacals et les sinistres ricanements des hyènes,

la jungle était silencieuse. Ses hôtes farouches se hâtaient de regagner leur demeure, et çà et là des ombres furtives glissaient rapidement au milieu des broussailles.

Un silence absolu marque toujours le court moment qui sépare seul, dans l'Inde, la nuit la plus noire du lever complet du jour. Ici point d'aube prolongée, point de lente transition; lorsque les premiers rayons ont embrasé le léger manteau de nuages qui sert d'avant-garde au soleil, alors seulement la nature se réveille et semble sortir de l'épouvante où l'ont plongée les terribles dangers des ténèbres.

Le singe sacré, le langour, que les anciens Brahmanes appelaient le Tchoubdar de Sourya (l'huissier du soleil), le langour salue le premier l'astre d'un *hou* guttural et prolongé. A son cri, comme à un appel magique, le bois résonne de mille cris et le soleil se lève au milieu d'un étourdissant concert.

Mais aucun bruit n'avait encore retenti. La plaine nue, immense, s'étendait toujours sombre et silencieuse; seul un être humain, un vieillard, s'avançait péniblement suivant le chemin qui serpente le long de la rive droite du Gange. Son corps était courbé sous le poids de deux larges paniers, que, selon la coutume indienne, il portait balancés à chaque extrémité d'un long bambou flexible.

De temps à autre, le vieillard s'arrêtait et reposait un instant son fardeau sur le sol. Se redressant alors, il semblait interroger anxieusement l'horizon. Les premières lueurs de l'aurore éclairant d'un ton rougeâtre son corps bronzé, décharné, à demi couvert de haillons, donnaient au voyageur une apparence étrangement fantastique. C'était sans nul doute quelque mendiant courant les routes, et cependant ses traits amaigris, encadrés par une barbe longue et blanche, avaient un caractère de hautaine fierté, digne plutôt du pontife d'un des rites mystérieux qui se partagent la vaste péninsule hindoue.

Pontife ou mendiant, le vieillard avait dû fournir une longue course, car il semblait exténué de fatigue, et son fardeau lui arrachait de fréquents gémissements.

Il marchait ainsi lentement, suivant la berge qui surplombe le Gange, lorsqu'il se trouva tout à coup devant un ravin profond, sorte de crevasse qui, partant du fleuve, s'avançait assez loin dans les terres. La route, simple chemin de bateliers, ainsi interrompue, avait dû, faute d'un pont, contourner le ravin dont le fond était couvert d'une eau croupissante et encombrée de végétation. Cependant la crevasse n'avait que quelques mètres de largeur, l'eau paraissait peu profonde, et un sentier à peine tracé montrait que plus d'un voyageur pressé ne s'était pas laissé arrêter par un si mince obstacle.

Notre inconnu n'était sans doute pas de cet avis, car la vue du ravin lui arracha un cri de désespoir, et, laissant glisser ses paniers sur le sol, il se mit à se lamenter.

« Par ma divine mère Parbati, s'écria-t-il, je n'atteindrai donc jamais le but de mon voyage! Depuis que le soleil a disparu, je chemine le long du Gange, Sri Ganga! et sa lumière va reparaître sans que j'aie pu trouver un gîte pour moi et mes compagnons. Au carrefour de la route de Cawnpore, j'ai aperçu un brahmane qui lisait ses *slokas* [1] devant le *déota* protecteur du chemin. Je me suis approché et lui ai demandé humblement la permission de réchauffer mon corps transi de froid près du feu flambant devant l'autel. Mais il m'a répondu d'un air superbe : « Va-t'en, Nât impur, ton contact souillerait la flamme destinée au divin Karticeïa. » Cet homme ignorait mon pouvoir; je pouvais le pu-

---

1. Les textes sacrés de l'Inde sont divisés en *slokas* ou versets.

nir, mais j'ai eu pitié de lui. Et depuis, je marche sans trêve, et me voilà maintenant arrêté pour ma perte par cette maudite *nullah* [1], alors que j'aperçois là-bas un toit hospitalier. O Siva! inspire ton serviteur. Puis-je confier mon corps débile à ces sombres eaux, asile du terrible *maghar* [2] ? »

Mais, Siva ne répondant pas, notre homme, poussé par le désir d'atteindre plus tôt la maison dont le toit se montrait au loin, reprit son fardeau, et, s'appuyant sur son bâton, il descendit d'un pas tremblant la berge du ravin. Arrivé au bord du marais, il sonda de sa baguette la profondeur, puis, ayant encore une fois invoqué Siva, il entra bravement dans l'eau.

Ses pieds glissaient sur le fond vaseux, les longues tiges des lotus entravaient ses mouvements ; malgré tous ces obstacles, le vieillard atteignit l'autre bord. Déjà il mettait un pied à terre, lorsque la tête hideuse d'un énorme crocodile apparut à la surface de l'eau; son horrible mâchoire tout armée de dents s'ouvrit et happa la jambe déjà hors de l'eau. Le pauvre voyageur s'affaissa sur le sol en poussant un cri de douleur, et ses paniers, projetés au loin, s'ouvrirent, laissant échapper de leurs flancs une légion de serpents de toutes tailles et de toutes couleurs qui se dispersèrent rapidement dans les herbes.

Cependant l'infortuné vieillard s'était cramponné en tombant à une touffe de *kalams* [3], dont les longs et solides

1. Le nom de *nullah* s'applique le plus habituellement à un torrent profondément encaissé; mais les Hindous l'appliquent par extension à toute fissure du sol un peu considérable.

2. Le *maghar* est le crocodile à mâchoire triangulaire spécial aux rivières du nord de l'Inde.

3. Le *kalam* est une graminée qui croît en abondance dans tout le nord de l'Inde. C'est son fuseau mince et résistant qui sert de temps immémorial comme plume aux scribes hindous; on y retrouve facilement l'origine du mot latin *calamus*.

Cette lutte silencieuse durait depuis quelques instants.

fuseaux garnissaient les bords de la nullah. Le crocodile, étonné de rencontrer une résistance, réunissait ses forces pour attirer à lui sa proie. Poussé par sa voracité, il sortait à demi son corps de la vase et essayait par de brusques saccades d'entraîner sa victime.

Cette lutte silencieuse durait depuis quelques instants; le vieillard, à bout de force, perdait visiblement du terrain, lorsque, lâchant prise subitement, il se tourna vers son ennemi et, lui prenant la tête dans ses mains, lui creva les deux yeux.

Le monstre, rugissant de douleur, ouvrit la gueule, abandonna sa proie et se replongea dans l'eau bourbeuse de la nullah, où il disparut aussitôt.

Malgré l'horrible blessure qui déchirait sa jambe, le pauvre voyageur se hâta de se traîner loin du bord de l'eau. Avant de gravir le talus qui le séparait de la plaine, il se mit cependant à la recherche de ses corbeilles. Il les eut bientôt retrouvées sous les broussailles, mais leur vue lui arracha de nouveaux gémissements : les paniers étaient ouverts, et leur intérieur apparaissait absolument vide.

« Hélas! s'écria le vieillard en levant les bras vers le ciel, hélas! ils sont tous partis, mes compagnons chéris, mes bons amis! »

Et sa voix devenant douce et caressante, il semblait interpeller les buissons.

« Tous partis! Pourquoi, ô puissant Siva, m'avoir arraché aux dents cruelles du maghar, puisque tu devais me séparer ainsi de tous ceux que j'aimais? Mes serpents, Rama, rends-moi mes serpents! rends-moi mon unique gagne-pain! »

Tout à coup il se fit un léger bruit dans les herbes, et une magnifique cobra noire, de l'espèce la plus redoutable, glissa lentement jusqu'aux pieds du vieillard. Redressant son corps, gonflant son capuchon, elle fit entendre un léger sifflement.

A cet appel bien connu, le pauvre charmeur, essuyant ses larmes, se mit à genoux et, d'une voix attendrie :

« Ah! te voilà, ma belle Sâprani[1], dit-il, ma reine chérie. Je savais bien que toi au moins tu ne m'abandonnerais pas. »

Et prenant avec précaution le reptile, au lieu de le remettre dans un des paniers, il le glissa parmi les haillons qui entouraient sa poitrine. La venimeuse bête s'y enroula sans opposition, comme si elle eût connu depuis longtemps ce gîte.

C'est en vain que le vieillard, prenant le *toumril*[2] qu'il portait pendu au côté, essaya, pour appeler ses serpents, de toutes les séductions de la musique ; en vain leur fit-il ensuite les promesses les plus extravagantes, l'écho seul répondit à sa voix. Enfin il se décida à ramasser son bâton et ses paniers, et il gagna péniblement la crête du ravin.

Le soleil s'était levé, et ses rayons embrasaient la plaine ; pas un nuage ne se montrait au ciel. Le vieux charmeur eut bientôt regagné la route qu'il avait si malencontreusement quittée ; mais, une fois là, épuisé de fatigue et de souffrance, il s'arrêta, déposa son fardeau et s'étendit sur un des talus bordant le chemin.

Cependant il n'eût fallu que bien peu de temps pour atteindre le gîte tant désiré, car à moins d'un kilomètre du point où s'était arrêté le mendiant s'élevait une vaste et belle habitation, qu'on pouvait reconnaître à sa forme pour la demeure de planteurs européens. Mais ces derniers efforts

---

1. *Sâprani*, littéralement reine des serpents.
2. Le *toumril* est une courte flûte dont se servent les charmeurs de l'Inde, et qui produit un son assez analogue à celui du biniou breton, quoique beaucoup plus doux.

étaient de trop pour le pauvre voyageur. Triste et résigné, accablé sous le poids de son infortune, il attendait l'aide de la Providence.

Tout à coup un bruit joyeux de flûtes et de cimbales vint le tirer de sa méditation. Au bout de la route, du côté de Cawnpore, on voyait s'avancer une troupe nombreuse, à demi cachée par un nuage de poussière que le soleil faisait ressembler à une colonne de feu.

Bientôt la troupe arriva près du mendiant. En avant marchaient ou plutôt couraient, sautillant en cadence, de jeunes Hindous, aux longs cheveux s'échappant de calottes dorées, et vêtus de courtes tuniques de soie ; ils jouaient allègrement les uns du fifre, les autres du tam-tam ou des cymbales. A leur suite venaient une vingtaine de cavaliers tout étincelants de dorures et armés de lances à pennon écarlate, entourant un superbe éléphant, richement capa-raçonné et portant un *haodah* [1] d'or massif.

Sur l'haodah, à demi étendu au milieu de coussins de velours, reposait nonchalamment un jeune homme à l'abri d'un lourd parasol de brocart qu'un esclave tenait suspendu au-dessus de sa tête. A son turban, autour duquel s'enrou-lait une épaisse torsade d'or, un spectateur au courant de l'étiquette indienne eût reconnu dans cet homme un prince de famille souveraine, tandis que le triple cordon de soie pendant sur sa poitrine indiquait que le prince appar-tenait à la caste sacrée des Brahmanes.

Ce jeune homme n'était autre en effet que le haut et puis-sant Doundou Pant Rao, héritier présomptif du grand em-pire des Maharates et dernier Peïchva ou grand-pontife.

---

1. L'*haodah* est la vaste selle que l'on place sur le dos des éléphants ; chez les riches, c'est un véritable trône, quelquefois d'or ou d'argent, et surmonté d'un pavillon ; le plus souvent ce n'est qu'une sorte de lit sur lequel peuvent s'étendre ou s'asseoir quatre ou cinq personnes.

Mais de tous ses titres il ne lui restait plus maintenant que celui de seigneur de Bihtour, petit apanage des bords du Gange, seule compensation que les Anglais lui eussent donnée pour l'immense empire qu'ils avaient ravi à son père.

Le prince Doundou passait cependant, malgré cette spoliation, pour un fervent partisan des nouveaux dominateurs de l'Inde. On le voyait, recherchant leur fréquentation, se mêler à toutes leurs fêtes, et ce jour-là même il revenait de Cawnpore, où il avait passé la nuit au milieu d'une brillante société anglaise, réunie par le commandant de la garnison de cette place, le général Wheeler.

La soirée avait dû être charmante si l'on en jugeait aux rires joyeux soulevés par le récit qu'en faisait le prince à ses compagnons.

Doundou, la figure animée, les yeux flamboyants, décrivait les splendeurs des salons de ses hôtes européens, la somptuosité de leurs toilettes, l'amabilité de leurs manières; toutefois, son enthousiasme, trop souvent poussé jusqu'à l'ironie, semblait plutôt chercher à exciter la convoitise que l'admiration.

Soudain on entendit s'élever une voix gémissante au milieu des éclats de la troupe joyeuse. Le silence se fit aussitôt sur un geste du prince, qui, se dressant avec vivacité, aperçut le mendiant accroupi au bord du chemin et levant vers lui des mains suppliantes.

« Quel est cet homme? s'écria Doundou d'une voix vibrante.

— O Seigneur! c'est Mali, dit le vieillard, Mali, le charmeur de serpents, qui s'incline devant votre sublime présence en implorant votre pitié.

— Et que fais-tu ainsi sur le bord de cette route? Pourquoi as-tu quitté de si grand matin ton repaire de sorcier? demanda impétueusement le prince.

— Seigneur, qu'il soit fait selon votre ordre, mais je ne suis point un sorcier. C'est du puissant Siva lui-même, du redouté Mahadeo, que je tiens mon pouvoir mystérieux sur les bêtes rampantes. J'étais allé, le mois dernier, à la foire du Holi, qui se tient, vous le savez, tous les cinq ans dans la plaine de Kajraha ; j'y allais, selon le vénérable usage, faire danser mes serpents devant la rouge Kali, mais la ferveur des fidèles se ralentit chaque jour, les offrandes ont été minimes, et. après un long et infructueux voyage je comptais aujourd'hui même regagner ma pauvre cabane, lorsque ce matin, au point du jour, en tentant de traverser la nullah voisine, j'ai été surpris par un crocodile. Grâce à l'invincible Siva, j'ai sauvé ma vie, mais ma jambe a été broyée par le monstre et je ne puis bouger. Par pitié, Bahadour, venez à mon aide, et ordonnez à vos gens qu'ils me portent jusqu'à cette habitation près d'ici. Je suis sûr que les généreux Sahibs voudront bien me donner quelque aliment et me permettre de prendre un peu de repos.

— Oui-da! reprit le prince avec aigreur, tu me sembles un beau parleur, Mali. Je ne te connaissais pas encore ce talent. Tu l'auras acquis dans ton récent voyage, en séjournant dans les villes des généreux Sahibs. Pas plus que toi je ne mets en doute leur générosité, mais afin de te permettre d'en faire une nouvelle expérience, tu ne trouveras pas mauvais que je te laisse là. Je craindrais que tu n'eusses à partager avec moi la reconnaissance que tu leur dois tout entière. Adieu, père! »

Et faisant un geste impérieux à son cornac, Doundou reprit majestueusement la position horizontale. Les fifres et les cymbales retentirent de nouveau, et le cortège, continuant sa marche, disparut bientôt dans un flot de poussière dorée.

Le pauvre charmeur, comme poussé par le désespoir, se

dressa tout debout, brandit un instant son bâton et fit quelques pas en avant ; mais, vaincu par la douleur, il roula
évanoui en travers du chemin.

Les deux jeunes gens galopaient.

CHAPITRE II

La famille Bourquien.

Le vieux charmeur n'avait pas eu tort de compter dans sa détresse sur la générosité du propriétaire de l'habitation que la fatalité venait deux fois déjà de l'empêcher d'atteindre. Là demeurait en effet un Sahib ou seigneur européen aussi renommé dans tout le pays pour son immense fortune que pour son inépuisable charité, M. Bourquien, un des plus grands propriétaires fonciers du bas Doab. Ses territoires s'étendaient le long de la rive droite du Gange sur plus de vingt mille hectares de superficie, et ses vassaux, au nombre de plusieurs milliers, peuplaient une trentaine de villages.

M. Bourquien n'était du reste pas un étranger au pays où il vivait, comme le sont la plupart des Européens qui ne viennent dans l'Inde que pour y amasser le plus rapidement possible une grande fortune et rentrer ensuite dans leur patrie. Ces maîtres momentanés exploitent avidement le pays et pressurent le paysan dont ils se font haïr.

Pour les indigènes, M. Bourquien était plus Hindou qu'Européen, et on ne lui donnait dans le pays que le nom de *Bour-khan*, simple adaptation phonétique de son nom français, mais que personne ne prononçait jamais qu'avec une emphase ironique, car *Bour-khan* signifie en hindoustani le « méchant maître », et notre planteur était adoré de ses sujets.

Né dans l'Inde, il pouvait se vanter de plus de porter le nom d'un véritable héros, nom que tout patriote hindou vénère encore aujourd'hui, celui du général Hector Bourquien, le défenseur d'Aligarh.

Ce général Bourquien, un Parisien, faisait partie de cette brillante pléiade d'aventuriers français qui, vers la fin du siècle dernier, voyant la France abandonner le bel empire indien conquis par Dupleix, entrèrent au service des princes hindous pour continuer la lutte contre les Anglais.

Qui connaît parmi nous les noms de Perron, de De Boigne, de Fantôme, de Sombre, de Bourquien, de tant de vaillants officiers qui arrêtèrent un moment les succès britanniques et qui tout au moins sauvèrent aux yeux du peuple indien l'honneur de la France? Ces officiers français transformèrent l'armée maharate et créèrent ces terribles phalanges qui dans vingt combats firent reculer les bataillons anglais.

La lutte se prolongeait depuis quinze ans, lorsque la défection de Perron porta un coup funeste à la cause maharate. Le général Perron, simple sergent dans l'armée française, avait atteint un degré de puissance qui faisait de lui presque l'égal de son maître; commandant en chef les ar-

mées de Scindia, il était le vrai souverain de l'Hindoustan.
L'histoire, par la plume des Anglais, nous le montre comme
un parvenu hautain et pusillanime, mais il est permis de
rejeter cette appréciation intéressée et de dire que le seul
défaut de Perron fut de s'être toujours laissé guider par un
seul mobile, l'intérêt. S'il eût mieux compris son rôle, il
pouvait, avec l'appui des Sikhs du Penjab, arrêter complètement l'invasion britannique et ouvrir l'Inde à la France.
La prise d'Aligarh, que lord Lake enleva au général Bourquien, après un siège prolongé, épouvanta Perron, qui
accepta les ouvertures de Wellington et, quittant le service
maharate, se retira à Chandernagore avec une fortune considérable. Cette défection fut la ruine de ce brillant parti
français qui avait inspiré tant de craintes à l'Angleterre.
Bourquien essaya de continuer la lutte; mais, battu
sous les murs de Delhi, il fut obligé de reculer. Enfin le
27 octobre 1803, la bataille de Lasvâri, perdue malgré les
prodiges de valeur des officiers français, vint briser la
puissance de Scindia, qui dut traiter. La plus importante
condition de la paix fut que ce prince renverrait tous les
Français de son armée.

Hector Bourquien s'était marié pendant son séjour à
Indore avec une jeune princesse de la famille royale de
Holkar, qui lui avait apporté en dot le magnifique fief de
Gandapour, situé sur le bord du Gange, entre Cawnpore et
Bihtour. C'est là qu'après la défaite de Lasvâri le général
obtint du gouvernement anglais de se retirer avec sa femme
et son fils. Ce dernier ayant succédé, quelques années après,
à son père, se maria avec la fille d'un riche brahmane de
Bénarès, et il s'établit définitivement à Gandapour, où il
fonda une factorerie d'indigo, qui atteignit rapidement une
grande prospérité et qu'il légua à son tour à son fils unique,
Armand.

M. Armand Bourquien, héritier d'une immense fortune, appartenant par sa grand'mère et sa mère aux deux premières castes de l'Inde, aurait pu se considérer comme plus Hindou qu'Européen, mais il n'avait jamais oublié le pays de ses ancêtres. Dès qu'il fut maître de ses actions, il se rendit en France, se maria à Paris, la ville natale de son aïeul, et ne rentra dans sa patrie adoptive qu'après une absence de deux ans. Lorsque son fils André eut atteint l'âge de douze ans, il l'envoya à Paris compléter son éducation. Mais, depuis le départ de son fils, le malheur s'était acharné sur M. Bourquien. En deux ans, celui-ci avait perdu sa mère vénérée et aimée de tous, et enfin sa chère compagne, qui le laissait seul avec une fille de quatorze ans à peine, Berthe, charmante enfant que les indigènes avaient surnommée la Déva de Gandapour.

La solitude avait paru insupportable au planteur et il s'était décidé à rappeler son fils en toute hâte. Débarqué le 15 janvier 1857 à Calcutta, André avait franchi en vingt jours les trois cents lieues qui le séparaient de Gandapour, où il était arrivé la veille du moment où s'ouvre notre récit.

Jamais prince rentrant dans ses domaines ne fut plus acclamé, plus fêté par ses sujets, que le jeune jaghirdar Andhra Sahib, ainsi que l'appelaient les Indiens, ne le fut par les vassaux de son père. De toutes les extrémités du canton, les paysans étaient accourus à sa rencontre, et c'est au milieu d'un cortège de plusieurs milliers d'hommes, monté sur le plus bel éléphant du *keddah*, qu'il fit son entrée triomphale dans la factorerie.

André était alors un grand et beau garçon de quinze ans. Sa figure bronzée, au profil d'aigle, éclairée par de superbes yeux bleus, semblait réunir toutes les beautés des deux types hindou et français, types qui nous semblent au premier abord si distincts et qui ne sont cependant que les deux rameaux les plus purs, les plus élevés, du même tronc, de la même race. A Paris, ses camarades l'avaient surnommé le Rajah; mais s'il avait un peu la hauteur d'allure des nobles de l'Inde, ce n'en était pas moins un enfant franc, dévoué, au cœur d'or, et il était parti ne laissant partout que des regrets.

De son côté, Paris l'avait fort émerveillé, mais plutôt surpris qu'enthousiasmé. Habitué à errer en maître dans les vastes territoires de son père, chasseur infatigable, déjà depuis longtemps aguerri, malgré son jeune âge, aux rencontres avec les terribles hôtes des jungles, André se trouvait à l'étroit même dans nos campagnes, où les haies, les murs, les barrières l'arrêtaient à chaque pas. Quant au lycée, il lui semblait une prison.

Sa mère lui avait dit en le quittant, à Calcutta : « Rappelle-toi, mon bel André, que tu es un sauvage, et que, pour être digne du nom que tu portes, il faut que tu deviennes un homme civilisé. Pour cela, il faut que tu travailles, que tu étudies, car c'est par la supériorité morale seulement que nous méritons de dominer ceux qui nous entourent. — Je travaillerai, chère mère, » avait-il répondu simplement. Et il travaillait comme il l'avait promis, supportant courageusement sa prison, en se souvenant des paroles de sa mère. Cependant il était parti avec joie sur l'ordre de son père, et depuis qu'il avait remis les pieds sur le sol de l'Inde, son enthousiasme ne tarissait plus.

Dès le lendemain de son retour à la maison paternelle, brûlant du désir de revoir tous les lieux qui peuplaient sa mémoire de charmants et déjà lointains souvenirs, il se leva avant le jour et courut à l'écurie seller son petit cheval Jaldi, un vieil ami aussi. Pendant qu'il accomplissait le plus silencieusement possible cette opération, afin de ne pas troubler le repos de la maison, il entendit au dehors un pas précipité, et bientôt il vit apparaître à la porte de l'écurie la charmante figure de sa sœur.

« Oh le vilain sournois! s'écria la jeune fille en le menaçant du doigt, tandis qu'il l'embrassait tendrement. Comment, à peine arrivé, vous essayez de vous esquiver et vous allez courir les aventures, laissant à la maison votre ancienne compagne de jeu!

— Mais non, petite sœur. C'est à peine si j'ai pu fermer l'œil de la nuit. Je bouillais d'impatience, et dès que les premières lueurs du jour se sont montrées, je n'y ai plus tenu, j'ai couru chercher mon cheval pour faire une rapide promenade, comptant bien être de retour avant ton lever.

— Mauvaises raisons, monsieur. Et pour vous punir, je vous condamne à seller ma petite jument Nila et à m'escorter où bon me semblera.

— J'accepte la punition de grand cœur, et je m'exécute; » et ayant embrassé Berthe sur les deux joues, André se hâta de seller les chevaux.

Quelques instants après, nos deux jeunes gens galopaient à travers la campagne. Le soleil rasait déjà l'horizon et empourprait la cime en éventail des hauts palmiers taras, laissant dans l'ombre, enveloppée de vapeurs bleuâtres, l'épaisse végétation qui cachait le sol. La plaine, vaste, unie, se déroulait à perte de vue, couverte de magnifiques et précieuses cultures. Ici, c'étaient des champs d'orge dont les épis dépassaient la tête des chevaux, ou de belles indigotières aux panaches dorés; plus loin s'étendaient, semblables à des parterres, de longues rangées de ces pavots multicolores d'où s'extrait le perfide opium; puis venaient des champs de canne à sucre, des plaines de céréales, entrecoupées çà et là de bois de figuiers, de

goyaviers, d'orangers. Le sol en un mot était chargé de
richesses.

André saluait chaque nouvelle apparition par des cris
enthousiastes qui émerveillaient sa sœur.

« Mais, petite sœur, lui disait-il, comment veux-tu que
je n'admire pas cette terre bénie, que je salue toutes ces
splendeurs? Tout cela te semble naturel et simple, car tu
n'as jamais vu autre chose.

— Notre France doit cependant être un beau pays,
répondit la jeune fille en soupirant. .

— Certes, ma chère Berthe, la France est un beau pays,
le plus riche sans doute de l'Europe, et si l'Inde était
cultivée comme elle, elle nourrirait un milliard d'êtres
humains au lieu des deux cent millions qu'elle possède.
Mais comment comparer la France à ce pays où tout est
grand, gigantesque? Les Alpes disparaîtraient dans un
recoin de notre Himalaya, et il faudrait réunir la Seine à la
Garonne, y ajouter la Loire et le Rhin pour égaler notre
Gange. Tandis que le soleil féconde sans relâche notre sol,
sur lequel se succède sans interruption une végétation toujours nouvelle, là-bas le ciel est continuellement chargé
d'épais nuages à travers lesquels passent de temps à autre
quelques rayons incolores. Pendant la belle saison, les jours
pluvieux ne sont pas rares, mais dès que l'hiver arrive, la
vie semble se suspendre. Un soleil blafard se montre quelques heures de loin en loin; les arbres se dépouillent de
leurs feuilles, plus de fleurs, plus de fruits, et bientôt la
terre se couvre d'un manteau blanc de neige, les rivières
gelées semblent elles-mêmes suspendre leur cours, et les
habitants restent enfermés dans leurs demeures ou n'en
sortent que couverts d'épais vêtements qui ne suffisent pas
à les garantir des rhumes et de toutes sortes de vilaines
maladies.

— Brrrou ! tu me fais frissonner, s'écria Berthe.

— Il est vrai que les douceurs d'une civilisation raffinée permettent de supporter toutes les duretés de ce climat, reprit André ; et les Français, loin de s'estimer malheureux, comme tu pourrais le croire, se félicitent, et avec quelque raison, d'habiter leur pays. Des besoins plus nombreux les ont rendus ingénieux et laborieux. Tandis qu'ici l'indigène se contente de ceindre ses reins d'un lambeau de toile et d'abriter sa tête d'un mince turban, que quelques fruits suffisent à sa nourriture et qu'un toit de feuilles l'abrite, là-bas l'homme a besoin de chauds vêtements, d'une nourriture fortifiante et d'une habitation où il puisse passer la majeure partie de sa vie. Nul ne peut rester oisif en France ; la lutte pour la vie est incessante, et de cette lutte est née la première civilisation du monde. Mais je philosophe comme un professeur, au lieu d'admirer simplement tout ce qui m'entoure sans envier ou plaindre ceux qui n'ont besoin ni d'envie ni de pitié. »

A ce moment le bruit des fifres et des cymbales vint interrompre cette belle péroraison, et nos jeunes gens aperçurent à quelque distance d'eux le cortège du prince de Bihtour.

« Qu'est-ce donc que tout ce beau monde? demanda André à sa sœur.

— C'est notre voisin Doundou Pant, répondit Berthe, qui revient sans doute de quelque fête à Cawnpore.

— Doundou? à Cawnpore? dit le jeune homme avec étonnement.

— Oui, Doundou, à Cawnpore, reprit Berthe. Je comprends ton étonnement; il est vrai qu'autrefois le prince vivait fort à l'écart de la société européenne, rendant à peine quelques visites de voisinage à notre père, mais tout cela a bien changé depuis quelque temps. Tu ignores sans doute que le général Wheeler a pris peu après ton départ le commandement de la garnison de Cawnpore. C'est un homme charmant, un parfait gentleman, qui a eu bien vite fait la conquête de tout le monde. Depuis son arrivée le farouche Doundou est transformé. Mettant de côté toute froideur, il a été voir le général, s'est presque excusé de sa conduite passée, et aujourd'hui nul n'est plus assidu que lui à toutes les fêtes que donne la brillante société européenne de Cawnpore. Mais du reste le voilà. »

En effet le cortège, un instant masqué par un épais bouquet de lataniers, débouchait à quelques pas. On entendait au-dessus du bruit des cymbales et des fifres un tumulte de rires et de voix. A la vue d'André et de Berthe, qui s'étaient rangés sur le côté de la route, le silence se fit subitement.

Quelques instants après, l'éléphant portant le prince s'arrêtait devant les jeunes gens.

« Déjà sortis à une heure si matinale! dit familièrement Doundou à André. Je vous souhaite la bienvenue sur notre sol béni, Andhra Sahib; puissiez-vous y suivre les grandes traditions de votre aïeul, l'ami et le soutien des Peïchvas. Vous connaissez, n'est-ce pas, le chemin du palais de Bihtour? Je compte y réunir bientôt l'élite de la société anglaise et j'espère que vous et les vôtres y tiendrez le premier rang.

— Mon père sera sans doute heureux de recevoir votre invitation, dit André simplement, et ses enfants l'accompagneront avec plaisir sous votre toit.

— A bientôt donc, » répondit le prince, et saluant, les enfants d'un gracieux sourire, il fit signe à son cornac de continuer sa marche.

Le soleil était devenu brûlant; aussi Berthe fit-elle observer à son frère qu'il serait temps de rentrer à la maison, où leur père devait les attendre impatiemment.

« Et le Gange ! ma chère Berthe, s'écria André. Dire que je n'ai pas encore reposé mes yeux sur notre père Gange, comme l'appellent nos Indiens. Songe que c'est à lui que nous devons toutes nos richesses et qu'il lui suffirait d'un moment de colère pour nous les enlever. Je ne puis différer ma visite, et je craindrais vraiment d'offenser le tout-puissant fils de Siva. Allons, un temps de galop et nous y sommes ; a moins, ajouta-t-il gaiement, que les ardeurs du blond Phébus ne fassent reculer la blonde Berthe. »

Mais déjà la jeune fille avait éperonné son cheval et bientôt les deux cavaliers s'éloignèrent rapidement. Le fleuve superbe se montrait à leurs yeux, étalant au soleil sa nappe d'azur d'un kilomètre de large, lorsque Jaldi, le cheval d'André, fit un écart si brusque que le jeune homme, malgré sa solidité en selle, faillit être désarçonné. Il se raffermissait sur sa monture qu'il essayait de calmer, quand, se retournant, il aperçut sa sœur, retenant son cheval et les traits altérés par la frayeur.

« Qu'as-tu donc, petite sœur ? lui cria-t-il ; tu es donc devenue bien peureuse ? Jaldi ne me connaît sans doute plus, mais je lui apprendrai bien vite que je ne me laisse pas jeter à terre aussi facilement qu'il le croit.

— Mais regarde donc, » répondit la jeune fille en étendant la main devant elle et détournant les yeux avec horreur.

André aperçut alors le corps d'un homme étendu devant les pieds de Jaldi. En un instant il fut à terre et, jetant à Berthe la bride de son cheval, il s'approcha du malheureux. Le soulevant avec peine, il le traîna sur le bord du chemin et l'assit contre le talus. Il put s'assurer bientôt que l'homme était vivant, quoique ses vêtements fussent teints du sang qui s'échappait d'une large blessure à la jambe.

Laissant le blessé à la garde de sa sœur, qui, plus

L'éléphant portant le prince s'arrêtait devant les deux jeunes gens.

rassurée, s'était décidée à descendre de cheval et à s'approcher, André courut au fleuve et, y ayant trempé son mouchoir, en enveloppa le front souillé de boue du pauvre diable. L'effet fut presque instantané ; le vieux charmeur poussa un soupir, ouvrit les yeux et regarda avec étonnement les deux jeunes gens.

« Ah les Sahibs ! dit-il.

— Oui, mon pauvre homme, nous sommes des Sahibs, répondit André, mais nous ne vous voulons aucun mal. Qu'est-ce qui vous a donc mis en tel état ?

— J'ai été saisi par un crocodile au point du jour en essayant de traverser la nullah voisine, repartit Mali, et je n'ai plus de force pour continuer ma route.

— Mais si l'accident vous est arrivé au lever du jour, dit Berthe, comment aucun passant ne vous a-t-il porté assistance ?

— Le prince Doundou est passé, répondit le vieillard, mais il a ri de mon infortune.

— Quelle horreur ! s'écria Berthe. Eh bien, nous ne ferons pas comme lui, nous allons vous emmener chez notre père, qui ne nous refusera pas, j'en suis sûre, de vous accueillir.

— Vous êtes bien bonne, chère demoiselle, répondit Mali, mais je suis si faible qu'il me sera impossible d'atteindre le bungalow de votre père. Laissez-moi là, et daignez m'envoyer par un de vos serviteurs un peu de nourriture. Après une journée de repos, je reprendrai ma route, et j'espère demain avoir regagné ma chaumière.

— Cela est impossible, mon brave homme, dit André. Votre blessure pourrait s'envenimer par l'effet du soleil, et en tout cas vous ne pourriez vous mettre en chemin en cet état. Je vais vous aider à vous placer sur mon cheval et nous gagnerons ainsi la factorerie.

— Prendre place sur votre cheval, vous n'y pensez pas, seigneur ! s'écria Mali. Vous ne savez pas que je ne suis qu'un mendiant, un simple Nât.

— Mendiant ou Nât, dit le jeune homme, vous allez monter sur mon cheval. Je le veux. »

Le ton ferme d'André parut décider le vieillard et, après avoir encore balbutié quelques excuses, il se souleva en gémissant, aidé par les deux jeunes gens qui le hissèrent sur Jaldi. Berthe étant remontée à cheval, André prit la bride de Jaldi et la petite troupe se mit en route.

C'était certes un spectacle touchant de voir ce mendiant misérable escorté ainsi par ces deux enfants ; mais pour qui connaît les mœurs de l'Inde et qui sait quel immense abîme sépare les diverses castes de ce pays, ce spectacle était sublime, car ceux qui entouraient ainsi de soins le vieux charmeur, représentant d'une tribu méprisée, étaient des Sahibs, c'est-à-dire des seigneurs, les maîtres tout-puissants du pays.

Aussi, grande fut la surprise des nombreux serviteurs de Gandapour lorsqu'ils virent déboucher l'étrange cortège dans la cour de la factorerie. Les jeunes gens n'avaient pas préjugé de l'hospitalité de leur père : sur l'ordre de celui-ci, le vieux Mali fut bientôt confortablement installé dans une des maisonnettes de la ferme et entouré de tous les soins que comportait son état.

Le reptile se balançait lentement.

CHAPITRE III

La Reine des serpents.

Dès le lendemain matin, André et Berthe s'empressèrent d'aller prendre des nouvelles de leur pauvre protégé. Comme ils sortaient du bungalow, ils rencontrèrent le *hâkim* ou médecin indigène, qu'on avait fait venir en toute hâte la veille pour soigner le blessé. Le médecin n'avait que de bonnes nouvelles à leur donner. L'horrible morsure du crocodile avait simplement déchiré les chairs sans endommager les os. La plaie elle-même, malgré son étendue, n'offrait aucune gravité; déjà le pansage de la veille semblait avoir produit un effet excellent. En somme, Mali en serait quitte pour quelques jours de repos forcé.

Les enfants, enchantés de ce qu'ils avaient appris, remercièrent le médecin et se dirigèrent vers la cabane où reposait le blessé. Comme ils approchaient, ils crurent distinguer la voix du vieillard, qui semblait s'adresser à une personne inconnue. André fit signe à sa sœur d'écouter et ils restèrent immobiles près de la porte qui avait été laissée entr'ouverte.

« Te voilà donc, ma belle reine, disait le vieillard, ma fidèle compagne. Tandis que les ingrats m'ont abandonné au moment du péril et ont fui lâchement, toi seule as voulu partager mon infortune. Mais aussi, désormais, pour toi toutes les tendresses, toutes les douceurs. Quand j'irai à Bénarès, je rapporterai une fine mousseline pour décorer la couche où tu reposeras seule, et je ferai orner mon toumril de grains de corail pour charmer tes yeux, qui sont semblables à ceux de la divine Parbati. Et quand j'aurai retrouvé les fugitifs, qui ne peuvent m'échapper, je les obligerai les jours de fête à ramper devant toi comme des esclaves. »

Quelle était donc cette mystérieuse compagne à qui le vieux mendiant parlait si tendrement? Les deux enfants s'approchèrent doucement du seuil et jetèrent un regard timide dans l'intérieur de la pièce.

Grande fut leur surprise à la vue du spectacle qui s'offrit à leurs yeux. A demi étendu sur une natte de joncs lui servant de couche, selon l'usage du pays, le vieux Mali, tout en parlant, regardait tendrement une belle cobra noire, le plus redoutable des serpents indiens, qui, enroulée sur sa queue, se tenait auprès de lui. Le reptile, la tête redressée, le capuchon gonflé, se balançait lentement, comme bercé par la douce musique des louanges du vieillard.

A cette vue, Berthe ne put retenir un cri. Effrayé, le serpent déroula ses plis et disparut en sifflant sous la natte. Les enfants, se voyant découverts, entrèrent dans la cabane.

« Ah! c'est vous, mes bons seigneurs, dit Mali ; soyez les bienvenus et que le bleu Vichnou vous réserve une place dans le Mérou en récompense de toutes vos bontés. Excusez aussi votre humble esclave s'il ne se lève pas pour vous saluer. »

Comme les enfants semblaient hésiter à venir près de lui, il ajouta :

« N'ayez aucune crainte, mes seigneurs, la bonne Sâprani sait reconnaître mes amis et elle ne vous fera aucun mal. Nos dernières aventures l'ont rendue un peu craintive, autrement elle n'eût pas bougé à votre venue.

— C'est donc à ce vilain serpent que vous parliez ainsi? dit Berthe. Je vous avertis que j'ai horreur des serpents et que papa a donné ordre que l'on tue tous ceux que l'on trouverait près de notre habitation.

— Il y a serpents et serpents, répondit Mali, et je suis sûr que votre père, qui est si bon, ne donnera point l'ordre de faire de mal à ma pauvre amie. Et vous-même, mademoiselle, lorsque vous connaîtrez ma chère Sâprani, je suis certain que vous l'aimerez.

— J'ai bien peur que vous ne vous trompiez, mon brave homme, dit André. Ma sœur est horriblement poltronne et je crois que tous les raisonnements du monde ne lui feront pas aimer un serpent. Quant à mon père, il fera assurément protéger un animal auquel vous semblez porter un si vif intérêt. »

Berthe fit une légère moue en entendant son frère critiquer son courage, mais elle ne protesta nullement.

« Comment vous trouvez-vous? demanda André au vieillard. Le médecin nous a rassurés sur votre état et vous pourrez bientôt vous remettre en route.

— Je me sens encore bien faible, répondit Mali, et si vous voulez m'accorder quelques jours d'hospitalité...

— Mais certainement, interrompit le jeune homme ; vous resterez ici aussi longtemps qu'il vous fera plaisir ; c'est la volonté de mon père.

— Je vous remercie, mon bon seigneur, mais d'ici à deux jours je vous demanderai la permission de reprendre ma route. Sauf Sâprani, qui m'est restée, j'ai perdu tous mes serpents lors de mon accident, et il faut que je me hâte de me mettre à leur recherche. Je sais qu'ils ne se seront guère éloignés du lieu de ma chute, et je compte bien les y retrouver.

— Que voulez-vous donc faire de ces vilaines bêtes ? s'écria Berthe que cette conversation faisait frissonner.

— Ces vilaines bêtes, ma bonne demoiselle, reprit Mali, sont mon seul gagne-pain. Je les ai dressées à obéir à ma voix et je parcours ainsi les villes et les villages pour exhiber leur intelligence et leur adresse. Dès que la foule m'environne, je pose mes corbeilles à terre, et, prenant mon toumril, je joue un air mélodieux. Aussitôt mes cobras s'agitent ; une à une elles sortent des paniers et viennent se ranger à mes pieds ; puis, suivant les modulations de mon instrument, elles se dressent, ouvrent leur capuchon et dansent en cadence ; enfin, l'une après l'autre, elles s'enroulent autour de mon corps et viennent former autour de mon front une auréole de têtes sifflantes qui me fait ressembler au terrible Siva lui-même. Alors les pièces de cuivre pleuvent autour de moi, et je puis acheter le peu de riz et de lait qui suffisent à mon entretien et à celui de mes reptiles. De Patna à Hardvar, de l'Himalaya au saint fleuve Nerbudda, tout le monde connaît le puissant charmeur Mali. Il n'est pas de fêtes où l'on ne m'invite, car c'est moi qui sais le mieux faire danser les serpents sur l'autel de la rouge Kali. On vante mes secrets pour guérir les morsures venimeuses et pour écarter les sorts. Enfin tout le monde me redoute, quoique je n'aie jamais fait de mal à personne, et tout le monde aussi me méprise.

— Et pourquoi vous méprise-t-on, mon bon Mali? dit André qui semblait vivement intéressé. Votre qualité de mendiant devrait vous attirer le respect des Hindous, qui vénèrent celui qui sait dédaigner les splendeurs de ce monde.

— On me méprise parce que je suis le pontife fidèle d'un culte qui s'éteint. Jadis l'univers entier s'inclinait devant nos autels et le dieu-serpent enlaçait le monde de ses plis. Nos vénérables mystères n'étaient pas respectés seulement dans la sainte presqu'île de Djambou-dvîp, ils régnaient aussi en maîtres sur les pays glacés d'où viennent vos ancêtres.

— Oui, interrompit Berthe; mais comme Dieu nous l'avait annoncé, une vierge vint qui écrasa sous son talon la tête du serpent.

— Le serpent, reprit avec feu le jeune André, a pu paraître un dieu convenable pour les premiers humains qui, méconnaissant leur créateur, s'inclinèrent en tremblant devant la créature. Certes, ce dieu redoutable personnifiait bien la terreur, la ruse et la malice, et il a disparu dans l'ombre devant notre Dieu, qui est la lumière, l'amour et la bonté. Mon pauvre Mali, contentez-vous de faire danser vos serpents sur la place publique, et n'essayez pas de relever leurs autels; ils sont à jamais détruits. » Puis, voyant le front du vieux pontife s'assombrir, il ajouta d'une voix plus calme : « Mais vous nous aviez promis tout à l'heure de nous parler de votre cobra favorite; eh bien, racontez-nous son histoire, elle ne peut manquer de nous intéresser. »

Ces mots semblèrent rasséréner le vieillard, et il entama son récit sans se faire prier. Berthe, par prudence, alla s'asseoir près de la porte, tandis qu'André s'étendait sur la natte près du charmeur.

« Il y a de cela deux ans, dit Mali, je me rendais avec mes

serpents à la foire de Bhilsa. Vous savez que cette ville est célèbre, depuis plus de vingt siècles, par les merveilleux monuments qui l'entourent et aussi par sa situation au débouché de la rivière sacrée, la Betva, sortant en ce point des sombres monts Vindhyas. Le pays environnant est un des plus sauvages de notre terre. D'épaisses forêts recouvrent la montagne, qui n'a d'autres habitants que le Gound nu et le cruel Bhîl. Je n'avais rien à craindre de ces sauvages, qui me vénèrent comme un demi-dieu et tremblent d'effroi à ma seule vue; mais j'avais à affronter tous les jours un danger autrement terrible, celui de la rencontre de quelques-unes des innombrables bêtes féroces qui hantent ces solitudes. Aussi étais-je obligé de cheminer avec précaution, ne voyageant que de jour, pendant l'ardente chaleur de midi, heure où, comme vous le savez, les fauves ne quittent jamais leur tanière.

» J'étais cependant arrivé sans encombre jusqu'à une étape de Bhilsa, quand j'appris que la forêt qu'il me restait à traverser était habitée par un tigre mangeur d'hommes, qui, dans la dernière semaine, avait dévoré deux imprudents voyageurs. Les villageois m'engageaient à changer de route, mais il me fallait pour cela contourner la montagne, ce qui me rallongeait de trois jours. D'autre part, la foire ouvrait le surlendemain; en ce cas, je serais donc arrivé trop tard pour la grande cérémonie de la purification de l'idole, qui a lieu le premier jour et qui ne manque pas de me rapporter de fort beaux bénéfices.

» Cette pensée me décida, et, malgré les prières des paysans, je me mis bravement en marche vers la forêt. A mesure que je m'enfonçais dans ses profondeurs, le cœur me manquait, mais je continuais à marcher en invoquant le nom des intrépides frères Pandous. Mes corbeilles étaient fort lourdes et ralentissaient ma marche. J'avais, quelques jours auparavant, recruté un certain nombre de jeunes cobras, encore à peine dressées, et qui, jointes à mes vieilles élèves, ne laissaient pas d'augmenter considérablement mon fardeau.

» Je marchais depuis deux heures et je me félicitais déjà de ma témérité, d'autant qu'il me semblait apercevoir la lisière du bois, quand tout à coup, au tournant d'un rocher, je me trouvai presque nez à nez avec le mangeur d'hommes, un tigre superbe, aussi grand qu'un buffle et qui se tenait immobile au milieu du sentier.

» D'effroi je laissai tomber mes corbeilles, qui s'ouvrirent livrant passage à mes serpents; je n'y pris guère attention et je restai comme pétrifié, les yeux fixés sur mon terrible ennemi. Il s'avança vers moi, mais je ne pensai ni à fuir, ni à résister. A un pas de moi, il poussa un rugissement et d'un bond me jeta à terre. Je fermai les yeux et je sentis que j'étouffais sous le poids de l'énorme bête, qui se tenait accroupie sur moi et dont les griffes acérées m'entraient dans la poitrine et dans les jambes. Cependant le monstre n'achevait pas de me tuer et je me demandais ce qui pouvait le pousser à prolonger ainsi ma misérable existence, lorsque à mon immense surprise je me sentis libre. J'ouvris les yeux; le tigre se roulait à quelques pas de moi comme en proie à un accès de rage. Je restai toujours immobile, attendant que le tigre revînt me dévorer; mais la monstrueuse bête semblait ne plus vouloir me faire de mal. Pendant un quart d'heure elle se tordit dans d'horribles convulsions, puis je la vis tomber et ne plus bouger.

» Quelques minutes, peut-être plus, je restai étendu immobile. Enfin, rien ne bougeant plus, je me levai, j'approchai lentement : le tigre était mort. Je tombai à genoux pour remercier Rama de cette insigne protection, puis ayant réuni mes serpents, qui se cachaient sous les broussailles voisines, je les réintégrai dans mes corbeilles et j'allais quitter en toute hâte ce lieu funeste, quand je m'aperçus qu'il me manquait encore une de mes jeunes cobras, la plus intelligente et déjà la plus affectueuse. Je cherchai en vain partout, quand j'eus l'idée de m'approcher de nouveau du tigre, et que vis-je alors? Sâprani, ma jeune cobra, se tenait enroulée autour du cou du fauve, ses crochets venimeux profondément implantés dans la gorge du monstre. Je compris tout alors, la fuite du mangeur d'hommes, ses convulsions, sa mort. Sâprani m'avait sauvé.

» Quand j'arrivai ce jour-là à Bhilsa, grandes furent les clameurs de la foule en apprenant le miraculeux évènement. Tout le monde voulut voir la reine des serpents; le grand-prêtre m'hébergea en son honneur pendant tout mon séjour et je quittai Bhilsa chargé d'or et de présents.

» Et vous ne voudriez pas, mademoiselle, que j'aimasse cette bête si bonne et si dévouée? Voyez, hier, ne m'a-t-elle pas encore une fois suivie seule au milieu de toutes mes infortunes?

— Oui, vous avez raison, s'écria Berthe; je reconnais que Sâprani est une bonne et noble bête, et dès aujourd'hui je vais lui faire apporter une jatte de lait pour la récompenser.

— Oh! vous pouvez être sûre qu'elle vous remerciera chaleureusement, » dit Mali.

A ce moment, comme si l'intelligent animal eût compris ce qui se passait, on vit apparaître sa fine tête au bord de la natte; puis, s'enhardissant, elle se déroula tout entière sur le sol de la chambre.

Du coup c'en était trop pour le courage de Berthe qui, se cachant les yeux, sortit de la cabane et se sauva en courant vers l'habitation.

André, plus intrépide, voulut examiner de près l'étrange Sâprani, qui se laissa faire avec beaucoup de bonne grâce.

Le tigre se roulait à quelques pas de moi.

C'était une superbe cobra de deux mètres de long. Son corps rond et flexible était couvert d'écailles noires entremêlées de taches jaunâtres régulièrement disposées. Mais ce qui étonna le plus le jeune homme, ce fut lorsque la bête, se redressant sur un signe de son maître, étala la membrane qui encadrait sa tête et montra les deux cercles noirs dont elle est ornée et qui ont valu à son espèce le nom de serpents à lunettes.

« Alors ce faible animal, demanda-t-il au charmeur, a la puissance de tuer un tigre en quelques instants?

— Le tigre piqué par une cobra, répondit Mali, meurt en moins d'un quart d'heure.

— Et un homme? reprit André.

— Pour un homme, c'est autre chose, dit le charmeur, quelques minutes suffisent.

— Quelques minutes! s'écria l'enfant.

— Les savants docteurs de Calcutta, reprit l'Hindou, affirment que l'effet de la piqûre de la cobra sur un homme s'opère en une minute et demie.

— C'est effrayant, dit André. Aussi j'espère que Sâprani voudra bien ne jamais me considérer comme votre ennemi.

— Quant à cela, soyez sans crainte, cher Sahib, répondit vivement le vieillard. Désormais Mali et Sâprani vous appartiennent tous deux. Libre à vous d'en disposer selon votre bon plaisir. »

Le palais de Bihtour.

CHAPITRE IV

Chez le prince de Bihtour.

Quelques jours après, un brillant cavalier tout chamarré d'or vint apporter à Gandapour l'invitation annoncée par le prince Doundou.

M. Bourquien, qui se souciait fort peu des fêtes et des réunions bruyantes et vivait fort à l'écart du monde depuis la mort de sa femme, avait pensé d'abord à refuser poliment l'invitation du prince; mais c'était mécontenter un puissant voisin et surtout priver ses enfants d'une distraction qui semblait leur sourire vivement.

Le messager repartit donc emportant l'assurance que M. Bourquien et ses enfants assisteraient à la fête que le prince de Bihtour donnait en son palais à la société de Cawnpore et de Lucknow.

Grande fut la joie d'André et de Berthe lorsqu'ils apprirent la décision de leur père.

« Une seule chose me désole, disait le jeune homme à sa sœur, c'est de penser que je vais être obligé d'endosser un horrible habit noir pour me promener au milieu de toutes ces splendeurs asiatiques.

— Et voudrais-tu donc y figurer dans ton costume de planteur, dit Berthe en riant, et me voir, moi, déguisée en femme sauvage, avec des plumes dans les cheveux et une ceinture de feuillage?

— Non, répondit André avec humeur, mais je trouve ridicule de nous astreindre à l'incommode et sombre accoutrement européen, alors que nous avons à notre disposition l'élégant costume des indigènes. Crois-tu que le turban d'or et les vastes robes de soie et de brocart me siéraient mal?

— Certes non, dit Berthe, mais tu sais que les Anglais considèrent comme inconvenant d'adopter les coutumes indigènes.

— Au diable les Anglais! s'écria le jeune homme. C'est avec leur absurde décorum qu'ils nous aliènent les indigènes. Au lieu de fraterniser avec eux comme faisaient les anciens conquérants français de l'Inde, ils élèvent barrière sur barrière pour s'en séparer, sans réfléchir qu'au premier danger la barrière ne les garantira pas et ne fera que les gêner. Et pourquoi, nous autres Franco-Indiens, les imiterions-nous? Je sais bien qu'à la place de mon père je prendrais plutôt pour modèle notre aïeul Hector, qui servait la France et le Peïchva.

— Eh bien, André, dit Berthe, voilà que tu te mets à la fois en révolte, et contre le gouvernement légal du pays, et, ce qui est pis encore, contre ton père. Allons, monsieur le révolutionnaire, vous feriez assurément un beau Rajah, mais aujourd'hui il faut vous contenter de l'habit noir.

— Tu as raison, petite sœur, répondit le jeune homme en lui sautant au cou, et moi je suis fou. Mais nous n'avons pas encore vu aujourd'hui ni Mali, ni sa compagne l'incomparable Sâprani.

— Je me passerai volontiers de la vue de cette dernière, dit Berthe; tous ses mérites ne m'ont pas encore réconciliée avec la gent rampante. Du reste, voilà justement Mali qui s'avance vers nous. »

Le vieux charmeur se dirigeait en effet vers la maison, soutenant son corps encore chancelant au moyen de son long bâton magique, peint d'ocre rouge. Les enfants coururent à la rencontre du bon vieillard devenu leur ami.

« Eh bien, Mali, lui crièrent-ils ensemble, nous allons à Bihtour.

— Quelle joie! ajouta Berthe en battant des mains, on dit que la fête sera mi-partie européenne, mi-partie indienne. Dans la journée nous verrons des nautchs, des jongleurs, puis le soir on dansera à l'anglaise.

— Que Doundou soit maudit, lui et ses fêtes! grommela le vieillard.

— Allons, allons, Mali, repartit le jeune homme, je sais que le prince Doundou et toi n'êtes pas de très-bons amis. Il t'a laissé fort inhumainement dans une triste position, mais il est plutôt vaniteux et léger que méchant, et ce n'est pas une raison pour l'envoyer ainsi chez Pluton, ou, comme vous dites vous autres, chez les sombres Daïtias.

— Celui qui a ravi le fils de la tigresse doit craindre de voir ses griffes pousser, répondit Mali.

— Décidément, mon vieil ami, tes figures sont fort poétiques, mais peu gaies, dit le jeune homme en souriant. Tu vois tout en noir. L'autre jour, de grand matin, nos serviteurs ont trouvé chacun devant la porte de leur case un gâteau de farine, un vulgaire *tchapati*, qu'une main mystérieuse y avait

déposé durant la nuit. Dès que cette piètre plaisanterie t'a
été rapportée, tu t'es mis aussitôt à prophétiser d'une façon
lugubre. A t'entendre, ces tchapatis étaient un signe de
guerre et de révolte. Ils signifiaient : « Que chacun cuise son
pain et se mette en marche, car le moment est venu ! » Nos
chiens n'ont fait qu'une bouchée de ces gâteaux, et tu vois
qu'aucun fou n'a cuit son pain et ne s'est mis en marche.

— L'homme a des yeux pour ne pas voir, des oreilles pour
ne pas entendre, répondit emphatiquement le vieillard.

— Allons, bon, tu recommences tes proverbes, s'écria
André avec humeur. Adieu, Mali, nous te raconterons les
détails de la fête ; peut-être cela te déridera-t-il. »

Et prenant sa sœur par la main, il l'entraîna en courant
vers l'habitation, laissant Mali maugréer contre son ennemi
Doundou.

Le jour de la fête, ce jour tant désiré, vint enfin. Une barque qu'on avait gaiement pavoisée de drapeaux français devait
conduire la famille Bourquien jusqu'au palais de Bihtour, situé sur la même rive du Gange, en amont de Gandapour.

Le voyage fut charmant. André et Berthe s'extasiaient devant le paysage et témoignaient leur joie par des cris et des
rires. Seul M. Bourquien était pensif et soucieux, mais sa
préoccupation restait inaperçue de ses enfants, tout entiers à
leur bonheur.

Non loin de Bihtour, le bateau de la famille Bourquien rejoignit d'autres barques chargées d'invités, se rendant aussi
chez le prince. On navigua de conserve, et les rires et les joyeux
propos redoublèrent. Mais quand, à un coude du fleuve, le
palais de Doundou apparut soudain à tous les yeux, ce fut un
concert de cris admiratifs et de hourrahs enthousiastes.

Il eût été difficile de rêver un spectacle à la fois plus grandiose et plus poétique. Le palais, vaste construction de marbre
blanc et rose, dressait majestueusement ses longues façades

lélicatement découpées, ses rangées de balcons, ses tourelles
surmontées de légers clochetons, au sommet d'un gigantesque, d'un prodigieux perron dont les mille marches
sculptées venaient tremper dans le fleuve. Partout flottaient
d'immenses étendards de soie, mariant au gré du vent leurs
mille couleurs. Une foule bariolée couvrait les terrasses
suspendues au-dessus de l'eau où se balançaient des centaines de gondoles à la proue dorée, aux longs mâts pavoi-
sés. Le grand soleil de l'Inde, frappant cet amas de dorures
et de couleurs, en rehaussait l'éclat et l'enveloppait d'un
éblouissant mirage.

Lorsque la petite flottille des invités aborda au perron de
marbre, des clameurs joyeuses s'élevèrent du sein de la
foule et des fanfares cachées dans les jardins firent résonner
les échos.

Le prince Doundou en personne, transgressant la raide
étiquette hindoue, se tenait sur le rivage et accueillait chaque
nouveau venu d'une parole aimable. A la vue de M. Bourquien
sa figure s'illumina et il vint avec empressement à sa rencontre.

« Ah! noble Sirdar, s'écria-t-il (le titre de *Sirdar*, qui
équivaut à notre titre de duc, avait été conféré à la famille
Bourquien par les rois maharates), malgré votre promesse,
j'espérais à peine avoir le bonheur de vous recevoir, vous et
vos charmants enfants. Combien je suis heureux que vous
vous soyez décidés à venir ! La fête n'eût pas été complète si
le palais du fils des Peïchvas n'avait pas été honoré de la présence du fils de leur meilleur serviteur.

— Ces temps sont bien loin, répondit M. Bourquien; il n'y
a plus aujourd'hui de Peïchva et je ne suis qu'un humble
planteur, un ouvrier de la terre. »

Sans rien ajouter, Doundou prit le bras de l'Européen et
ils gravirent ensemble les degrés montant au palais. André

et Berthe les suivaient. Les deux enfants continuaient sans se gêner leur examen admiratif.

« Mais, regarde donc, André, disait la jeune fille, ce sont des châles, de vrais châles de Cachemire sur lesquels nous marchons.

— Oui, petite sœur, répondait son frère ; il paraît qu'il en est toujours ainsi chez les riches Hindous. Le châle n'a jamais été pour eux un vêtement, mais bien un tapis doux et moelleux qu'ils emportent avec eux pour servir de siège et atténuer le froid des dalles sur lesquelles ils s'assoient. Mais regarde donc avec quelle splendeur tous ces nobles sont habillés. En voici un tout bardé de fer et d'or qu'on prendrait pour un paladin, tandis que son voisin, avec son pourpoint de damas et son haut-de-chausses bouffant, ressemble à un mignon de la cour d'Henri III.

— Quel dommage que nous ne puissions pas voir les princesses ! reprit Berthe ; je suis sûre qu'elles doivent ruisseler d'or et de diamants.

— Ah dame ! Son Excellence Doundou Pant Rao, dit en riant le jeune homme, ne pousse pas encore la civilisation jusqu'à permettre aux dames de sa cour de se montrer à nos regards profanes ; mais il est probable que tu seras plus heureuse que nous et qu'il te sera permis de pénétrer dans le harem. »

Tout en discourant, l'on était arrivé au palais, et là les sujets d'étonnement se multipliaient à tel point que les enfants ne savaient plus comment manifester leur admiration.

A peine les invités eurent-ils franchi le vestibule, où se trouvait une double rangée de serviteurs armés d'éventails de plumes de paon et de chasse-mouches en soie de yak, qu'ils se trouvèrent dans un ravissant jardin. Les allées pavées de marbre rose s'enfonçaient sous d'épaisses voûtes d'arbres odoriférants ; des ruisseaux serpentaient dans des canaux incrustés de mosaïques simulant des fleurs et des poissons et se réunissaient dans des bassins d'où l'eau jaillissait en mille gerbes.

Au bout du jardin s'élevait un élégant pavillon, supporté par cent colonnes d'albâtre oriental, où avait été servie une collation de fruits et de sorbets indiens. Dès que les invités eurent pris place autour de la table, les réservoirs qui recouvraient le pavillon laissèrent échapper leur contenu, qui, s'épanchant en nappe sur les quatre faces du léger édifice, l'enveloppa d'une muraille liquide sur laquelle se jouaient mille arcs-en-ciel.

Après la collation, les Européens parcoururent l'intérieur du palais lui-même ; ils visitèrent les vastes salles d'apparat, où les murs couverts d'arabesques d'or, entourant de minuscules et innombrables miroirs, semblaient étinceler de mille feux ; puis ils passèrent en revue les galeries de miniatures, les chambres de sieste ou de repos, dont toutes les parois de marbre n'ont d'autre ornement que de légères mosaïques de pierres précieuses.

Enfin tout le monde se trouva réuni dans une des salles où devaient avoir lieu les divertissements. Chacun ayant pris place sur les divans qui entouraient la salle, des serviteurs apportèrent aux dames des aiguières d'eau de rose, aux messieurs des houkas allumés et chargés d'un mélange parfumé.

Comme toutes les fêtes indiennes, celle-ci commença par un *nautch*. Le nautch, ou danse des bayadères, n'est pas une danse véritable, comme nous nous le représentons. C'est une cérémonie presque sérieuse et qui a un caractère demi-religieux. Enveloppées de longs voiles de soie, les bayadères tournent lentement et gracieusement sur elles-mêmes, en accompagnant leur mouvement d'un chant lent, monotone.

Les fifres, les cymbales, les tam-tams accentuent le rhythme.

Cependant nous devons dire, pour être juste, que ni André, ni Berthe ne manifestèrent un vif enthousiasme pour le nautch. Les jongleurs qui suivirent les bayadères n'eurent guère plus de succès. Ces hommes souples et agiles comme des serpents eurent beau se transformer, se métamorphoser sous leurs yeux, les deux enfants restèrent froids. La fameuse danse des œufs seule réussit à réveiller leur enthousiasme assoupi ; c'est en effet un des tours les plus gracieux qu'exécutent les acrobates indiens. La danseuse, une jeune fille leste et vigoureuse, porte sur la tête une roue en osier d'un assez grand diamètre, placée horizontalement, sur le haut du crâne ; autour de cette roue sont pendus, à égale distance, des fils munis, à leur extrémité, d'un nœud coulant maintenu ouvert au moyen d'une perle de verre. Ainsi parée, elle s'avance portant une corbeille remplie d'œufs. La musique entonne un rhythme saccadé et monotone, et la danseuse se met à tourner sur elle-même avec une grande rapidité. Saisissant alors un œuf, elle l'introduit dans l'un des nœuds coulants, et, d'un mouvement sec, elle le lance de manière à l'enserrer dans le nœud. Par l'effet de la force centrifuge que produit la rapidité du mouvement circulaire de la danseuse, le fil retenant l'œuf se tend, et celui-ci vient se placer en ligne droite sur le prolongement du rayon correspondant de la circonférence. Les uns après les autres, les œufs sont lancés dans les nœuds coulants et viennent bientôt former une auréole horizontale autour de la tête de la danseuse. A ce moment, la danse devient de plus en plus rapide : c'est à peine si l'on peu distinguer les traits de la jeune fille ; le moment est critique, le moindre faux pas, le moindre temps d'arrêt et les œufs se briseraient les uns contre les autres. Mais alors comment interrompre la danse ? comment s'arrêter ? Il n'y a qu'un

Le prince prit la coupe.

moyen, c'est de retirer les œufs comme on les a placés. Cette opération est la plus délicate des deux. Il faut que d'un seul geste, net et précis, la danseuse saisisse l'œuf et l'attire à elle; on comprend que si sa main venait maladroitement se placer dans le cercle, il suffirait qu'elle rencontrât seulement un des fils pour rompre subitement l'harmonie générale.

Après la représentation, les chambellans à canne d'or entrèrent et invitèrent les Européens à passer dans la salle à manger où le dîner les attendait. Là aussi le coup d'œil était féerique; la table, servie à l'anglaise, étincelait de pièces d'argent, de cristaux précieux au milieu desquels s'é-levaient de véritables montagnes de fleurs rares. On racon-tait que le Rao avait fait venir, rien que pour la circonstance, des cuisiniers de Calcutta, à plus de trois cents lieues de Bihtour, et que les fruits et les mets arrivaient de Bombay.

Le prince, selon la coutume hindoue, ne prit pas place à la table, sa religion lui interdisant de manger avec des in-fidèles. Mais à la fin du repas on le vit apparaître, suivi d'un serviteur portant une coupe d'or. Ayant pris la coupe, il la remplit de vin de Champagne et, l'élevant au-dessus de son front, il s'écria d'une voix forte :

« Myladies et gentlemen, à la santé de notre très-gra-cieuse souveraine, la reine Victoria. »

Comme frappés d'un choc électrique par ces simples pa-roles, les assistants se levèrent d'un seul mouvement; tous les verres brillèrent en l'air, et d'un ton grave et enthou-siaste chacun répéta : « La reine! la reine! la reine! »

« A la santé du général Wheeler, ajouta le prince, et de la vaillante armée qu'il représente. »

Ce toast fut à son tour accueilli par un triple hourrah, et fut bientôt suivi d'une série d'autres toasts non moins bien accueillis. Le général Wheeler porta la santé « de l'aimable hôte, l'avenir de la jeune Inde »; chacun eut son mot et son succès. Lorsque ce fut le tour de M. Bourquien, il se fit un peu prier, puis, se levant, il dit lentement en regardant Doundou : « Messieurs, à l'oubli du passé, à l'espoir dans l'avenir. » On applaudit, mais faiblement ; et le major Paterson, ayant murmuré à l'oreille de son voisin que décidément la galanterie française était morte, se leva et but « aux dames du Royaume-Uni et de l'Hindoustan ». Ce toast fut accueilli par une quadruple salve de *cheers* et mérita à son auteur les plus vives félicitations.

A ce moment les gais accords d'un orchestre vinrent rappeler aux Européens que, ainsi que l'avait dit Berthe, la fête serait mi-partie indienne et mi-partie européenne. Tout le monde passa dans la salle de bal, où bientôt les groupes tourbillonnèrent allègrement.

Seul M. Bourquien était resté à la porte et semblait regarder tristement les ébats de toute cette brillante jeunesse. Tout à coup il sentit une main se poser sur son épaule, et une voix qu'il reconnut pour celle du prince lui dit familièrement :

« Eh bien, Sirdar Bour Khan, pourquoi rester ainsi loin de la fête ?

— Ces amusements ne sont plus de mon âge, prince, dit-il, et le moment lui-même n'est guère aux amusements.

— Que voulez-vous dire, Sahib ? dit vivement Doundou.

— Eh ! vous le savez sans doute aussi bien que moi, reprit M. Bourquien, mieux peut-être. Tandis que nous dansons ici, je ne sais quel vent funeste semble souffler sur la vieille Inde. L'air est chargé d'une sourde électricité et il me semble que l'orage va éclater à chaque minute. Chaque jour quelque pronostic fâcheux me montre l'imminence du péril et je suis épouvanté devant l'aveuglement de ceux qui nous gouvernent.

— Allons, Sahib, dit le prince, vous vous tourmentez bien

inutilement. Où sont ces terribles pronostics qui vous épou-
vantent? Serait-ce la fameuse distribution de tchapatis, qui
nous a tant fait rire l'autre jour chez le général? Croyez-moi,
la puissance anglaise est désormais fermement établie et rien
ne pourrait l'ébranler. Ne peut-elle pas compter sur l'appui
des chefs mêmes de la nation indienne? Voyez, moi-même,
moi le fils du Peïchva, ne suis-je pas venu m'incliner devant
elle! N'ai-je pas entouré ma réconciliation de tout l'éclat possible? N'ai-je pas, l'autre jour, juré fidélité à la reine, et pour
rendre mon serment indéliable n'ai-je pas en jurant étendu la
main sur le front sacré de la vache? Non, non, rassurez-vous
et laissez danser sans crainte ces enfants. »

M. Bourquien ne semblait pas convaincu ; il répondit en
secouant tristement la tête :

« Je crois à votre parole et à votre fidélité, Doundou, mais
cela ne suffit pas pour dissiper mes craintes. Riez si vous voulez des mystérieux tchapatis, signal redoutable pour celui qui
sait voir, mais j'ai d'autres nouvelles plus alarmantes, plus
véritables, plus terribles, et je m'étonne vraiment de voir le
général Wheeler aussi tranquille.

— Quelles nouvelles? dit le prince avec lenteur.

— Je viens de recevoir d'un de mes amis d'Allahabad une
lettre qui m'annonce que les fusiliers bengalais de Serampour
se sont soulevés le mois dernier et ont massacré leurs officiers.

— C'est une vieille nouvelle, interrompit Doundou, et tout
est rentré dans l'ordre.

— Oui, c'est vrai; mais depuis les cipayes se sont révoltés
à Patna, à Agra, et si j'en crois la lettre de mon ami, les cipayes de Meerut marchent sur Delhi.

— Mais alors, c'est un soulèvement général, s'écria avec
feu le prince. Que peuvent faire les quelques poignées d'Européens devant ces bataillons?

— Ils lutteront, répondit gravement M. Bourquien, et

chacun saura faire son devoir et périr, s'il le faut, pour défendre la cause de la civilisation.

— Vous ne voulez pas dire, interrompit Doundou, que vous prendriez les armes vous-même? Respecté, aimé de tous, vous savez que vous ne craignez rien et que le triomphe des Hindous amènerait votre fortune. Votre aïeul ne s'est-il pas cent fois mesuré avec succès contre les Anglais?

— Mon aïeul luttait en vaillant soldat face à face, avec son ennemi; mais pas plus que moi il n'eût accepté de servir ou de commander une poignée de rebelles sans loi et sans drapeau, qui commencent dès aujourd'hui leur prétendue revendication par le pillage et le meurtre.

— Vous êtes un noble cœur, s'écria le prince, et si les Anglais ont beaucoup d'alliés comme vous, ils n'ont rien à craindre. Mais encore une fois vos craintes sont chimériques. Nous danserons encore souvent à Bihtour, avant que vos lugubres prédictions s'accomplissent. » Et il s'éloigna après avoir serré la main du Français, qui s'enfonça, tout préoccupé, sous les ombrages épais du jardin.

Le bal se prolongea fort avant dans la nuit. Les invités remontèrent dans leurs barques et descendirent le fleuve, escortés par des bateaux portant des musiciens et brillamment illuminés.

Quand André et Berthe se couchèrent ce jour-là, leurs jeunes têtes étaient tellement pleines de lumière et de splendeurs qu'ils croyaient avoir rêvé.

Il salua cérémonieusement.

CHAPITRE V

Vengeance et Peïchva !

Le lendemain de la fête, M. Bourquien, laissant ses enfants se reposer des émotions de cette journée si remplie, sortit de grand matin pour aller inspecter la récolte des indigoteries qui se faisait à cette époque.

A peine eût-il franchi le seuil de l'enceinte de la factorerie qu'il se trouva en présence du vieux Mali. Le charmeur semblait prêt à se mettre en route ; ses corbeilles à serpents, constituant tout son bagage, reposaient à côté de lui.

« Eh bien, Mali, lui dit M. Bourquien avec étonnement, où vas-tu donc de si bonne heure ?

— Je pars, seigneur, répondit le vieillard. Après avoir retrouvé mes fugitifs, je traverserai le Gange ; quelques heures alors me sépareront de ma maison.

— C'est ainsi que tu nous quittes, reprit le planteur, sans seulement avoir fait tes adieux à moi et à tes deux jeunes protecteurs?

— Non, cher maître, telle n'était pas mon intention, dit Mali. Je comptais bien ne pas m'éloigner sans m'être prosterné devant vous et vos enfants. Mais j'espérais vous voir seul, et c'est pour cela que je vous attendais ici.

— Qu'as-tu donc à me demander? dit M. Bourquien. Tu as eu jusqu'ici de trop bons avocats pour ne pas être sûr que je t'accorderai encore la faveur que tu me demanderas. Parle, que veux-tu?

— Rien, mon seigneur, vous m'avez comblé déjà, répondit le vieillard, et il n'est nullement besoin de me rien accorder pour que Mali soit à jamais votre esclave. Permettez-moi seulement une question. Que vous a dit hier Nana Sahib?

— Quel Nana Sahib?

— Excusez-moi, reprit le charmeur, je voulais dire le prince Doundou, ainsi que vous l'appelez. Lorsque Doundou était fils et héritier présomptif du dernier Peïchva, on l'appelait Nana Sahib, parce que c'était le nom qu'il devait prendre à son avènement au trône. De là la coutume qu'ont conservée quelques vieillards, comme moi, amis de son père, de l'appeler Nana Sahib.

— Fort bien, mon ami. Mais le prince ne m'a rien dit de particulier.

— Ah! cela est surprenant, » dit Mali.

Puis, après un instant d'hésitation, il ajouta :

« Il faut cependant que je vous parle, seigneur, dussent les paroles que je vais prononcer me coûter la tête. Asseyez-vous, de grâce, près de moi, car mes jambes sont encore faibles, et veuillez m'accorder une minute d'attention. »

M. Bourquien obéit à l'invitation du charmeur et prit place avec lui sur le bord du chemin.

« Tout enfant, commença le charmeur, il y a bien long-temps de cela, je fus amené par mon père à la cour de Pounah pour faire danser avec lui les serpents pendant les solennités du Dassara. Le hasard voulut qu'un jour que je remplissais seul ces fonctions sacrées dans le temple de la douce Parbati, la Bonne Déesse, la reine vint à entrer, accompagnée d'une suite nombreuse. Tout en tremblant, je continuai mes exorcismes et chantai selon l'usage un de nos refrains antiques. Ma figure plut à la princesse, elle s'informa de mon âge, et enfin finit par obtenir de mon père qu'il me laisserait à la cour, où je serais employé au service de la Rani.

» Je grandis donc auprès du Peïchva. C'était alors le temps de sa puissance ; ses généralissimes Holkar et Scin-dia occupaient en son nom les deux tiers de l'Hindoustan ; ses armées luttaient victorieusement contre les Anglais, qui arrivaient alors à la cour non en maîtres arrogants, mais en ambassadeurs suppliants. Je voyais souvent venir à Pounah les officiers français qui dirigeaient nos armées : Perron Sahib, le Sirdar de Boigne ; et parmi eux j'ai admiré plus d'une fois la noble prestance de votre grand-père, le fameux Bour Khan, comme on l'appelait, le héros des héros, le dernier qui resta fidèle à notre cause.

» Bientôt en effet tout s'effondra. Un beau jour, la reine dut quitter en fugitive son palais doré de Pounah. Je l'ac-compagnai avec quelques serviteurs dévoués et nous nous réfugiâmes dans un village du Bundelcund. Nous emme-nions avec nous le jeune Nana, un pauvre bébé, ouvrant à peine les yeux et cependant le seul espoir de la grande nation maharate, l'unique héritier du roi des rois.

» L'enfant grandit dans l'exil, et je restai auprès de lui,

l'aimant comme mon fils, le vénérant comme mon maître.
C'était cependant une nature fière, indomptable et cruelle,
et je me disais parfois que son cœur avait dû être ciselé
dans un bloc d'acier. Il me le fit bien voir. Un jour un officier anglais vint nous trouver dans notre retraite. Il était
envoyé par le vainqueur, qui offrait au prince Doundou une
fortune immense contre l'abandon de ses titres légitimes.
Je croyais que le prince refuserait, mais il accepta. Mon
cœur de patriote fut si froissé de cette faiblesse, que le soir
même, me promenant avec lui seul, sur le bord de la Nerbudda, je lui fis, avec un peu trop de rude franchise, les
reproches que me permettaient et mon âge et la position que
j'avais près de lui. A peine eus-je parlé que je reculai épouvanté de l'effet de mes paroles sur le prince. « Malheur
à toi, me cria-t-il, lâche et impur sorcier, d'avoir un instant douté de moi. Sache-le bien, et j'en prends le saint
fleuve Nerbudda à témoin, jamais Nana n'oubliera, jamais
Nana ne pardonnera. Dussé-je m'abaisser jusqu'à me faire
l'ami des infâmes Anglais, je n'hésiterai pas si cette voie
doit me conduire à la vengeance. Et je la veux complète,
je veux que le sang de leurs femmes et de leurs enfants me
paye les larmes que j'ai versées sur mon pays humilié et
esclave. Quant à toi, pars, éloigne-toi de ma présence, et
que ta figure de mauvais augure ne se montre plus à mes
yeux. »

» Rien ne put attendrir le courroux de mon royal élève.
Je repris le bâton de mendiant et le métier de mes pères.
L'autre jour, pour la première fois après vingt ans, je me
suis retrouvé devant Doundou, je l'ai imploré et il n'a pas
eu pitié de la misère de son vieux serviteur. Eh bien, souvenez-vous, Bourquien Sahib, Nana n'a rien oublié, rien
pardonné. Il pare en ce moment de fleurs les victimes qu'il
égorgera demain. »

En ce moment des cris joyeux interrompirent le charmeur : c'étaient Berthe et André qui, après une longue recherche, venaient de découvrir M. Bourquien.

« Bonjour, papa, cria Berthe de loin, nous te cherchons depuis une heure. »

Une minute après, les deux enfants étaient dans les bras de leur père.

« Que fais-tu donc là avec Mali en si mystérieuse conférence ? dit André. J'espère qu'il ne te débite pas ses proverbes habituels : Celui qui a ravi le fils de la tigresse doit craindre de voir ses griffes pousser. L'homme a des yeux pour ne pas voir. — Décidément, mon vieux Mali, j'aime mieux tes tours que ta morale.

— Tu t'en vas donc, Mali ? ajouta Berthe. Sans nous dire adieu, ce n'est pas bien.

— En effet, mademoiselle, je pars, répondit le charmeur, mais je remerciais en ce moment votre père de toutes ses bontés et j'attendais votre lever pour vous dire adieu.

— Pourquoi t'en aller ? reprit Berthe.

— Si je tarde plus longtemps, dit Mali, je ne retrouverai plus mes serpents, et ma perte serait irréparable.

— Oh ! encore tes vilains serpents ! » dit la jeune fille.

Enfin le vieux charmeur fit ses adieux à tous et se mit en marche non sans avoir répété : « Souvenez-vous, mes seigneurs, que Mali le Nât est à vous corps et âme. Fût-il au fin-fond de l'Inde, si vous avez besoin de lui, appelez-le et il sera là. »

Pendant longtemps les enfants regardèrent le vieillard s'éloigner ; ils ne rentrèrent à la maison que lorsqu'il eut disparu au détour du chemin, et alors leurs yeux étaient humides comme si le vieux sorcier, méprisé de tous, eût été un ami regretté.

Quant à M. Bourquien, il éprouvait quelque ennui que

ses enfants eussent interrompu les révélations de Mali. Un
moment, il fut tenté d'envoyer un cavalier à sa recherche
et de le faire ramener ; mais, après réflexion, il se dit qu'en
somme les paroles du charmeur n'étaient sans doute que
l'expression d'un cœur aigri par l'ingratitude de son royal
élève et qu'il ne fallait pas en exagérer la portée.

Le jour même, il reçut un message confidentiel du général Wheeler. Le général avertissait le planteur que la situation s'aggravait d'heure en heure ; le mouvement semblait
se généraliser ; les rebelles marchaient sur Delhi ; le Nawab
d'Oude paraissait prendre le parti de la révolte ; Cawnpore
même allait se trouver menacé. Le général prévenait M. Bourquien de prendre toutes les mesures de précaution nécessaires. « Fort heureusement, écrivait-il en terminant, le
prince Doundou nous est dévoué. Je me suis entretenu avec
lui hier soir, et il s'offre à protéger nos familles et à leur
accorder asile dans son palais. Dès demain je vais faire
transporter à Bihtour sur des barques les femmes et les
enfants de notre garnison européenne. Là ces êtres faibles
seront en sûreté, et les hommes ainsi rassurés ne feront
que mieux leur devoir. »

« Pourvu, pensa M. Bourquien, à qui les paroles de Mali
revinrent à l'esprit en lisant ces mots, pourvu que Nana
ait oublié et pardonné ! »

Cependant, sans perdre de temps, le planteur rassembla
tous les gens de la factorerie et leur expliqua ce qu'il attendait d'eux. Tout le monde se tiendrait armé nuit et jour et
au premier signal d'alarme se réunirait dans la cour de
l'habitation. Des factionnaires seraient postés dans la campagne et préviendraient de l'arrivée de toute troupe sus-
pecte. Enfin les murs furent renforcés et les portes conso-
lidées.

Tous ces préparatifs avaient consterné les enfants, qui

accusaient Mali d'avoir futilement épouvanté leur père. André essaya de protester, mais M. Bourquien le rappela sévèrement à l'ordre, en lui disant que le temps des plaisanteries était passé.

Bientôt les nouvelles sinistres redoublèrent ; chaque jour apprenait la défection d'un nouveau corps de cipayes.

Les Européens de Cawnpore et des environs envoyaient leurs familles à Bihtour, le prince ayant fait de nouveau déclarer publiquement qu'il prenait le parti des Anglais et offrait l'hospitalité à tous les fugitifs.

André et Berthe passaient leurs journées sur le bord du Gange, regardant tristement défiler les barques chargées de monde qui remontaient à Bihtour. Cette fois, le fleuve ne retentissait plus de rires et de chants joyeux. Les femmes et les enfants se pressaient sur les bateaux, emportant les objets les plus précieux, et l'on entendait leurs pleurs et leurs lamentations, car tous laissaient derrière eux un père ou un mari qu'ils craignaient de ne plus revoir. Une semaine se passa ainsi au milieu des plus vives angoisses. On savait maintenant que les troupes du Nawab d'Oude marchaient sur Cawnpore, qui n'avait qu'une garnison de quinze cents Européens et quelques milliers de cipayes sur lesquels on ne pouvait guère compter.

Tous les vassaux de la factorerie avaient répondu à l'appel du maître de Gandapour, et M. Bourquien pouvait compter tout au moins détourner l'ennemi, qui ne s'attarderait pas longtemps devant une place si peu importante.

Les factionnaires disséminés dans la plaine faisaient bonne garde et personne n'approchait des murs sans avoir fait connaître ses intentions. De plus M. Bourquien avait intimé l'ordre à tous les siens, et spécialement à André et à Berthe, de ne pas s'éloigner des lignes de défense.

On attendait ainsi les évènements, quand un jour, dans

l'après-midi, un homme arriva en courant annoncer à M. Bourquien que l'on venait d'apercevoir une nombreuse troupe de cavaliers indigènes s'avancer vers la factorerie.

Aussitôt le clairon retentit, en un instant deux cents serviteurs furent rangés sous les armes dans la cour. Les portes furent fermées et Berthe reçut l'ordre de se cacher dans la pièce la plus reculée de la maison. M. Bourquien envoya reconnaître la troupe que l'on apercevait maintenant à un kilomètre de l'habitation. Quelques hommes dévoués s'offrirent pour affronter l'ennemi probable.

Un quart d'heure après, les défenseurs de la place voyaient arriver un cavalier galopant ventre à terre, un mouchoir blanc piqué au bout de son sabre. Arrivé à quelques mètres de la porte, il s'arrêta court.

« Qui êtes-vous? que voulez-vous? lui cria M. Bourquien du haut de la muraille.

— Eh, seigneur, répondit le cavalier en riant, ne me reconnaissez-vous pas? je suis le lieutenant Doda, le héraut de Son Excellence Doundou Pant Rao qui m'envoie près de vous.

— Que désire le prince? dit brièvement le planteur.

— Son Excellence se rend à Cawnpore, reprit le héraut, avec un corps de cavaliers pour renforcer les troupes du général Wheeler, car on dit que les rebelles (que Dieu les écrase!) sont depuis ce matin en vue du fleuve. Son Excellence désire se concerter avec vous pour les mesures à prendre afin de protéger la route de Bihtour dans le cas d'un mouvement tournant de l'ennemi.

— C'est bien, répondit M. Bourquien ; dites au prince que je l'attends ici. Un de mes hommes va vous escorter, afin de donner l'ordre à nos avant-postes de vous livrer passage. »

Puis se tournant vers l'intérieur de la place, il appela un

de ses hommes de confiance, promu pour la circonstance au grade de capitaine.

« Que l'on ouvre la porte principale, lui dit-il, mais que chacun reste à son poste et sur ses gardes. »

Quelques instants après, la troupe du prince arrivait devant la porte. Doundou marchait en tête, monté sur un cheval richement caparaçonné. Il avait revêtu un costume d'une extrême richesse et le front de son turban de drap d'or était caché par une superbe plaque en diamants, le diadème des rois de l'Inde.

Il franchit à cheval et seul la porte de la factorerie et, faisant cabrer gracieusement son cheval, il vint se planter devant M. Bourquien, qu'il salua cérémonieusement.

« Eh, par Indra! mon cher Sirdar, je vous félicite de vos talents de capitaine, s'écria-t-il. Bon sang ne peut mentir, et votre aïeul Hector n'eût pas tiré meilleur parti de cette bicoque que vous l'avez fait. Des avant-postes retranchés, des murailles blindées, et je vois là, ma foi, une troupe de solides gaillards prêts à faire leur devoir. Encore une fois, mille félicitations.

— Je n'ai fait que ce que les circonstances commandent, répondit simplement M. Bourquien.

— Oui, certainement, reprit le prince; mais si chacun agissait comme vous, nous serions sûrs du succès final.

— Oh ! quant à cela, dit avec force le planteur, sur ce point, je suis rassuré; le succès final restera à la cause de la civilisation. Et sachez-le bien, si tous les Anglais de l'Angleterre et de l'Inde étaient anéantis, il resterait encore dix nations en Europe prêtes à relever le drapeau de l'humanité pour marcher sus à ces massacreurs d'enfants !

— Vous avez peut-être raison, dit vivement Doundou. Mais causons de choses plus importantes pour le moment. Vous savez que j'ai offert l'hospitalité dans mon palais à tous les fugitifs. Un grand nombre ont répondu à mon appel, et j'ai en ce moment-ci à Bihtour cent douze femmes européennes et le triple d'enfants. En me portant à la défense de Cawnpore, ainsi que me l'a ordonné le général Wheeler, j'ai été obligé d'amoindrir la garnison qui défend Bihtour. Il est donc de toute urgence que je sois assuré de mes communications. Pour cela je compte sur vous. Cette place, équipée comme elle est, et avec du canon.... Combien avez vous de pièces ?

— Deux, dit M. Bourquien.

— Cela suffit, reprit le prince ; cette place peut donc tenir à la fois la route et le cours du fleuve, d'autant qu'au premier signal nous vous porterons secours.

— C'est entendu, dit le planteur, vous pouvez compter sur moi, faites-en part au général Wheeler.

— J'y serai dans une heure, répondit le prince, et il apprendra tout de ma propre bouche. Sur ce, au revoir, cher seigneur, et bonne chance. »

Et faisant un salut de la main il fit pirouetter son cheval et sortit de l'enceinte, accompagné jusqu'à la porte par M. Bourquien.

Il était déjà éloigné de quelques pas, lorsqu'il fit retourner brusquement son cheval.

« Mais au fait ! cria-t-il, j'oubliais le plus important, le but même de ma visite ; c'est de vous faire connaître le mot d'ordre convenu entre le général Wheeler et moi. Il est de toute nécessité que vous le connaissiez, car les traîtres ne manqueront pas. »

M. Bourquien fit quelques pas vers lui.

« Veuillez approcher plus près, seigneur, dit Doundou, car je ne puis vous le répéter qu'à l'oreille. C'est un secret d'État. »

Le planteur vint se placer à l'arçon de la selle et Doun-

Bourquien tomba comme foudroyé. (Page 65.)

dou, se penchant jusqu'à son oreille, lui cria d'une voix terrible : « Vengeance et Peïchva! » En même temps il lui enfonçait entre les deux épaules un stylet qu'il avait tenu caché dans sa manche. M. Bourquien tomba comme foudroyé au pied du cheval.

Au moment où ces mots terribles avaient retenti, les cavaliers du prince, comme à un signal convenu, s'étaient rués en foule dans l'intérieur de la cour, qu'ils eurent bientôt envahie.

Alors commença une scène atroce de carnage. Les hommes de Gandapour, surpris par la soudaineté de l'attaque, furent sabrés impitoyablement; en vain quelques-uns se retranchèrent-ils un instant dans la maison, les meurtriers eurent bientôt raison de leur courage.

André, resté durant l'entrevue au milieu de l'enceinte, avait vu tomber son père. La trahison, si adroitement combinée, avait été si soudaine, que le pauvre enfant n'en avait compris la réalité que lorsqu'il avait vu les cavaliers, foulant aux pieds de leurs chevaux le corps de son père, envahir la cour. Alors, épouvanté, n'écoutant que l'instinct de la conservation, il avait fui. Déjà parvenu au faîte du mur d'enceinte, il allait se glisser de l'autre côté et gagner la campagne, sur laquelle les ombres de la nuit commençaient à s'étendre, quand il entendit retentir des cris déchirants. A n'en pas douter, c'était la voix de Berthe : « A moi, papa ! à moi, André ! » s'écriait-elle.

D'un bond, André fut de nouveau dans la cour. Au moment où il touchait terre, il vit apparaître deux bandits, dont l'un emportait dans ses bras la pauvre Berthe qui se défendait courageusement et poussait des cris lamentables. Sans un instant de réflexion, l'enfant courut au secours de sa sœur ; mais l'un des hommes l'ayant aperçu l'étendit à terre d'un coup de bambou ferré. Les deux scélérats conti-

nuèrent leur marche et vinrent présenter leur prise à
Doundou, qui, au milieu de la cour, se repaissait de cette
scène de carnage.

A la vue de Berthe, le prince eut un geste de triomphe,
et étendant le bras vers elle :

« Que nul ne touche à cette enfant, cria-t-il d'une voix
vibrante. Le noble sang des Peïchvas coule dans ses veines,
et malheur à celui qui oserait le verser.

— Où faut-il conduire la jeune princesse ? demanda un
des officiers.

— Qu'on la conduise sous bonne escorte dans mon palais
de Bihtour, répondit le prince, et qu'elle y soit entourée
de tous les soins dus à la nièce des Peïchvas. » Puis se
retournant vers ses hommes : « Que l'on mette le feu à cette
habitation et qu'il ne reste pas pierre sur pierre de la
maison de ce traître. Et maintenant à Cawnpore ! »

« Vive Nana Sahib ! vive le Peïchva ! » crièrent mille voix.
Et le feu ayant été mis à la factorerie, préalablement pillée,
la troupe se remit en marche, ne laissant que des cadavres
au milieu des décombres fumants, là où quelques jours
avant régnaient le calme, le bonheur et la prospérité.

Il ne restait plus qu'un vaste brasier.

CHAPITRE VI

Le bon Samaritain.

Les flammes avaient eu rapidement raison de la superbe factorerie de Gandapour, l'orgueil du pays ; maintenant de son haut pignon, de ses larges façades et de ses longues lignes d'élégantes vérandas, il ne restait plus qu'un vaste brasier dont les pâles rougeurs tremblotaient au milieu de la nuit noire.

Un silence de mort régnait dans l'enceinte, que remplissaient des cadavres amoncelés sur certains points. Les séides du farouche Nana avaient bien accompli leur horrible besogne ! Ils n'avaient fait aucun quartier, et, avant leur départ, les quelques blessés qui râlaient encore avaient été brutalement dépêchés. Ni l'âge, ni le sexe, rien n'avait été épargné. Dans leur aveugle fureur, ils avaient massacré

Européens et Hindous, femmes et enfants. Aussi les chacals et les hyènes se repaissaient déjà du festin qui leur avait été si largement servi.

Cependant une victime, une seule, avait échappé à la vengeance implacable de Nana. André, frappé d'un coup de massue au front, était tombé au pied du mur d'enceinte et son immobilité l'avait fait épargner des assassins. Mais, quoique sa blessure fût horrible, il n'était pas mort, et après quelques heures de syncope, la fraîcheur de la nuit le fit revenir à lui.

Il poussa un soupir, se dressa sur son séant, et promena pendant un instant un regard étonné sur ce qui l'environnait.

« Quel rêve affreux, pensait-il, et comme je voudrais être délivré de cet horrible cauchemar ! »

Tout à coup un tison allumé par le vent vint éclairer une minute la scène de désolation, puis tout rentra dans l'obscurité. Mais cette seconde avait suffi pour rappeler André à l'affreuse réalité.

« Mon père ! Berthe ! » murmura-t-il, et il fondit en sanglots. Pendant longtemps il pleura amèrement, il s'accusa d'avoir, par sa lâcheté, été un des instruments de la catastrophe et demanda à Dieu pourquoi il l'avait condamné à survivre à une semblable calamité.

Puis il essaya de s'expliquer la raison qui avait pu amener le prince Doundou, leur ami, leur voisin, à perpétrer une aussi odieuse trahison. Son jeune et loyal esprit ne put trouver aucune bonne raison pour justifier le misérable. Il se dit alors qu'il n'avait dû échapper que par miracle, que bientôt sans doute les assassins reviendraient et qu'ils le tueraient. Il résolut donc d'essayer de fuir. Mais où aller ? où se réfugier ? Il se leva cependant ; il se sentit si faible qu'il dut s'étendre de nouveau à terre.

Le ciel étincelait maintenant de mille étoiles ; André, familier avec les constellations tropicales, vit que celles couvrant l'horizon à l'est commençaient à pâlir devant la blanche clarté de la lumière zodiacale : encore quelques heures, et le jour paraîtrait. Il fallait partir au plus tôt. Rampant sur le sol, il se dirigea vers une citerne placée au coin de la cour et n'y parvint qu'après mille efforts. Arrivé là, il but à plusieurs reprises de longues gorgées pour étancher la soif qui le brûlait ; puis il déchira son mouchoir en bandes qu'il trempa dans l'eau et dont il s'enveloppa le front.

Le pauvre enfant était ainsi occupé, lorsque tout à coup il crut entendre un bruit qui lui fit retenir son souffle. Il lui semblait distinguer un pas dans la cour, près de lui. Son sang se glaça dans ses veines.

Le bruit ne l'avait pas trompé. Là, à quelques pas de lui, un homme dont il ne pouvait distinguer la forme confuse, s'avançait lentement. De temps à autre l'inconnu, arrivé près d'un des corps étendus, se baissait, soulevait la tête du cadavre, semblait l'examiner avec attention, puis la laissait retomber en murmurant.

Plus de doute, se dit André, cet homme a été envoyé par Nana Sahib pour achever les victimes. Tout à l'heure il me trouvera et rien ne pourra me sauver de la mort. Et l'enfant se blottissait dans l'ombre de la citerne.

Cependant le mystérieux visiteur semblait fatigué de ses lentes recherches. Il s'était arrêté, et debout il sondait de ses yeux les recoins de la cour comme pour s'assurer qu'aucun cadavre ne lui avait échappé.

Soudain il sembla à André que l'homme venait de prononcer son nom, mais d'une voix tellement voilée que ce n'était qu'un murmure.

Encore une fois les mêmes mots furent prononcés, et

cette fois le jeune homme entendit distinctement : « Andhra Sahib ! »

Son cœur battait à se rompre. Que penser ? était-ce un ami ou un assassin ?

Mais cette fois plus de doute, la voix est devenue plus distincte, et l'enfant a reconnu le charmeur.

« Mali ! Mali ! » s'écrie-t-il, et une seconde après il est dans les bras du vieillard, qui l'embrasse tendrement.

« Ah Andhra ! dit doucement Mali, je n'espérais plus vous retrouver. Que Parbati soit bénie, qui a guidé mes recherches ! »

L'enfant ne dit rien que : « Mali ! Mali ! » et il pleure. C'est que Mali, c'est la vie, c'est l'espoir, c'est un sauveur.

« Oui, c'est le vieux Mali, reprend le charmeur, le vieux Mali qui vous aime et qui donnera sa vie, s'il le faut, pour sauver son cher protecteur. C'est que je vous dois tout, bien-aimé seigneur, et la vie que vous m'avez conservée n'est pas votre don le plus précieux. Depuis le jour où j'ai été repoussé par mon royal élève, celui-là même qui est devenu le plus infâme des traîtres, depuis ce jour j'ai erré sur la terre, la main et le cœur levés contre l'humanité. Désormais l'amitié, la bonté, la douceur, la compassion n'étaient pour moi que de vains mots. Et en me tendant la main, en relevant le pauvre paria délaissé, vous m'avez rendu tous ces biens. Je n'étais qu'une bête vivant au milieu de reptiles immondes, et vous m'avez fait un homme. Ah ! que n'ai-je pu détourner le coup qui vous menaçait ? Pendant toute la journée, je suis resté sur la rive opposée du fleuve, en face de Gandapour, sans pouvoir trouver une barque pour venir jusqu'à vous et vous avertir de la trahison de Nana. J'ai dû rester spectateur impuissant de l'horrible tragédie. Cette nuit seulement, alors que, plein de rage, je suivais la berge du Gange, le hasard m'a fait

Il plaça André sur ses épaules.

découvrir, amarrée parmi les herbes, la barque d'un pê-
cheur. Sans espoir je suis venu ici, mais le puissant Mahadeo m'a guidé. La barque est au rivage. Il faut fuir maintenant et bien vite, car le jour ramènera bientôt ces bri-
gands.

— Fuir, s'écria André, et mon père? et ma sœur?

— Où sont-ils? je l'ignore, répondit tristement le vieillard. Depuis une heure, j'inspecte anxieusement le visage
de chaque cadavre. Aucun ne m'a échappé, mais je n'ai vu
nulle part ni votre père, ni votre sœur.

— Ma sœur! oui, je m'en souviens, je l'ai vu emporter
vivante par deux bandits, et c'est en essayant de la secourir
que j'ai été frappé.

— Dans ce cas, rassurez-vous, dit Mali. Je connais Nana
Sahib. Votre sœur, petite-fille d'une princesse du sang
maharate, sera sacrée pour lui. Il l'enfermera dans un palais pour la faire élever selon les principes des Brahmanes
et la marier plus tard à quelque Rajah de ses alliés.

— Infortunée Berthe! s'écria le jeune homme. Mais
mon père! s'il est mort, je veux au moins m'agenouiller
près de son cadavre et embrasser son front.

— Hélas! dit le charmeur, ce dernier bonheur ne vous
sera même pas réservé. Car, si je ne me trompe, les assassins, après l'avoir égorgé, auront jeté son cadavre dans les
flammes. Tout à l'heure, en fouillant les décombres, j'ai
découvert avec épouvante un corps à demi carbonisé autour
duquel se voyaient encore des débris de vêtements européens. »

Cette fois, c'en était trop pour André, et le pauvre enfant
s'évanouit dans les bras de Mali.

Le vieux charmeur le posa doucement à terre et parut
se consulter. Puis, comme pris d'une inspiration soudaine,
il dépouilla un des cadavres de son turban et de son large

dhouti de toile et, prenant maternellement André sur ses genoux, il lui retira ses vêtements et les remplaça par ceux de l'Hindou. S'approchant ensuite du brasier, il brûla en partie le costume du jeune Français et en dissémina les fragments carbonisés.

Pendant toutes ces opérations, l'enfant n'avait pas donné signe de vie. Le charmeur essaya de le ranimer, mais en vain.

Cependant déjà le jour blanchissait l'horizon. Il n'y avait plus de temps à perdre. Le vieillard, rassemblant ses forces, souleva André et le plaça sur ses épaules ; puis il s'achemina péniblement vers le fleuve.

Semblable au bon Samaritain qui racheta toutes ses erreurs par sa charité, le vieux charmeur, le sorcier méprisé, le vil compagnon des serpents, s'élevait ainsi d'un seul coup, par son dévouement, aussi haut que son royal élève, le prince respecté, le compagnon recherché de tous, était tombé bas.

André les voyait glisser sur le sol.

CHAPITRE VII

L'éducation d'André.

C'était une bien misérable demeure que la cabane du vieux charmeur. Quatre pieux supportant un toit de chaume envahi par les plantes parasites en constituaient toute l'architecture. Les murs n'étaient que des nattes de bambou clouées entre les pieux. Au centre de l'une des parois, on avait ménagé une ouverture, c'était la porte, que fermait une vieille draperie.

L'intérieur n'était guère plus luxueux. Le sol bien nivelé, proprement passé au torchis, était en partie recouvert d'une natte. L'un des angles de la pièce suffisait à peine à contenir un amas de corbeilles, de baguettes, d'oripeaux, toute la fortune du charmeur ;

tandis qu'un lit de corde monté sur quatre pieds bas, un *tcharpoy*, comme disent les Hindous, remplissait l'autre extrémité.

C'est sur cette couche primitive que reposait depuis bientôt huit jours le pauvre André. Il semblait que la mort ne lui eût laissé un instant de répit que pour le faire souffrir plus longtemps. Il avait passé cette semaine entière sans reprendre connaissance, en proie à un délire constant.

Sans se décourager, le bon Mali l'avait soigné avec un dévouement tout maternel, et bientôt il put espérer que la robuste constitution du jeune homme lui ferait surmonter victorieusement tous ces terribles chocs. Le mal, en effet, décroissait à vue d'œil, et un jour vint enfin où le malade, sans recouvrer ses sens, put reposer paisiblement.

Ce jour-là, Mali s'empressa de profiter de ce calme pour quitter un instant son jeune protégé et aller au village voisin chercher quelques provisions.

Il était absent depuis quelques heures, quand André sortit enfin de son long sommeil. En ouvrant les yeux, il eut le même mouvement de stupéfaction que lorsqu'il était revenu à la vie dans la cour de la factorerie incendiée. Mais si la scène qui l'avait frappé alors était horrible, le spectable qui s'offrait maintenant à ses yeux lui semblait dépasser les bornes du fantastique.

Enfermé dans l'étroite chaumière dont Mali avait eu soin en partant de clore l'ouverture, l'enfant voyait, à travers le demi-jour filtrant par les interstices des parois, s'agiter autour de lui mille formes étranges. Bientôt ses yeux, s'habituant à la pénombre, distinguèrent avec épouvante que ces formes mouvantes n'étaient autres que des serpents. Il y en avait partout. André les voyait glisser en sifflant sur le sol, s'enrouler autour des poteaux ou se balancer aux traverses du toit.

Le pauvre enfant, glacé de terreur, se pelotonnait sous la couverture qui abritait son corps nu. Il n'osait ni crier, ni remuer. Soudain un pas circonspect se fit entendre à la porte et une main souleva doucement la draperie.

Cette fois encore l'enfant reconnut le charmeur et s'écria : « Mali ! Mali ! »

Le vieillard entra et, balayant du pied et du geste toute la gent rampante qui se réfugia bien vite dans les corbeilles, il s'approcha de l'enfant.

« Enfin, s'écria-t-il, vous voilà donc revenu à la vie, et c'est pour tout de bon, n'est-ce pas, cette fois?

— Mais, mon cher Mali, dit l'enfant encore tout tremblant, où m'as-tu donc emmené?

— Chez moi, mon cher Andhra, répondit le charmeur. La demeure n'est ni belle ni confortable, mais c'était le seul asile sûr que j'eusse à vous offrir. Quoique nous ne soyons qu'à deux lieues de Cawnpore, personne n'osera venir vous chercher ici, et pas un cipaye n'essayerait d'affronter la garnison du vieux sorcier. Mes factionnaires paraissent vous avoir fait peur à vous-même. Mais nous ne resterons du reste pas longtemps ici, et dès que vous serez capable de partir...

— Tout de suite, interrompit André impétueusement. Je t'assure que je sens mes forces tout à fait revenues, et si tu veux me rendre mes vêtements...

— Du calme, du calme, dit le vieillard en riant. Chaque chose à son temps. Nous parlerons de cela tout à l'heure. Laissez-moi vous donner tout d'abord des nouvelles qui vous rendront plus tôt vos jambes que ne le feraient tous mes breuvages.

— Mon père est vivant! dit André.

— Peut-être oui, peut-être non, répondit Mali. Dès notre arrivée ici, j'ai dépêché à Cawnpore un jeune garçon qui m'est très-dévoué et qui m'accompagne souvent dans les foires. C'est Miana, le montreur de singes; vous le connaîtrez bientôt. Ce gaillard est adroit et rusé comme ses élèves. Il a pénétré, grâce à ses drôleries, jusqu'au milieu des rebelles qui assiègent Cawnpore, et il m'a appris tout ce que je désirais savoir. Tout d'abord, les gens de Nana croient que vous êtes bel et bien mort et que votre corps a été consumé par les flammes, car ils n'ont retrouvé dans les décombres que des lambeaux de vos vêtements carbonisés. Ceci est un point capital pour nous, et que j'avais du reste soigneusement préparé lors de notre fuite. D'autre part, ils sont persuadés que votre père a pu fuir, et cela pendant le pillage même de la factorerie. Lorsque Nana eut traîtreusement frappé M. Bourquien de son poignard, les bandits se portèrent en avant sans plus s'occuper de celui qu'ils croyaient mort. Mais quand ils revinrent pour mutiler son cadavre, il avait disparu. C'est en vain qu'ils suivirent les traces de sang jusque dans la jungle : votre père était si bien caché qu'ils ne purent le trouver. Où est-il maintenant? C'est ce que j'ignore; en tout cas il a échappé aux bandits.

— Merci, mon Dieu! s'écria André. Ah! Mali, il faut nous mettre à sa recherche dès aujourd'hui.

— Voici donc, continua le charmeur, deux renseignements importants rapportés par Miana. Troisième point : mademoiselle Berthe a été enlevée, comme nous le pensions, mais elle est saine et sauve. De plus l'on sait que Nana, après avoir eu l'intention de l'envoyer à Jhansi, l'a fait conduire chez un rajah du nord de l'Hindoustan. Lequel? ici je suis encore dans le doute, peut-être dans l'Aoùdh, ou dans le Garhwal, mais nous le saurons.

— Oh oui ! n'est-ce pas, Mali? dit André, nous nous mettrons à leur recherche. Il faut que je retrouve Berthe et mon père.

— Certainement, mon cher seigneur, dit Mali; mais avant de penser à sauver les autres, il faut penser à nous sauver nous-mêmes, et ce n'est pas encore chose si facile. Tout d'abord, je vous prie d'excuser votre serviteur s'il vous conjure de lui obéir en tout point en ce qu'il va vous proposer. Là seulement est le salut.

— Ne sais-tu pas d'avance que tu peux y compter? répondit le jeune homme avec fermeté. Il n'y a en ce moment ici ni seigneur ni serviteur; il y a un enfant faible, impuissant, qui se confie à un homme loyal et honnête.

— Eh bien, soit, dit le charmeur, vos paroles me rassurent. Voici donc mon projet. Si vous sortiez d'ici avec moi dans vos vêtements européens, nous n'aurions pas fait deux lieues que nous serions découverts et massacrés. Il faut donc que vous preniez le costume hindou.

— Je ne demande pas mieux, s'écria André, dont nous connaissons les préférences à ce sujet.

— Fort bien, continua Mali, mais cela ne suffit pas. Dans ces temps de terreur, tout est suspect; au premier village où nous arriverons, on ne manquera pas de s'écrier : « Quel est donc ce jeune homme que le sorcier conduit avec lui? » et il faut que je puisse répondre : C'est mon fils que j'emmène avec moi et qui est déjà mon égal dans l'art de charmer les serpents.

— Mais c'est impossible, mon bon Mali, interrompit André, comment veux-tu que je sache charmer les serpents ?

— Tranquillisez-vous sur ce point, reprit le vieillard; en quelques leçons je me charge de vous rendre aussi habile que moi. Le seul point important à décider est si vous

acceptez de jouer ce rôle auprès de moi et si vous m'auto-
risez ainsi à dépouiller en public toutes les marques du
respect que je vous dois.

— Tout ce que tu voudras, s'écria l'enfant, à la condition
que tu me feras retrouver mon père et ma chère Berthe.

— Nous ferons notre possible, dit Mali. Pour le moment,
puisque tout cela est décidé, vous allez commencer à
m'obéir. Vous allez prendre cette potion que j'ai préparée
à votre usage et vous endormir jusqu'à demain matin.

— Avec plaisir, mon bon Mali. »

André but d'un seul trait, sans faire la grimace, l'amère
potion, puis, le cœur gonflé de joie et de reconnaissance,
au moment de s'étendre sur sa couche, il s'écria tout à
coup :

« Viens m'embrasser, mon vieux Mali, car je t'aime, » et
lorsque le vieillard, tout ému, l'eut serré dans ses bras :
« Maintenant, bonsoir et à demain, » dit-il, et il s'endormit
aussitôt.

Fidèle en tout point à sa promesse, André ne se réveilla le
lendemain qu'assez tard. Il se sentait frais et dispos, et en
ouvrant les yeux, sa première pensée fut de remercier Dieu,
qui au milieu de son désespoir lui avait envoyé un ami si
dévoué. Aussi, à peine sur son séant, il promena un regard
de bonheur sur l'humble toit qui l'abritait. Le soleil, entrant
par la porte grande ouverte, dorait les murs de bambous et
se jouait dans le lacis des nattes. Que la cabane de Mali
était donc belle ainsi !

Bientôt André s'aperçut qu'il n'était pas seul ; deux indi-
vidus inconnus au jeune homme, accroupis sur la natte,
semblait se livrer à une conversation vive et animée, mais
peu bruyante. Le premier de ces inconnus était un jeune
Hindou, charmant garçon de l'âge d'André ; le second était
un beau singe de la race des langours.

André reconnut tout de suite dans ce groupe le jeune Miana, dont le charmeur lui avait la veille expliqué la profession et raconté les exploits à Cawnpore.

A genoux devant son singe, Miana lui tenait par gestes une conversation très-animée, à laquelle le singe répondait par des grimaces et des pétillements d'œil. Sans connaître le langage des bêtes, André comprit tout de suite que le jeune Hindou essayait de condamner au calme le gros singe, qui protestait contre cette contrainte. Pensant qu'il était la cause de cette querelle entre les deux amis, André s'écria brusquement : « Bonjour, Miana ! »

Miana fit un tour sur lui-même avec la prestesse d'un acrobate, et sans s'étonner que le jeune Français l'eût reconnu : « Bonjour, Andhra ! lui dit-il familièrement ; comment vas-tu ? »

La connaissance fut ainsi faite sans autre présentation officielle, et quelques instants après les deux garçons semblaient une paire de vieux amis.

Le charmeur était sorti, en laissant des vêtements pour André. Miana aida son nouvel ami à revêtir l'ample dhouti et à enrouler autour de son front un léger turban, mais le buste et les pieds furent laissés nus.

« Et des souliers ? et une veste ? dit André surpris.

— Ah ! ah ! exclama Miana, on voit bien que tu as été un haut et puissant seigneur. Mais, mon cher, les mendiants de notre âge ne portent ni veste, ni souliers. Tout au plus, lorsqu'il fera froid, pourras-tu t'envelopper d'une des couvertures des serpents de Mali ; mais, quant à tes pieds, il n'y a pas de remède : défense est faite par nos seigneurs les brahmanes, à nous vils et impurs Nâts, de porter des souliers, à moins de dispense spéciale. Et je ne sache que le grand pontife de Bhilsa te l'ait accordée comme il l'a fait à notre père Mali. Mais tout cela n'est qu'une plaisanterie.

Notre maître (car Mali est aujourd'hui ton maître comme le mien) m'a bien recommandé de t'expliquer tous ces détails, d'où, à ce qu'il paraît, dépend ton salut lui-même. Il ne faut pas que l'œil le plus exercé puisse soupçonner en toi autre chose qu'un jeune mendiant.

— Soit, dit André avec un léger soupir, je ferai ce que vous désirez, puisqu'il le faut.

— Oui, mon ami, reprit Miana, il le faut. Mais tu peux être sûr que nous ferons tout pour t'épargner de la peine. Tout cela n'est en somme qu'une habitude à contracter. Tes pieds se seront bien vite durcis au contact du sol, et bientôt aussi, tout comme moi, tu n'en sentiras plus les aspérités. Puis ton buste découvert sera vite hâlé par le soleil, et nous n'aurons plus à craindre que ta peau blanche ne révèle ta race aux indiscrets. »

Lorsque Mali revint, il trouva avec plaisir les deux enfants jouant et riant devant la porte de la cabane. Le gros singe, camarade de Miana, faisait tous les frais de la fête. Son maître avait voulu, sans désemparer, donner à son nouvel ami une représentation de ses talents. Hanouman, c'était le nom du singe, étalait avec complaisance son savoir, faisant le mort, brandissant un sabre de bois ou grimpant en une seconde au sommet du toit, le tout au grand ravissement d'André.

« Allons, allons, seigneur, dit le vieillard à cette vue, je vois que Miana a déjà commencé votre éducation. Et il a raison, car il faut nous hâter. Dans quelques jours le pays deviendra trop brûlant pour nous ; nous n'avons pas de temps à perdre pour fuir.

— Mais je suis prêt, dit André, partons tout de suite. D'abord où allons-nous ?

— D'après les informations que j'ai recueillies ce matin, dit Mali, il ne nous reste plus qu'une direction à suivre.

André *frétionnant* le jeune Miaua.

Cawnpore, Jhansi et Agra sont assiégés par les rebelles ;
Delhi, Meerut et Lucknow sont déjà dans leurs mains.
Nous ne pouvons donc fuir que vers le nord. Les princes
de l'Himalaya se sont prononcés pour la cause anglaise,
et les cantonnements de Mussourie ont servi de refuge à
tous les Européens fuyant la vallée du Gange. Il est vrai
que la route de Cawnpore à Mussourie est coupée maintenant : il nous faudra donc faire un détour vers le nord-ouest
et franchir le Téraï. Vous savez sans doute que cette immense forêt marécageuse qui longe la base de l'Himalaya
est abandonnée des humains, et que ses seuls habitants
sont d'innombrables bêtes féroces et des troupeaux d'éléphants sauvages et de rhinocéros. Au sortir de ces marais
pestilentiels, il nous faudra traverser le Dehra Doun, autre
région plus habitée, mais non moins dangereuse. Vous
voyez que les périls se pressent partout autour de nous.

— Qu'importe, dit André, il faut fuir, et j'espère encore
trouver plus de pitié chez les tigres que chez ces bandits
hideux pour qui le carnage est un plaisir. Rien ne m'effraye, je suis prêt à tout.

— Fort bien, seigneur, reprit Mali, je vous approuve,
et, afin d'épargner un temps précieux, je vais à l'instant
vous donner quelques explications sur votre nouveau métier. » Et s'adressant au jeune Hindou : « Allons, Miana,
mets de côté ton singe et va chercher les paniers. Nous
allons donner une répétition générale. »

Les paniers une fois apportés, Mali ouvrit celui dans
lequel reposait la belle cobra Sâprani. Puis, prenant son
toumril, il expliqua à André le mécanisme de cet instrument primitif.

Le toumril est peut-être une des premières flûtes inven-
tées par l'homme, car on le retrouve figuré sur des monuments qui ont plus de quarante siècles d'existence. C'est

un court sifflet, emmanché dans la partie supérieure d'une calebasse, qui est munie elle-même à la partie inférieure de deux courts roseaux percés de trous.

« Il est inutile, dit Mali au jeune Français, que vous cherchiez à jouer un air compliqué. Contentez-vous de souffler, en levant alternativement l'un après l'autre les doigts qui ferment les trous du toumril. Cette modulation monotone et continue produit le meilleur effet sur nos reptiles, qui ne sont pas difficiles en fait d'harmonie. Une fois que le serpent a entendu du bruit, sa curiosité le porte à se rendre compte de l'objet qui l'émet ; pour cela il se dresse et, gonflant son capuchon pour maintenir son équilibre, il essaye d'atteindre le toumril, dont les extrémités, garnies, comme vous voyez, de verroteries brillantes, fixent son regard. Ainsi fasciné, il suivra en se balançant tous les mouvements de votre instrument ; en un mot, il dansera, comme dit le vulgaire. Mais essayez vous-même maintenant. »

Au premier son qu'André tira du toumril, Sâprani, qui sommeillait, se redressa brusquement, sortit du panier et vint se dresser curieusement devant le jeune homme, qui, lui montrant toujours l'extrémité du toumril, lui fit faire ainsi en dansant le tour de la cabane.

« Bravo ! bravo ! exclamèrent Mali et Miana, c'est parfait, c'est fort bien !

— C'est très-amusant, dit André. Je n'aurais jamais cru que cela fût si facile.

— Nous passerons tout à l'heure à des exercices plus difficiles. D'abord nous allons faire sortir tous nos pensionnaires et vous aurez à charmer la troupe entière comme vous avez fait pour Sâprani. »

Bientôt le sol fut couvert d'une troupe multicolore de serpents de toutes tailles, qui, attirés par le son du toumril, se dressèrent autour d'André. Le cercle se rétrécissait ; le jeune garçon, pris de peur, lâcha son instrument et se réfugia dans la cabane, laissant ses élèves bien surpris de sa disparition ; mais les éclats de rire de Miana le firent bientôt reparaître. Prenant courage, il ramassa son instrument et réussit à s'acquitter de sa tâche à la satisfaction de ses professeurs.

Les leçons se continuèrent pendant deux jours, et André y mit tant de bonne volonté que le troisième jour Mali lui déclara qu'il pouvait désormais affronter le public le plus difficile. Non-seulement il avait appris à charmer les serpents, mais encore à s'en servir dans une série de tours fort compliqués et fort surprenants qu'il ne nous appartient pas de dévoiler ici.

Il vint tomber devant André.

CHAPITRE VIII

Dans la jungle.

Par une nuit nòire les trois fugitifs quittèrent la cabane du charmeur. Ils emportaient avec eux, outre les volumineux paniers à serpents, des provisions pour plusieurs jours; aussi étaient-ils pesamment chargés. Sous prétexte qu'André avait encore les pieds trop sensibles pour cheminer à son aise, Miana avait pris sur ses épaules le plus gros du fardeau du jeune homme, lui confiant en échange la direction d'Hanouman. Ce dernier, du reste, dédaignant de se faire porter comme un singe vulgaire, galopait allègrement à côté de la petite troupe joyeuse.

La gaieté semblait en effet régner dans la caravane. Soutenu par l'espoir qu'il reverrait bientôt ses chers parents et aussi par cette inaltérable confiance qui est le plus beau privilège de la jeunesse, André avait oublié tous ses chagrins. Mali, pour ne pas lui laisser trop de temps de réflexion, ne cessait de former de beaux projets. Quant à Miana, sa gaieté naturelle n'ayant jamais reçu le moindre choc, il se laissait aller à toute la joie que lui causait ce voyage impromptu.

Cependant le plaisir du départ n'avait nullement fait négliger les mesures nécessaires de prudence, et, partie longtemps avant le lever du jour, la petite troupe s'était enfoncée profondément dans la jungle.

Mali avait décidé avec beaucoup de sagesse que l'on éviterait soigneusement les routes et les villages tant que l'on serait dans le pays de Cawnpore. André était tellement connu à dix lieues à la ronde que l'on ne pouvait manquer de rencontrer quelque personne qui, bien ou mal intentionnée, percerait son déguisement et ébruiterait ainsi sa fuite.

Les provisions qu'ils avaient emportées devaient permettre aux fugitifs de franchir cette zone dangereuse. On voyagerait, pour plus de précaution, pendant la nuit, et l'on se reposerait le jour au plus profond du bois.

Cette première nuit, nos voyageurs fournirent une longue traite. Mali ne donna le signal de la halte que lorsqu'ils eurent atteint une nullah profondément encaissée au fond de laquelle coulait un frais ruisseau.

Le site était des plus propices. Les fugitifs s'installèrent au fond de la nullah, où ils descendirent avec quelque peine leurs bagages, et une fois là, une troupe entière aurait pu passer presque au-dessus de leurs têtes sans soupçonner leur présence.

André, rompu de fatigue, s'étendit avec satisfaction sur l'herbe fine qui tapissait le bord du ruisseau, tandis que ses compagnons organisaient le camp. Mali étendit les couvertures, défit les paniers, arrangea ses serpents, et Miana se mit, avec l'adresse propre à tous les Hindous, à fabriquer un fourneau et à réunir le combustible nécessaire. Quatre pierres formèrent l'âtre, et bientôt un beau feu de braise sans fumée fut allumé ; un plat de fer fut installé sur le foyer, et en un tour de main Miana eut fabriqué une douzaine de fort appétissantes galettes ou tchapatis.

« Sa haute et puissante Seigneurie, dit-il en se dirigeant vers André, veut-elle jeter un regard de pitié vers son serviteur qui lui apporte son dîner? A mon grand regret, je n'ai pu varier les mets; le premier plat est du tchapati, le second est du tchapati, et le troisième du tchapati. J'espère que Sa Seigneurie sera indulgente pour cette fois-ci et qu'elle pardonnera à son humble esclave. »

Et faisant une cabriole par-dessus son fourneau, il vint tomber à genoux devant André et lui présenta les galettes avec force grimaces d'humilité.

« Par le divin Rama ! s'écria Mali indigné, je crois que ce maudit singe de Miana se permet de se moquer de vous, mon jeune seigneur. Mon bâton va lui apprendre à...

— Non, mon cher maître, dit André en riant et toujours étendu ; Miana a parfaitement raison de se moquer un peu de moi. Je me laisse servir comme si j'avais encore des serviteurs et je reste là allongé tandis que toi, un vieillard, tu travailles. Vous m'excuserez tous deux s'il en est ainsi cette fois; je suis très-fatigué de cette première marche, dans une tenue à laquelle je ne suis guère habitué ; mais dorénavant je tiens à partager votre besogne en tout temps, et non pas seulement en public.

— Mais, Andhra, s'écria Miana, c'était pour rire. Tu sais bien que je suis trop fier de pouvoir être, moi un Nât, le serviteur d'un Sahib.

— Non, non, reprit vivement André, tu es mon frère et non mon serviteur, et le seul maître ici, c'est Mali, à qui nous devons tous deux obéir. »

Le charmeur essaya bien de protester, mais le jeune homme lui coupa la parole, et comme tous mouraient de faim, le repas fut vite expédié. Après ce maigre dîner, arrosé de l'eau du ruisseau, chacun s'étendit sur une des couvertures et se prépara à dormir jusqu'au soir.

« Si quelqu'un survenait pendant notre sommeil, dit André, nous serions pris sans pouvoir nous défendre. Ne ferions-nous pas mieux de ne dormir qu'à tour de rôle en laissant un de nous en sentinelle ?

— Inutile, dit Miana, nous avons trop besoin de sommeil, et nous avons un factionnaire qui ne se laissera pas surprendre. Hanouman est poltron comme un singe, et le moindre bruit qui lui paraîtra suspect, homme ou animal, lui fera pousser son hou ! hou ! de terreur. Cela suffira pour nous éveiller. Bonsoir. » Et donnant l'exemple, il s'enroula dans sa couverture.

Aucun bruit suspect ne vint réveiller Hanouman, et nos amis purent reposer tranquillement.

Le soir, ils firent un autre repas et André tint à être initié à la fabrication des tchapatis, dont il eut bientôt pénétré tous les mystères, la chose consistant à pétrir de la farine d'orge avec de l'eau et à l'étendre en forme de crêpe sur une plaque de fer rougi.

Dès que les étoiles parurent au ciel, Mali donna le signal du départ. Chacun prit son fardeau et l'on s'enfonça dans la jungle.

Peut-être le lecteur, suivant André dans sa pénible odyssée, le voit-il d'ici s'enfonçant dans une forêt épaisse dont les arbres gigantesques, dignes de la végétation tropicale, ne laissent descendre sur le sol la moindre parcelle de la lumière du ciel. La jungle indienne n'est pas une forêt de cette espèce. Les arbres y sont rares et peu élevés, et la masse de la végétation n'est composée que de broussailles épineuses formant des massifs infranchissables, mais séparés les uns des autres par des espaces gazonnés souvent assez larges. C'est là la simple jungle proprement dite, bien distincte de la forêt. Ces jungles ne sont en réalité que des plaines abandonnées, d'un sol fertile, et que le travail de l'homme fera un jour fructifier. Elles couvrent une vaste surface de l'Inde, quoique ce beau pays, avec ses deux cents millions d'habitants, tous agriculteurs, soit une des contrées les mieux cultivées du globe. Il n'est pas à dire pour cela que l'Inde n'ait pas de forêts ; bien au contraire : ces dernières s'étendent sur d'immenses espaces et n'ont pas de rivales au monde en beauté grandiose.

La marche est donc relativement facile dans la jungle, et André, déjà un peu aguerri, cheminait maintenant d'un pied aussi leste que ses compagnons.

Les fugitifs se reposaient du reste de temps à autre, et Mali essayait d'égayer la halte par quelque récit ou quelque parole d'encouragement, car le reste du temps, pour plus de précaution, on s'avançait en silence.

« Si nous continuons à marcher de ce train, dit-il aux jeunes gens alors que, le jour commençant à poindre, ils se reposaient avant d'entreprendre leur dernière étape, nous aurons dépassé demain Lucknow, et alors, pendant quelques jours, nous pourrons suivre les endroits habités sans crainte d'être reconnus, car il est indispensable que nous renouvelions et augmentions nos provisions avant d'entrer dans le terrible Téraï. Aussi, mes enfants, encore un peu de courage, et en route : il ne faut pas que le jour nous surprenne ici. »

Ils se levaient tous trois et rechargeaient leurs fardeaux,

lorsqu'un bruit cadencé de cloches, tintant joyeusement dans le silence de la nuit, vint les faire tressaillir.

« Entendez-vous? dit Miana; c'est un voyageur qui s'avance vers nous. Nous allons être surpris. »

Le bruit approchait en effet rapidement, et on distinguait déjà, au milieu des gais tintements, un murmure de voix.

« Jetez votre fardeau, dit Mali à André, et enfoncez-vous dans ces broussailles. Surtout, quoi qu'il arrive, ne faites aucun mouvement. »

André obéit au charmeur sans hésiter et se glissa sous les broussailles, tandis que ses deux compagnons s'étendaient sur le sol à côté des paniers.

Un instant après, une énorme masse noire débouchait dans la clairière et s'avançait rapidement vers eux. C'était un éléphant de grande taille, portant pendue à chacun de ses flancs une lourde cloche que ses mouvements mettaient en branle. Les éléphants ont une marche tellement silencieuse qu'il est d'usage de suspendre ainsi à leur flanc des cloches de forte dimension, lorsqu'on voyage, afin d'annoncer aux voitures l'approche du monstre.

Cet éléphant était en effet équipé pour un voyage, car outre les cloches il portait à l'un de ses côtés une échelle, et son dos disparaissait sous un haodah fermé, vaste caisse semblable à une diligence et dans laquelle auraient tenu aisément plusieurs personnes.

Des cavaliers entouraient et précédaient l'éléphant. L'un d'eux, sans doute le chef, chevauchait en tête et exhalait à haute voix sa mauvaise humeur.

« Par Kali la sanglante, disait-il, cette maudite jungle n'aura donc pas de fin! Que Siva précipite dans le sombre Patal tous les guides et avec eux tous les maires de village! Je vous ferai pendre tous pour avoir laissé échapper cet animal de guide qui, après nous avoir égarés, s'est esquivé tout à coup. Que dirait notre seigneur le Peïchva s'il me voyait empêtré ici? N'y a-t-il donc personne parmi vous autres ânes capable de distinguer le nord du sud. »

Il paraît que le capitaine n'était pas plus fort en orientation que ses hommes, car il regardait l'horizon, où se montraient déjà les signes précurseurs de l'aube, sans pouvoir prendre un parti. Tout à coup son regard tomba sur les deux mendiants, qui restaient immobiles étendus près de leurs paniers. Il éperonna son cheval et s'avança vers eux.

« Salâm! Braves gens, leur dit-il, pourriez-vous me rendre le service de m'indiquer le chemin qui conduit à Lucknow? »

Mali et Miana s'empressèrent de se lever et de saluer respectueusement l'inconnu. Puis le charmeur prenant la parole dit :

« Redouté seigneur, il vous suffira de dire au mahout de tourner la face de son éléphant vers la blanche lueur que vous apercevez là-bas pour que vous soyez avant une heure sous les remparts de Lucknow la Glorieuse.

— Merci de ton avis, répondit le capitaine, mais peut-être te diriges-tu du même côté que nous ; dans ce cas, tu pourrais nous mettre dans la bonne direction. » Puis regardant plus attentivement le vieillard : « Mais il me semble te connaître. N'es-tu pas Mali, le charmeur de serpents redouté, l'ancien conseiller et ami de notre maître?

— Je suis Mali, en effet, reprit simplement le charmeur, mais l'esclave ne se souvient plus de son seigneur.

— Comment, tu as oublié le page Doda, celui que la reine-mère avait chargé du service des houkas du prince?

— En effet, il me souvient, dit le vieillard, mais ces temps sont si loin !

— Ah oui ! ils sont loin, mon pauvre Mali. Que veux-tu, la déesse Maya est aveugle ; tandis que tu es tombé de la grandeur dans la misère, moi, je suis monté. Je n'étais encore l'autre jour que le tchoubdar, le héraut du prince Doundou, me voilà aujourd'hui capitaine d'armée du Peïchva, le souverain maître des deux Indes. Ma brillante conduite à la prise de Cawnpore m'a valu cet insigne honneur.

— Notre seigneur Nana, que Dieu garde ! interrogea le charmeur, est donc aujourd'hui maître de Cawnpore ?

— Oui, ce repaire de misérables est tombé en notre pouvoir, dit le capitaine. La résistance a été opiniâtre et un moment nous avons craint de ne pouvoir la surmonter. Mais tu sais combien l'esprit de notre aimé seigneur Nana Sahib est fécond en expédients. Ayant été intimement lié autrefois avec le général Wheeler, il lui a fait proposer des conditions honorables. On lui a offert de le laisser se retirer avec armes et bagages, de lui fournir des barques pour emmener les femmes, les enfants. D'abord le général Wheeler doutait ; alors Nana Sahib a eu une entrevue avec lui, et le vieil imbécile a cru tout ce qu'on a voulu. Le lendemain, les soldats anglais ont défilé devant nous avec armes et bagages, suivis des femmes et des enfants tout tremblants. Nous leur avons présenté les armes et tout ce monde s'est embarqué. A peine les barques avaient-elles gagné le milieu du fleuve, j'en ris encore ! Nana s'est avancé sur le quai de Satti Chowra et a salué de la main les vaincus, qui ont répondu en retirant leurs chapeaux. Tu comprends que Nana n'allait pas faire de politesses à ces fils de chiens : son salut n'était qu'un signal. En un clin d'œil, nous démasquons nos batteries et nous mitraillons toute cette foule. Les barques coulent, la moitié des gens qu'elles portaient se noie, l'autre moitié se sauve à la nage et se réfugie sur le rivage, où nous les dépêchons à

La blanche lueur que vous apercevez là-bas.

coups de sabre. C'était une joyeuse fête, le fleuve était rouge de sang!

— Misérable! murmura Mali.

— Tu dis? demanda le capitaine.

— Je dis, reprit le charmeur, que Dieu sait toujours venger ceux qui l'aiment!

— Oui, en effet, reprit le capitaine, on ne peut méconnaître en cela la protection de la puissante Kali. Aussi suis-je désolé d'avoir dû quitter en un si beau moment le théâtre de la lutte. Nana ne s'est-il pas pris de pitié pour la fille de Bourquien Sahib, le planteur de Gandapour, sous prétexte que sa grand'mère était une Holkar? Il m'a donné mission de la conduire à Lucknow, à la cour du Nawab Nazim, et je réponds de sa vie sur ma tête. Mais ne vas-tu pas à Lucknow, ainsi que je te l'ai demandé tout à l'heure? nous ferions route ensemble.

— Impossible, seigneur, dit Mali; je vais de ce pas, avec mon compagnon Miana, à la foire de Hardvar, et je ne puis me détourner de ma route.

— Eh bien, soit, répondit le capitaine; du reste voici le jour. Au revoir donc et merci! » Et il rejoignit sa troupe, qui avait déjà pris la direction indiquée par Mali.

Haletants, anxieux, les deux Hindous se tinrent immobiles, écoutant les derniers tintements des cloches qui fuyaient vers le soleil. Alors seulement ils appelèrent André.

Celui-ci accourut et vint se jeter dans les bras du charmeur.

« Ah! Mali, s'écria-t-il, j'ai tout entendu. Berthe, ma sœur, était là! et ces misérables l'emmènent. Comment ai-je pu rester immobile, alors que je la sentais près de moi? Peut-être aurais-je pu me montrer à elle, lui donner quelque espoir.

— Y pensez-vous, seigneur? dit vivement Mali. Vous montrer, c'eût été nous perdre tous, sans sauver votre sœur, qui aurait assisté à un nouveau carnage. Vous l'avez entendu, il n'y a pas de pitié dans le cœur de ces tigres.

— Oui, c'est vrai; aussi me suis-je contenu. Enfin Berthe vit et je vois que Nana la protège. Pourquoi? dans quel but? Je l'ignore; mais sa clémence nous permettra de sauver ma sœur. Marchons, marchons, il me tarde d'arriver à Mussourie. Là nous trouverons certainement des gens pour nous aider dans notre tâche. »

Il se plaça à l'avant.

CHAPITRE IX

La fête de Nandapour.

La rencontre imprévue des émissaires de Nana avait démontré à nos fugitifs que tout danger d'être découverts n'était pas encore passé; ils redoublèrent en conséquence de précautions et cheminèrent au plus profond de la jungle. Ils marchaient sans relâche la nuit entière et passaient la journée dans quelque fourré impénétrable.

Fort heureusement ils ne firent aucune nouvelle rencontre, et le cinquième jour ils atteignirent la limite de l'immense jungle. Devant eux s'ouvrait maintenant une riante campagne. La plaine doucement ondulée courait jusqu'à l'horizon, où se montraient au-dessus de la sombre

ligne des forêts les premières crêtes bleues des avant-cou-
reurs de l'Himalaya. Partout s'étalaient de belles cultures
encadrant de gros villages, entourés de riches vergers. De
grands troupeaux de bœufs et de buffles paissaient dans de
vastes enclos, et l'on entendait les cris joyeux des pâtres
s'entretenant à distance par des appels cadencés.

Ce riant spectacle ne paraissait pas séduire nos voyageurs, qui, arrêtés à la lisière de la jungle, se concertaient
sur la conduite à tenir.

« Il n'y a pas à hésiter, dit le charmeur ; quelque appréhension que nous puissions encore avoir, nous ne pouvons
pas reculer. Cette ligne noire que vous apercevez là-bas,
c'est le Téraï. Trois journées de marche nous en séparent
seulement. Mais il faut avant de nous y enfoncer que nous
renouvelions nos provisions épuisées. Pour cela, nous
n'avons d'autre moyen que de nous diriger vers ces villages, et comme nous n'avons pas d'argent, il nous faudra
travailler pour obtenir ce que nous désirons.

— Et c'est bien là ce qui m'épouvante, interrompit André ; tant que je n'ai eu d'autres spectateurs que vous
autres, tout m'a paru facile. Maintenant le courage me
manque. Songez donc, la moindre erreur de ma part peut
vous coûter la vie, car en me perdant je vous entraînerai
avec moi.

— N'aie donc pas peur, dit Miana ; je te dis que nous
aurons fort à faire pour ne pas nous laisser éclipser partoi,
et si je n'avais appris dernièrement à Hanouman un tour
tout à fait inédit, je serais moi-même inquiet.

— Enfin, reprit Mali, nous ne pouvons reculer. Le souvenir de ceux que vous aimez vous protégera et vous soutiendra
dans ces rudes épreuves. Mais encore une recommandation.
Vous savez qu'aux yeux de tous je dois passer pour votre
père et votre maître ; il faudra donc que je vous traite en

conséquence, et vous n'aurez pas à vous offenser si mes paroles sont peu respectueuses.

— C'est déjà convenu, mon bon Mali, dit le jeune homme.

— Maintenant, en avant, reprit le charmeur, et soyons sur nos gardes. »

Après une heure de marche, ils se trouvèrent sur le bord d'une grande et belle rivière, roulant ses eaux, comme tous les tributaires du Gange, entre de hautes berges escarpées.

« C'est la Gogra, dit Mali, une des plus belles épouses de notre père Gange. Ses eaux bleues et limpides descendent des glaciers qui couvrent le front du mont Kaïlas, le séjour de nos dieux. Quoiqu'elle soit peu profonde et que je connaisse bien un gué qui la traverse, je me garderai bien de vous y hasarder, car ses ondes sont peuplées de gavials aux dents aiguës, plus terribles encore que les crocodiles. Si je ne me trompe, le gros bourg que nous apercevons là-bas est Nandapour, la cité du coursier de Siva. Dans ce cas, en remontant le long de la rivière, nous sommes sûrs de trouver le passeur qui nous transportera dans sa barque sur la rive opposée. »

Quelques instants après, ils frappaient à la porte de la chaumière du passeur. Celui-ci, un vieillard, en sortit, et sans mot dire les conduisit à sa barque amarrée au rivage. Puis, les ayant fait monter, il se plaça à l'avant, et, armé d'une longue perche, manœuvra l'embarcation avec une vigueur qu'on n'aurait pas soupçonnée chez un nautonier de son âge.

« Père, lui demanda Mali, n'est-ce pas Nandapour dont j'aperçois là-bas le haut *mandil* surmonté d'un soleil d'or.

— Tu l'as dit, répondit le passeur. Vous vous rendez sans doute au *mêla* qui se tient depuis deux jours devant le *tchaori* de Nanda. A la nouvelle des succès de nos armes

contre les vils Anglais, le pontife a décidé que des offrandes
seraient faites à la Rouge Déesse, et les paysans accourent
de toutes parts pour assister à cette solennité. N'avez-vous
pas été invités à y prendre part?

— Oui et non, père, dit le charmeur. J'ai appris en effet
que le mêla serait brillant, mais j'ignore si le pontife re-
querra nos services.

— Voilà cependant un jeune homme qui ferait bonne
figure dans le Nanda Poudja, reprit le passeur en désignant
André. N'est-ce pas un Nât comme toi?

— Certes, répondit vivement Mali, c'est mon fils.

— Eh bien alors, adressez-vous au brahmane Soumrou
de ma part, et vous serez bien accueillis. » Et poussant d'un
vigoureux effort sa barque au rivage, le passeur déposa nos
trois amis et les salua sans leur avoir demandé aucune ré-
tribution, les mendiants, considérés comme personnages
religieux, n'ayant jamais à payer les services qu'on leur
rend.

Nandapour est un gros bourg qui peut servir de type des
villages de toute la haute vallée du Gange. Couronnant un
petit monticule formé par l'amoncellement séculaire des
décombres de ses anciennes demeures, il est entouré d'une
haute muraille en terre battue, percée de quatre portes
auxquelles aboutissent autant de voies partant d'une grande
place carrée qui occupe le centre du bourg. Cette place est
le forum de la petite cité ; autour d'elle sont rangées les demeures du *patel* ou maire et des notables, membres du
pantchayet ou assemblée communale, le *tannah* ou maison
de ville, et enfin le temple, qui dresse sa haute flèche de
pierre au-dessus de lourds portiques chargés de sculptures.
Les maisons aux toits de tuile, aux murs en pisé décorés de
peintures, bordent des rues dallées d'une exquise propreté.
Il n'y a pas de peuple plus soucieux de la propreté que l'Hin-

dou, et le moindre hameau de l'Aoûdh ou de l'Hindoustan
ferait certainement rougir nos bons villageois, qui ne pourraient la plupart du temps comparer leurs demeures à celles
de ce peuple réputé sauvage ou du moins incivilisé.

Mali, suivi de ses deux acolytes, fut accueilli à la porte du
village par les cris joyeux des enfants, qui suivirent bientôt
en nombre la petite troupe.

« Ah! des Nâts! des Nâts! » criaient les bambins en battant des mains. « Venez donc voir le beau singe , » disait
l'un à qui Hanouman, réfugié sur les épaules de Miana, faisait une grimace. « Que vas-tu nous montrer? disait un
autre à André; est-ce toi qui charmes ou bien jongles-tu
avec des sabres? »

Une foule nombreuse remplissait les rues et s'écartait
curieusement pour regarder les Nâts; et là aussi les propos
allaient leur train.

« Regardez donc, disait une respectable dame au sarri
de soie brochée d'or, regardez donc comme le plus vieux des
trois a un air majestueux avec sa longue barbe blanche et
son manteau rouge. On dirait le sage Vichvamitra, l'archi-
tecte et le conseiller des dieux, dont mon mari, qui est le
chef de la caste des maçons, a fait peindre l'image sur la
façade de notre maison.

— En effet, répondait sa voisine; mais que dites-vous
des deux jeunes gens qui l'accompagnent? L'un est blanc et
élégant comme Krichna lui-même; l'autre, avec ses yeux
noirs, sa figure bronzée et son singe sur l'épaule, ressemble
au divin compagnon de Rama.

— Je crois avoir vu déjà ce vieillard, ajoutait une troisième. Il y a deux ans, mon mari, qui est de la caste des
batteurs de cuivre, ayant bu par mégarde de l'eau qu'un
paria avait touchée, dut, pour laver cette tache, aller se purifier dans les eaux de la Betwa. Je l'accompagnai, et, j'en

suis sûre, je vis le plus vieux de ces trois hommes faisant
danser ses serpents devant la statue d'or de la Bonne
Déesse. »

Les charmeurs, indifférents à tous ces propos, s'avançaient vers la place du mêla, toujours suivis de la bande de
gamins qui allait grossissant, lorsqu'un homme de haute
taille, armé d'une courte pique, sortit de la foule et se dirigea vers les étrangers. A sa vue les gamins se dispersèrent
de tous côtés. L'homme salua Mali et lui dit :

« Ram-ram, vieux père, je suis le *kotwal* (l'appariteur)
de la commune. C'est à moi qu'il revient d'héberger les
étrangers et de leur donner l'ombre et l'eau pure. Suis-moi
avec tes gens, et je vais te conduire loin de cette foule qui
t'importune, car tu parais avoir besoin de repos.

— Merci, kotwaldji, répondit Mali. Je suis venu à Nandapour avec mon fils et mon serviteur pour prendre part au
mêla, et je désirerai m'entendre avec le brahmane Soumrou.

— Qu'il soit fait selon ton désir, dit l'appariteur. Voici là,
près de nous, sur la place, la maison du vénéré Soumrou.
Je l'ai vu à l'instant descendre le perron du temple, il doit
être en ce moment chez lui ; je vais te conduire et lui annoncer ta visite. »

Nos trois amis suivirent leur guide et s'arrêtèrent devant
la maison du brahmane. Celui-ci, prévenu par le kotwal,
sortit bientôt : c'était un fort gros homme, court et plein de
dignité ; sa figure et son crâne étaient rasés ; sur ses vêtements, d'une blancheur immaculée, pendait pour tout ornement un triple cordon de couleur bleuâtre, emblème de
sa dignité. A sa vue, les trois voyageurs, qui avaient déposé
leur fardeau, se prosternèrent la face contre terre.

« Salut, étrangers, relevez-vous ! dit avec bonté le brahmane. Soyez les bienvenus. Ce soir, le peuple se rassemble
devant l'autel de l'épouse de Siva, Kali la Sanglante, et

peut-être l'un d'entre vous, le plus jeune, pourra-t-il nous prêter ses services pour la solennité. D'ici là les portiques du temple vous serviront d'abri, et le *kâmdar* (intendant) vous fera distribuer les vivres provenant des offrandes. Allez! » et, sans attendre une réponse, le majestueux personnage tourna lentement sur lui-même et rentra dans sa maison.

Toujours conduits par l'appariteur, les voyageurs se dirigèrent vers le temple, où, sur l'ordre du brahmane Soumrou, ils furent bientôt installés dans une des pièces donnant sur le sanctuaire.

André ne put s'empêcher de frissonner en entrant sous ces voûtes de pierre toutes constellées de monstres grimaçants. Mais, secouant cette première impression, il regarda avec curiosité tous ces mystères impénétrables à l'œil de l'infidèle. La salle où on les avait logés donnait, ainsi que nous l'avons dit, sur le sanctuaire même. Ce n'était, à vrai dire, qu'une vaste loge de pierre dont les balcons dominaient le parvis et où les notables du bourg prenaient place pour assister aux solennités. Par la large baie communiquant avec le temple, on apercevait de côté le vaste autel de pierre où trônait la statue de la hideuse Kali, la plus basse personnification de l'idolâtrie que les hommes aient jamais inventée. La figure menaçante, le front chargé d'une couronne de crânes humains, l'image agitait autour d'elle ses dix bras, armés chacun d'une arme terrible ou d'un symbole repoussant. Ses pieds reposaient sur un lion de marbre. L'autel, les dalles, les colonnes étaient peints d'un rouge sombre destiné à simuler la couleur du sang.

« Eh quoi, dit tout à coup André au vieux charmeur, c'est devant cette horrible statue que tout ce peuple va venir s'incliner!

— En effet, seigneur, répondit Mali, c'est devant Kali,

la puissante déesse, car c'est elle, d'après nos croyances, qui dispose de la vie de tous les humains.

— Oui, je sais, reprit le jeune homme, Kali personnifie la terreur. Il faut du sang à cette déesse, et jadis le sang humain coulait à flot sur ses autels. Les Thugs ne se sont-ils pas autrefois livrés aux plus épouvantables forfaits en son honneur, et aujourd'hui encore Nana Sahib égorge des milliers d'innocentes victimes pour gagner les faveurs de la terrible Dourga. Et toi, Mali, l'homme juste, le cœur tendre et généreux, tu peux accepter ce culte impie qui ravale la créature divine au-dessous de la bête? toi, qui as sauvé l'innocent, tu vas te prosterner devant ce monstre, et tu veux que je prête mes mains à sa glorification? Non, non, jamais.

— Hélas! seigneur, dit Mali doucement, parlez plus bas. Ces murs eux-mêmes, s'ils vous entendaient, s'écrouleraient pour vous écraser. Ce culte est celui de nos pères. Ne pouvant le combattre, je l'accepte tel qu'il est. Je hais le sang et le meurtre, et en cela je suis la loi même des Védas et des Pouranas. Mais ces livres m'apprennent aussi qu'au-dessus de ces dieux que vous abhorrez, il est un esprit, un rouage tout-puissant, éternel, incréé, Aûm enfin, qui est toute bonté et toute mansuétude. Et, puisque les Hindous ne lui ont point élevé d'autel, je l'adore seul, dans ce ciel qu'il a rempli d'étoiles, dans ces montagnes qu'il a élevées, dans ces fleuves qu'il fait couler, dans toute la nature en un mot, si grande, si belle. Je fais le bien sans murmurer, sans me plaindre des erreurs des hommes que vous le premier m'avez appris à aimer et à pardonner. Quant aux honneurs à rendre à Kali, je comprends qu'ils vous répugnent, mais le grand-prêtre a parlé; songez qu'en obéissant à ses ordres vous faites un pas vers le salut, vers celui de votre sœur, de votre père.

— Tu as toujours raison, dit impétueusement André. Je

charmerai, je danserai, je ferai tout ce que tu voudras, si
cela doit aider à sauver ceux qui me sont plus chers que la
vie. »

Ainsi que l'avait dit le grand-prêtre, les voyageurs reçurent une copieuse distribution de riz et de gâteaux. Puis,
vers le soir, le brahmane Soumrou vint expliquer à Mali le
rôle qu'il était appelé à jouer avec l'aide de ses compagnons. La figure d'André semblait l'avoir vivement frappé.

« Quel est donc, dit-il au vieillard, cet enfant qui t'accompagne?

— Celui qui est là près de vous, seigneur, répondit humblement le charmeur, est mon fils Andhra. L'autre est
Miana, mon serviteur.

— Je te félicite vraiment de ton beau fils, reprit Soumrou; à le voir on le prendrait plutôt pour un prince que
pour un Nât. Mais je sais que vous autres sorciers ne vous
faites pas faute de voler les enfants d'autrui, et je soup-
çonne que cet enfant n'a que bien peu de sang nât dans les
veines. »

Mali leva les mains en l'air en signe de protestation et
les deux enfants se contentèrent de sourire. Quand le prêtre fut parti, Miana fit plusieurs cabrioles en signe de
grande joie et s'écria : « Maintenant nous sommes sauvés.
Si le grand Soumrou, l'infaillible oracle, n'a pas deviné un
Européen en notre ami Andhra, personne ne le décou-
vrira. »

Lorsque la nuit fut tombée, les immenses tambours placés sous le porche du temple commencèrent à résonner, et
la foule se pressa bientôt dans la vaste salle du tchaori.

Les temples brahmaniques se divisent en deux parties
distinctes. La première, le *tchaori*, est un pavillon dont le
lourd toit de pierre n'est supporté que par des colonnes
laissant circuler librement l'air et la lumière; c'est là que

se placent les fidèles. La seconde, non moins considérable, le *mandil*, est une construction massive que couronne une haute flèche de pierre; sa seule ouverture visible donne dans le tchaori : c'est le sanctuaire.

Lorsque la foule fut donc réunie dans la salle du tchaori, les portes du sanctuaire s'ouvrirent et l'image sacrée se montra aux yeux des fidèles, brillamment illuminée, tout enguirlandée et semblant agiter ses bras multiples.

Cette apparition fut accueillie par des cris enthousiastes de la part des assistants, qui, armés de fleurs, couvrirent l'idole d'une pluie de projectiles odoriférants. Puis les cimbales résonnèrent et la foule se mit à pousser de véritables hurlements. Tout à coup, sur la plate-forme précédant l'autel, parut un jeune homme vêtu comme un dieu. Il portait sur le front une tiare d'or dont les bandeaux flottaient mêlés à ses cheveux. Des bracelets d'or innombrables, des colliers de perles, faisaient ressortir l'élégance de son buste nu, dont la blancheur tranchait avec la draperie rouge qui entourait sa ceinture. D'une main, il tenait une longue baguette d'or, de l'autre une courte flûte d'ivoire.

Impassible, avec des gestes raides d'idole, le jeune homme étendit sa baguette d'or sur la foule, qui, comme fascinée, fit entendre un murmure d'admiration. Puis, se tournant vers Kali, André frappa la statue avec peut-être un peu trop de rudesse. Aussitôt, comme si la déesse se fût sentie insultée, tous ses bras semblèrent s'agiter, et l'on vit se dérouler de chacun d'eux un long serpent qui glissa sur le sol. Le jeune homme fut bientôt entouré d'un cercle menaçant ; alors, s'armant de sa flûte, il commença à charmer ses assaillants qui se mirent à danser en cadence devant l'idole. Puis, prenant le plus gros des reptiles, énorme python de trois mètres de long, il l'éleva en l'air dans une attitude archaïque et l'enroula autour du cou de l'idole.

Il prit l'énorme python.

Cette fois l'enthousiasme de la foule fut indescriptible ; de tous côtés retentirent les cris de « ouah ! ouah ! chavach ! chavach ! C'est un avatar ! c'est Krichna lui-même ! » Et lorsque, se retournant, André brandit de nouveau, d'un geste impérieux, sa baguette d'or au-dessus de l'auditoire, tous les fronts se prosternèrent ; quand ils se relevèrent, le demi-dieu avait disparu.

Lorsque André rentra dans la loge où se tenaient les brahmanes, il fut accueilli là aussi par les marques de la plus vive admiration. Le grand-prêtre Soumrou se leva et lui dit :

« Jeune Andhra, la main de Mahadeo a dû toucher ton front, car jamais simple Nât n'aurait pu ainsi électriser nos fidèles. Reste avec nous désormais. Après t'avoir purifié dans les eaux du Trivéni, je te donnerai une charge sacrée, et ta vie se passera honorée dans ce temple.

— Ne savez-vous pas, seigneur, que ces honneurs ne me sont pas réservés ? répondit André ; je ne suis qu'un Nât impur. Et du reste les Pouranas n'ont-ils pas dit : « Le fils n'est que le premier serviteur de son père. » Mon père Mali est vieux. Si je le quittais, qui donc aurait soin de lui ? Mon devoir est de le suivre, comme jadis le chien suivit le glorieux Pandou jusque dans l'enfer. »

Les brahmanes applaudirent à ces paroles du jeune homme ; alors Soumrou, se tournant vers Mali, lui dit :

« Les dieux t'ont donné un trésor, je ne puis te le ravir. Continue donc ta route. Voici deux roupies d'or que la Bonne Déesse m'a elle-même chargé de te remettre. Quant à toi, Andhra, prends cet anneau de cuivre dont le chaton porte un trident, et si jamais tu as besoin d'assistance ou d'asile, entre sans crainte dans les temples de Kali, tu y seras en sûreté. »

Le grand-prêtre salua de la main les trois hommes ;

ceux-ci sortirent du temple, car les mystères qui devaient remplir toute la nuit ne pouvaient s'accomplir devant eux.

« Nous partirons dès le lever du jour, dit Mali; aussi hâtons-nous de prendre quelque repos loin de cette foule hurlante. » Puis s'a dressant à Andhra: « Vous avez remporté une importante victoire. Désormais la bague de Soumrou vous protégera et vous mettra à l'abri de tout soupçon. »

Le site que Mali avait choisi.

CHAPITRE X

Le Téraï himalayen.

Le Téraï est une région unique au monde. Le voyageur
qui a parcouru les forêts vierges de l'Amazone, ou qui s'est
frayé, une hache à la main, un sentier dans les savanes de
la Guyane ou dans les futaies du Gabon, n'a rien vu qui
soit comparable à la sauvage grandeur du terrible marais
himalayen. Des rives du Satledj au Brahmapoutra, il forme
une ligne ininterrompue de cinq cents lieues de longueur,
séparant les plaines fertiles du Gange des premiers contre-
forts de l'Himalaya.

Protégé des vents du nord par cette gigantesque muraille qui s'élance au ciel jusqu'à plus de huit kilomètres
d'altitude, le sol du Téraï bout, on peut dire, sous l'impla-

cable effet d'un soleil éternel. Ce serait un désert desséché
si la montagne ne lui versait les torrents d'eau coulant sans
relâche de ses glaciers ; c'est donc un marais, mais un marais couvert de la plus belle forêt du monde. Ce sol détrempé
et surchauffé vit d'une végétation dont l'exhubérance donne
une idée de la flore qui couvrait le globe avant l'apparition
de l'homme, alors que sur la mince croûte terrestre recou-
vrant à peine les laves incandescentes le ciel versait sans
trève ses cataractes qui n'étaient pas encore rentrées dans
le lit des mers.

Du sein du marais himalayen des arbres gigantesques
lancent leurs voûtes de feuillage à des hauteurs que n'ont
jamais rêvées les hardis constructeurs de nos basiliques.
Puis, comme si la terre ne leur suffisait pas, les branches
laissent retomber d'innombrables filaments, racines ad-
ventives qui flottent au vent et, ayant enfin atteint le sol,
s'implantent et s'élancent à leur tour en gigantesques
colonnettes minces et droites supportant les arches de la
voûte mère. Mille lianes aux entrelacs capricieux s'enlacent
à ces troncs et agrémentent cette architecture arborescente
que décorent des milliers d'orchidées aux corolles éblouis-
santes suspendues aux colonnes et aux nervures. Du pied
de ces géants s'élancent des groupes touffus de bambous,
dont les tiges, épaisses d'un pied au sortir de terre, vont,
en s'amincissant et se courbant extérieurement comme les
gerbes d'un feu d'artifice, à des hauteurs de plus de cent
pieds. Enfin partout sur les mares, dans le lit des ruisseaux fangeux, le lotus sacré, aux pétales d'un rose de
chair, étale ses larges feuilles, l'iris d'or dresse ses lames
de sabre, et mille fleurs pendent en grappes sur les rives
croulantes.

Sous ces fourrés impénétrables à l'homme s'agite une
vie animale non moins puissante. L'énorme tigre royal, le

léopard, la panthère s'y disputent l'antilope et le cerf, sans
oser s'attaquer au taciturne bœuf primitif et au farouche
sanglier. Les éléphants errent en troupes, frayant des che-
mins au milieu des bouquets de bambou, et passent avec
délices leurs journées plongés dans les eaux tièdes que leur
abandonnent épouvantés le crocodile aux mille dents et
l'alligator au museau triangulaire. Au fin fond du bois, dans
le fourré le plus impénétrable, le plus inaccessible, le stu-
pide rhinocéros creuse sa bauge. Tandis que dans les branches bondissent des milliers de quadrumanes, langours
à la face noire, guenons rouges, singes bouffons, des oiseaux au plumage d'or et d'argent étincellent dans le feuillage sombre que les paons trembleurs, les perroquets
criards et les perruches bavardes remplissent de leur étour-
dissante cacophonie. Parmi les troncs moussus glissent le
terrible python, la noire cobra, le serpent corail et cent
espèces de bêtes rampantes et venimeuses. Enfin dans
l'humus bouillonnant grouillent par milliers les scorpions
et les centipèdes, les scolopendres et les araignées mons-
trueuses.

Mais tigres et rhinocéros, boas et scorpions ne sont que
de piètres ennemis auprès de celui qui attend l'homme
dans le Téraï himalayen. Bien plus terrible encore est la
malaria. Sous la voûte impénétrable de la forêt où l'air cir-
cule à peine, l'atmosphère alourdie, chargée de vapeurs
dans lesquelles le thermomètre monte à 60 degrés, l'atmosphère se sature des poisons que distillent les plantes
vénéneuses si nombreuses dans ces parages. Cette atmosphère est mortelle pour l'Européen non acclimaté, et il ne
lui est pas nécessaire de s'y exposer pendant de longs mois,
quelques heures suffisent pour qu'il en ressente les terribles effets. L'Hindou ou celui qui est né sur le sol de l'Inde
lui résiste plus longtemps, mais force lui est de céder.

C'est en vain que l'homme a voulu lutter. Séduit par les promesses de ce sol fécond, il a vaincu les bêtes fauves, il a expulsé les reptiles et il a dressé ses villes et ses palais là où s'élevaient les géants de la forêt; mais à son tour la pestilentielle malaria l'a vaincu, l'a chassé, et aujourd'hui les villes abandonnées et les palais déserts se dressent, seuls témoignages de ces luttes stériles, au milieu de la forêt de nouveau libre. Cependant le Téraï a aussi ses habitants humains. Ce sont les Metchis, misérables sauvages, parias de l'humanité, à demi fauves, qui errent nus au milieu de ces solitudes, en guerre perpétuelle avec les bêtes et les hommes.

Telle était la région que Mali avait résolu de traverser avec ses jeunes compagnons; tels étaient les ennemis multiples, redoutables, qu'il ne craignait pas d'affronter.

Cependant lorsque, après trois journées de marche depuis leur départ de Nandapour, les fugitifs arrivèrent devant la noire forêt au-dessus de laquelle on voyait étinceler maintenant les blancs sommets de l'Himalaya, le vieux charmeur crut de son devoir de prévenir André. Il lui dépeignit tous les dangers que nous venons d'esquisser et finit en lui disant qu'il était encore temps de reculer.

« Nous reste-t-il au moins une autre route pour fuir? demanda le jeune homme.

— Non, seigneur, répondit Mali. Je vous l'ai dit, et les nouvelles que j'ai pu recueillir à Nandapour me l'ont confirmé : à l'est, au sud, à l'ouest, nos ennemis sont les maîtres; il ne reste que le nord, et au nord s'étend le Téraï. Cependant votre déguisement est si complet que, si vous le jugez convenable, nous pouvons rester dans ce pays; nous y attendrons en sûreté la fin de cette horrible lutte.

— Alors, si je comprends bien, dit André d'une voix tremblante, c'est toi qui recules devant le Téraï!

— Nullement, repartit le vieillard, Mali n'a qu'une parole, et le Téraï n'épouvante pas plus moi que Miana. Ce n'est pas la première fois que nous l'abordons ensemble, et si nous le redoutions, que ne ferions-nous pour vous sauver.

— C'est moi donc, moi qui reculerai! s'écria le jeune homme; je verrai d'ici ces blancs sommets au pied desquels je retrouverai la liberté, où je pourrai lutter pour les miens, et je faiblirai devant des dangers chimériques ou réels, mais que vous êtes prêts à affronter par pur dévouement à ma personne! Allons, Mali, en avant, et tu verras si les tigres font plus de peur à un Français qu'à un Hindou. »

Mali embrassa le jeune homme en souriant. Il savait bien qu'André ne reculerait pas, mais ses doutes successifs n'étaient qu'une tactique par laquelle il espérait maintenir toujours en haleine l'exaltation du jeune homme.

Quelques heures après, ils cheminaient sous la haute futaie, marchant en file indienne dans une étroite sente frayée par les éléphants.

André, loin de se montrer effrayé, s'extasiait devant cette merveilleuse végétation, et comme désormais on n'avait plus à craindre d'oreilles indiscrètes, Miana et lui discouraient à tue-tête sur toutes ces beautés.

« Tout cela n'est rien, s'écriait Miana en voyant André admirer un gigantesque multipliant que ses mille arcs-boutants faisaient ressembler à une cathédrale gothique ; quand nous serons dans mon pays, je te montrerai des arbres près desquels ceux-ci ne seraient bon qu'à faire des allumettes.

— Tu es bon patriote, voilà tout ce que me prouvent tes paroles, dit André en riant; des arbres plus grands que celui-ci feraient une forêt à eux tout seuls. Mais nous allons donc dans ton pays?

— Certes, répondit Miana, s'il est toutefois un pays que je puisse appeler le mien. J'ignore où je suis né. Je sais seulement que mon père était Nât et jongleur : c'était un bon et excellent homme et nul ne savait mieux que lui jongler avec les sabres. Quoique je fusse bien jeune alors, je me souviens l'avoir vu maintes fois sur les places de villages faire voler les poignards autour de lui. Notre demeure, une pauvre chaumière, était aux portes de Mussourie ; mais nous n'y restions guère, passant notre temps sur les routes à courir de foire en foire. Nous voyagions tous ensemble, mon père, ma mère et mes deux sœurs plus âgées que moi. Tandis que mon père jonglait, ma mère jouait du tam-tam, et mes sœurs dansaient ; moi, à peine âgé de deux ans, on m'avait donné un singe, et mes tours naïfs étaient fort goûtés de la foule. Un jour nous partîmes pour la foire de Hardvar. Vous savez que c'est la plus belle du monde. Le Gange, qui sort en ce point des montagnes, y a des vertus merveilleuses, et ses eaux lavent le corps et l'esprit de leurs impuretés. Cette année-là, plus de deux cent mille pèlerins s'étaient réunis à Hardvar. Vous ne pouvez pas vous figurer l'aspect de cette foule entassée dans l'étroite vallée du fleuve. Les gens se marchaient les uns sur les autres. Cependant mon père était content, car les âmes charitables ne manquaient pas et les affaires allaient bien. Tout à coup on annonça que le *pêtmadi*, ce que vous appelez le choléra, venait d'éclater. En quelques jours, la moitié des pèlerins furent atteints, et je vis ainsi périr l'un après l'autre tous les miens.

— Oui, dit Mali, ce fut horrible. C'était en 1848. Cent mille personnes moururent à Hardvar même, puis le fléau, se répandant dans l'Inde entière, fit en quelques mois trois millions de victimes.

— En effet, ajouta André. Mon pauvre père m'a même

conté que le mal, sortant de l'Inde, s'étendit jusqu'en
Europe et y fit de grands ravages.

— Je restai donc seul, reprit Miana, pauvre enfant de six
ans. Et, au milieu de l'épouvante générale, personne ne
s'occupait de moi. Je serais certainement mort de peur et
de besoin si, me voyant errer dans le camp, un homme
ne m'avait interrogé. Je lui contai mon malheur. Il me prit
par la main, m'emmena avec lui et depuis eut toujours soin
de moi. C'était Mali.

— O bon Mali ! s'écria André, en serrant la main du
vieillard. Tu mentais donc quand tu nous disais à Gandapour que tu avais passé ta vie sans faire une bonne action.

— Mes enfants, dit le vieux charmeur visiblement ému
et pour détourner les éloges du jeune homme, j'ai une
importante recommandation à vous faire. Si l'un de vous
s'égarait, ce qui ne serait pas impossible dans cette sombre
forêt, souvenez-vous que pour sortir d'ici il nous faut toujours suivre la direction du nord-ouest. Vous savez assez
vous orienter, de jour et de nuit, pour que cela vous suf-
fise. Chacun porte sa part de provisions, donc nous sommes
tranquilles sur ce point. »

Les voyageurs n'avançaient qu'avec de grandes difficultés. Souvent, après avoir suivi un sentier, ils rencontraient quelque obstacle infranchissable et étaient obligés
de revenir sur leurs pas pour chercher une issue se dirigeant vers le point qu'ils voulaient atteindre. D'autres fois
ils s'avançaient dans la boue jusqu'aux genoux, et André
frémissait en sentant s'agiter autour de lui mille insectes
répugnants.

Une heure avant le coucher du soleil, Mali donna le
signal de la halte.

« Il faut nous résigner, dit-il, à ne marcher que pendant
l'ardeur du jour. Outre que nous aurons moins à redouter

à cette heure les attaques des bêtes féroces, il nous serait impossible de faire un pas dans ces broussailles dès que le soleil sera caché. Enfin il nous faudra trouver toujours un arbre, assez élevé, sur lequel nous passerons la nuit. Cela nous mettra à l'abri des morsures des reptiles, mais ne nous suffirait pas contre les panthères, qui nous auraient bientôt délogés de notre gîte, quelque élevé qu'il fût. Il nous faudra donc allumer un grand feu et l'entretenir toute la nuit pour les écarter. »

Le site que Mali avait choisi réunissait toutes ces conditions. L'arbre, un vénérable figuier religieux, dressait son tronc gigantesque au bord d'une assez large éclaircie que traversait un clair ruisseau. Les enfants allumèrent un grand feu et réunirent une ample provision de bois sec pour la nuit. Puis, ayant cuit et absorbé leur frugal repas, les fugitifs se hissèrent sur l'arbre et s'installèrent confortablement au point d'intersection de ses arcs-boutants. Le soleil descendait à peine sous l'horizon, que déjà tous ces préparatifs étaient terminés.

Instantanément la forêt fut plongée dans les ténèbres et tous les joyeux chamaillements des perroquets se turent subitement.

Les premières heures furent calmes. Le feu brillait d'une lumière claire et la forêt restait silencieuse. Tout à coup, des profondeurs des ténèbres s'éleva un terrible rugissement, auquel répondirent aussitôt de tous les points de l'horizon vingt autres rugissements. André se dressa épouvanté, prêtant l'oreille à ce concert infernal, auquel les paons, réveillés eux aussi en sursaut, ajoutaient leurs cris aigus d'alarme.

« Ce sont messeigneurs les tigres qui sont en chasse, dit Miana, que ce vacarme avait à son tour réveillé. Ils se sont réunis pour cerner sans doute quelque grosse proie, et, après avoir formé leur ligne d'investissement, ils s'avertissent pour fondre sur leur victime.

— Les tigres chassent donc de concert ? demanda André. Je croyais que leurs habitudes étaient solitaires.

— Habituellement, répondit Miana, le tigre chasse seul, ou tout au plus en famille ; mais lorsque, pour une cause ou pour une autre, le gibier se fait rare, les tigres affamés se réunissent pour attaquer quelque grosse pièce dont ils ne pourraient venir à bout seuls.

— C'est ainsi, ajouta Mali, que les tigres, les plus lâches des animaux, parviennent à vaincre l'éléphant et même le rhinocéros. »

En effet, on pouvait entendre les rugissements se rapprocher et déjà même se confondre. Bientôt les trois voyageurs purent distinguer que la lutte était engagée ; aux rugissements avaient succédé des grondements, des cris de rage, au-dessus desquels s'élevaient des sons semblables à ceux du clairon.

« C'est un éléphant, s'écria Miana, c'est un éléphant égaré du troupeau, et que les tigres ont surpris. »

Soudain, on entendit un bruit effroyable d'arbres brisés et renversés, la terre trembla comme sous le poids d'une charge de cavalerie, et les fugitifs virent déboucher dans la clairière un énorme éléphant ; dix tigres l'environnaient, les uns attachés à sa croupe, les autres bondissant autour de lui. Lancé au galop, brisant sous sa masse les bambous et les lianes, l'énorme animal passa comme l'éclair devant le feu qui brûlait au pied de l'arbre et qui éclaira un instant cette scène étrange, puis il disparut dans les ténèbres, entraînant après lui la meute de tigres acharnés. Pendant quelque temps, nos amis écoutèrent palpitants le bruit de sa fuite ; bientôt les rugissements redoublèrent, le sol reçut une commotion qui le fit trembler : l'éléphant vaincu venait de tomber, et l'on entendait déjà les fauves se disputer leur proie.

« Quelle horrible scène! s'écria André ; le pauvre éléphant!

— Oui, pauvre éléphant! dit Mali ; mais, grâce à lui, nous passerons peut-être une nuit tranquille. Le festin est servi ; les tigres et leurs congénères auront assez à se disputer cette nuit sans s'occuper de nous. Seulement, Miana, toi qui as le sommeil léger, n'oublie pas notre feu ; s'il s'éteignait, nous serions perdus. »

Le feu, énorme brasier de bois dur, lançait à deux mètres de hauteur sa flamme pétillante. Rien n'était donc à craindre de ce côté, et les voyageurs furent bientôt rendormis.

Nous ne dirons pas qu'André dormit aussi profondément que s'il avait reposé dans son lit dans sa bonne chambre de Gandapour. Malgré la fatigue qui lui fermait les yeux, le spectacle terrible auquel il venait d'assister avait tellement secoué ses nerfs, que le pauvre enfant se réveillait en sursaut à chaque instant et prêtait l'oreille à tous les bruits effrayants qui remplissaient la forêt.

On entendait maintenant les grondements des bêtes féroces dévorant l'éléphant. Puis de tous côtés retentissaient des craquements sinistres. De temps à autre un cerf ou un sanglier traversait comme une flèche la clairière illuminée, suivi bientôt par une forme féline bondissant à ses trousses.

A chaque nouvelle alarme, André jetait un regard tremblant sur le feu, puis, rassuré par sa flamme dansante, il se rendormait. Une fois cependant il crut avoir entendu tout près de lui un miaulement sourd. Il se redressa instinctivement. Les ténèbres envahissaient l'arbre, et le feu mourant ne formait plus qu'un rouge brasier. Terrifié, le jeune

Il la lança avec force. (Page 127.)

homme resta un instant immobile, sondant du regard le taillis pour y découvrir l'ennemi. Ses yeux se rencontrèrent en effet avec deux prunelles rondes, étincelantes, qui, suspendues à quelques pieds dans l'ombre, derrière le brasier, semblaient le fixer.

« Miana ! Miana ! dit André d'une voix tremblante, le feu s'éteint ! et voilà un tigre ! »

Le jeune Hindou, sans répondre, s'était levé et, s'accrochant à l'un des arcs-boutants du figuier, s'était laissé glisser au pied de l'arbre. S'avançant avec précaution vers le brasier, il y choisit une branche à demi consumée, la balança un instant en l'air et la lança avec force et précision entre les deux yeux flamboyants de l'invisible ennemi. Celui-ci poussa un hurlement de douleur et décampa avec bruit dans le taillis.

« Ça t'apprendra à venir nous déranger, » cria Miana en riant. Puis, ayant rechargé le feu de combustible, il regagna prestement son perchoir. « Ce n'était qu'une panthère, dit-il à André. Les yeux du tigre ont la nuit des flamboiements rougeâtres, tandis que ceux de la panthère brillent comme des opales encadrées d'or. Mais tu as bien fait de m'avertir, car elle aurait patiemment attendu que le feu fût complètement éteint, et serait venue chercher l'un de nous dans l'arbre. Dans ce cas, mon affaire aurait été claire.

— Pourquoi t'aurait-elle pris plutôt que l'un de nous ? demanda André.

— D'abord elle ne t'aurait pas choisi, dit Miana en riant ; tu sais que nos tigres n'aiment pas la chair blanche, et entre le vieux Mali et moi, je crois qu'elle n'aurait pas hésité. »

Miana avait raison, jusqu'à un certain point toutefois. De nombreuses observations ont constaté qu'au milieu d'un groupe d'Européens et d'Hindous, le tigre choisira toujours sa victime parmi les Asiatiques; cependant, faute d'Hindou, il ne dédaigne pas l'Européen.

Cette première nuit parut interminable au pauvre André, qui, après cette alerte, ne put retrouver son sommeil. Enfin les ténèbres se dissipèrent lentement et les premières clartés du jour envahirent la forêt. Le silence, un silence absolu, succéda à l'épouvantable vacarme de la nuit et régna pendant une heure. Les fauves regagnaient leurs tanières. Puis, lorsque le dernier eut disparu et que l'aube eut blanchi le faîte des arbres, les grands singes langours poussèrent leur « hou! hou! » prolongé, et tous les hôtes paisibles de la forêt répondant à cet appel saluèrent la lumière de mille cris.

Bientôt les paons, après avoir secoué leur plumage à la cime des arbres et essayé leur voix disgracieuse, s'élancèrent en gerbes étincelantes et vinrent s'abattre dans la clairière, qu'ils couvrirent de leurs robes châtoyantes. Des faisans argentés, des coqs de jungle aux plumes rouges, des palmicans noirs, sortirent et vinrent se désaltérer au ruisseau. Celui qui, venu à ce moment, eût contemplé ce charmant et paisible spectacle, n'eût pu croire que cette clairière était une heure auparavant le théâtre de tant de drames sanglants.

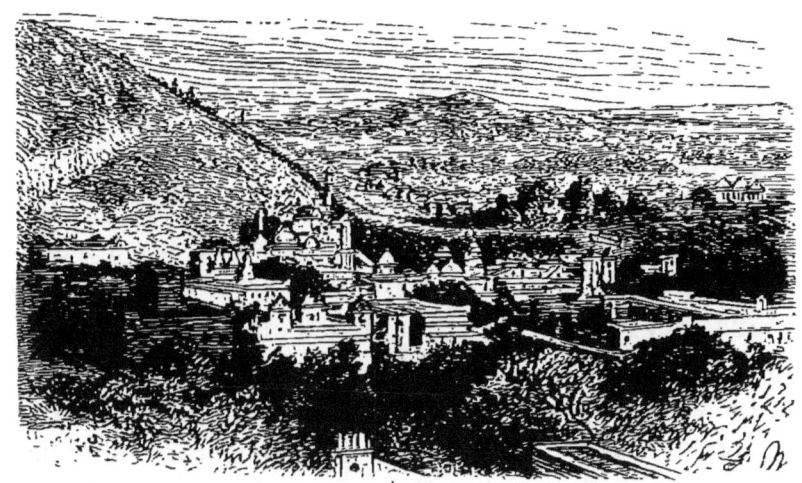

A leurs pieds se déroulait la vallée d'Amba.

CHAPITRE XI

Une ville morte.

Dès que le soleil fut levé, les fugitifs descendirent de leur arbre et, après avoir pris un frugal repas, se remirent en marche. Mali et Miana, habitués au tumulte nocturne de la forêt, avaient bien employé leur nuit ; André au contraire, qui avait à peine fermé l'œil, tombait littéralement de fatigue.

Le vieux charmeur regardait le jeune homme avec compassion, mais il ne fallait pas songer à s'arrêter. Les provisions étaient mesurées et tout délai pouvait avoir un résultat funeste. Si dans trois semaines les fugitifs n'étaient pas sortis du Téraï, ils n'auraient plus d'autre ressource que les fruits sauvages, et ceux-ci sont parfois rares.

Ils cheminaient donc courageusement depuis plusieurs heures à travers le taillis, suivant toujours la direction du nord-ouest, quand soudain ils aperçurent devant eux une grande lumière, comme si la forêt eût cessé subitement.

En effet, en quelques enjambées les voyageurs atteignirent la lisière du bois et se trouvèrent sur le bord d'un joli lac qui s'arrondissait au milieu d'un cercle de collines médiocrement élevées.

Le lac était plutôt un vaste étang créé par la main de l'homme, car on voyait s'étendre à l'ouverture de la vallée la ligne droite d'une longue digue par-dessus laquelle les eaux s'épanchaient avec bruit en une large nappe. Enfin une belle chaussée de marbre le traversait dans sa partie la plus resserrée.

Ce n'était pas la seule preuve de leur passage que les hommes eussent laissée dans cette vallée. Partout, sur les bords mêmes de l'étang, se dressaient de ravissants palais aux terrasses crénelées, aux coupoles de marbre, plongeant dans l'eau leurs longues rangées de galeries aux fines arcades. Au centre de la pièce d'eau s'élevait un vaste édifice encadré de hautes tours et surmonté d'un dôme dont le trident doré étincelait au soleil. L'eau du lac s'élevant au-dessus de son niveau primitif avait à demi submergé les étages inférieurs de ces constructions, sur lesquelles la puissante végétation tropicale avait jeté un manteau de verdure. Des rideaux de lianes fleuries fermaient les arcades et des arbres implantés sur les terrasses en faisaient des jardins suspendus. Enfin des milliers d'oiseaux aquatiques, blancs pélicans étalant leurs larges ailes, flamants roses en faction sur les portiques, animaient la surface du lac et les longues lignes des structures.

Tout cela se reflétant sur la nappe limpide dont les bois environnants augmentaient le sombre reflet, tout cela for-

mait un spectacle féerique. On eût dit de ces villes enchan-
tées ou maudites que les Calenders des *Mille et une Nuits*
découvraient dans leurs fantastiques excursions.

Cette vue arracha des cris d'admiration à nos fugitifs,
qui restaient immobiles comme craignant d'être le jouet
d'un mirage trompeur.

« Si je ne me trompe, dit tout à coup Mali, cet étang
n'est autre que le Jaya Talao, le lac de la Victoire ; dans ce
cas nous approchons de la sainte cité d'Amba, qui doit se
cacher dans ces collines.

— Une ville ! s'écria André. Quel bonheur ! Je pourrai
donc dormir tranquille cette nuit.

— Oui, reprit Mali, j'espère que la sainte cité pourra
nous offrir un asile, quoiqu'elle n'ait pas plus d'habitants
que les palais déserts que vous voyez là. J'avais souvent
entendu parler des merveilles d'Amba et de son Jaya Talao,
mais jamais les hasards de ma route ne m'y avaient conduit. Nous aurions pu passer sans peine à un kilomètre
d'ici sans nous douter de sa proximité.

— Tout cela est donc à jamais abandonné, dit Miana.
Comment ! ces beaux palais aux pignons d'or n'appartiennent à personne ?

— Depuis que le dernier brahmane, jetant dans ce lac
les cendres du dernier roi d'Amba, a prononcé l'anathème, nul n'a osé s'approcher de ces lieux livrés à Siva.
Et cependant on prétend que des trésors sans nombre y
sont restés exposés.

— Vous disiez tout à l'heure, interrompit André, que
cette ville était sainte.

— Oui, en effet, autrefois Amba brillait au milieu des
plus beaux joyaux de la couronne d'Indra. Un roi vaillant,
Lall Sîngh, le Lion Rouge, chassé de son pays par des ennemis coalisés, s'était réfugié avec son peuple dans le sombre

Téraï. N'ayant plus d'autre patrie, il disputa ces forêts aux tigres et aux serpents, et bientôt on vit s'élever des mains de ces hommes intrépides une ville merveilleuse. Des champs superbes s'étendirent au loin et la puissance et la richesse du Lion Rouge devinrent immenses. Aux abords de la capitale se trouvait une vallée sombre et malsaine qui semblait résister à tous les empiètements. Une rivière à demi étouffée par les joncs la traversait et empestait l'air de ses miasmes. Prenant en main la tâche que nul de ses sujets ne pouvait accomplir, le Lion, déjà vieux, abattit les forêts, jeta en travers de la rivière la digue que vous voyez là-bas et créa cet étang, qu'il appela le lac de la Victoire, parce qu'il l'avait conquis par son travail sur la nature rebelle. Puis, sur une île de l'étang, il se construisit un palais grandiose, ainsi que l'attestent ces ruines, et où il demeura jusqu'à sa mort. Au centre de la grande salle des Durbars, occupant le rez-de-chaussée du palais, il avait fait placer une borne en marbre noir. Avant de mourir, le vieux roi fit venir dans la salle son successeur et les grands de l'État et, leur montrant la borne haute à peine de trois pieds, il leur dit : « Quand les eaux de ce lac s'élèveront au-dessus de cette pierre, le royaume d'Amba n'existera plus. »

« A Lall Sìngh succédèrent plusieurs princes qui continuèrent l'œuvre du fondateur, et les champs s'étendirent, et le royaume d'Amba grandit. Mais après eux vinrent des princes qui, voyant le pays si beau, oublièrent toute la peine que sa création avait coûtée à leur ancêtre. Au lieu d'abattre les forêts, d'endiguer les rivières, ils se construisirent sur la colline même d'Amba de merveilleux palais, tout resplendissants d'or et de pierres précieuses. Le peuple, enivré de sa prospérité, oublia, lui aussi, les travaux de ses pères et se construisit des demeures fastueuses. Et pen-

dant que les palais s'élevaient, que les bazars regorgeaient
de soie et d'or, la forêt avançait, les canaux s'obstruaient,
l'air devenait de nouveau empesté. Après des années, le
mal avait tellement empiré que la jungle atteignait les
remparts de la cité, la fièvre enlevait les enfants au berceau. Bientôt on apprit que le lac magique, le Jaya Talao,
montait ; déjà ses eaux avaient gagné le sol de la salle des
Durbars et baignait le pied de la borne. L'eau montait toujours, et les habitants épouvantés par la prophétie fuyaient.
Enfin un jour vint où l'on ne vit plus que le sommet de
la borne. Le dernier roi, Goulab Sìngh, le Lion des Roses,
se mourait de la fièvre, après une vie de débauche. On le
porta, selon la coutume, dans le palais, déjà à demi submergé, du vieux Lion Rouge, et là il rendit le dernier soupir. Son corps fut brûlé en grande pompe sur la terrasse supérieure, et comme ses parents se disputaient sur ses cendres encore chaudes à qui prendrait sa place, on vit arriver
un brahmane inconnu qui s'écria d'une voix tonnante : « La
prophétie de Lall Sìngh est accomplie. L'eau du lac a couvert
la borne. Il n'y a plus de royaume d'Amba ! » Tous les
assistants restaient immobiles et stupéfaits. Le brahmane
reprit : « Lâches, qui vous disputez ce que vous n'avez pas
su conserver ! Ce lac, conquis au prix de tant de sacrifices,
n'était que l'emblème des nobles luttes que vous aviez à soutenir. Créée par le travail, votre prospérité se fût mainte-
nue par le travail ; elle est engloutie par votre indolence
comme la borne l'a été par ces eaux que vos soins eussent pu retenir dans leur lit. Fuyez ! Que ces lieux soient
rendus à la nature, à la vie et débarrassés de votre corrup-
tion. » Puis, prenant l'urne qui contenait les cendres de
Goulab Sìngh, il la lança dans le lac en s'ériant : « Anathème ! anathème ! » La foule, consternée, éperdue, s'en-
fuit sans oser rentrer dans la ville. Depuis, à ce que disent

les légendes, jamais aucun pied humain n'a foulé le sol d'Amba. Mais, ajouta Mali, comme notre cause est juste et que l'éternel Siva ne peut que nous protéger, nous entrerons sans crainte dans la sainte cité pour lui demander l'asile d'une nuit. »

Les fugitifs s'engagèrent donc hardiment sur la chaussée qui, d'après la légende, devait conduire à la ville. Large de cent pieds, formée de blocs énormes polis par les siècles, cette chaussée semblait être une œuvre cyclopéenne.

André, qui suivait le bord pour admirer de plus près les palais submergés, poussa tout à coup un cri d'épouvante et recula d'un bond. Au même instant, une énorme gueule armée de dents pointues sortit de l'eau, suivie bientôt du long corps hideux, verdâtre et écaillé, d'un énorme alligator. Mais le monstre avait compté sans son hôte, car, à peine fut-il hors de l'eau, qu'il reçut sur le museau un vigoureux coup de bâton qui le fit prestement disparaître. C'était Miana qui venait d'accomplir ce bel exploit.

« Eh bien! s'écria-t-il, c'est par trop d'impudence! Que tu nous prennes dans l'eau, ton élément, soit! mais essayer de nous intimider sur notre sol à nous..... ah! par exemple, non! »

Le cri d'André et les exclamations de Miana semblaient avoir réveillé de leur torpeur tous les monstres du lac. Bientôt les bords de la chaussée se garnirent de gueules menaçantes. On eût dit que le génie de la ville déserte envoyait ses dragons anéantir les téméraires qui osaient enfreindre ses ordres.

Tout d'abord, ce fut un jeu pour Miana et pour André qui s'était joint au jeune Hindou. S'escrimant à tour de bras, les deux enfants saluaient d'un bon coup de bâton sur le museau chaque tête qui paraissait. Mais bientôt les

Un vigoureux coup de bâton le fit prestement disparaître.

agresseurs devinrent si nombreux, que l'impassible Mali
dut à son tour prendre part à la bataille.

Cependant la situation devenait sérieuse. Les voyageurs
avaient encore une centaine de mètres à parcourir, et déjà
ils luttaient non plus pour s'amuser, mais bien pour défendre leur vie. Les crocodiles, enflammés par l'odeur de cette
proie, perdaient peu à peu leur timidité. Quelques-uns s'é-
taient hissés sur la chaussée et suivaient de près les fugitifs. Ceux-ci maintenant étaient obligés de se défendre de
tous côtés. A ce moment le moindre faux pas eût été mor-
tel; aussi, tout en se défendant, Mali ne cessait-il de crier :
« N'ayez crainte, mes enfants, cette vermine est sans courage. Mais surtout ne courez pas, reculez lentement et faites
bien attention à ces pierres glissantes. »

Toujours battant en retraite, les voyageurs atteignirent
la rive opposée sans que les crocodiles, fort penauds
voir échapper leur proie, eussent osé les attaquer directe-
ment. Ils se félicitaient déjà d'avoir échappé à ces terribles ennemis, quand André s'aperçut que, dans l'ardeur
de la lutte, il avait laissé tomber son toumril, sa flûte de
charmeur. La perte était grave, irréparable, et le jeune
homme se désolait, quand, en explorant du regard la
chaussée, il aperçut l'instrument gisant à vingt pas de lui.
Les crocodiles garnissaient maintenant la chaussée et formaient un cordon de gueules qu'il eût été téméraire d'affronter. Cependant les fugitifs étaient fort perplexes. Comment reprendre le précieux instrument? Miana se proposa
pour aller le chercher, mais Mali le gronda fort de sa
témérité.

« Attendez! s'écria tout à coup le jeune Hindou; j'ai
trouvé un moyen; » puis, prenant dans ses bras son singe
qui s'était juché sur ses épaules, il lui montra de la main
le toumril. « Va, Hanouman, lui dit-il, va chercher le

toumril de ton seigneur. » Hanouman regardait non-seulement le toumril, mais aussi les crocodiles, et la vue de
ces derniers semblait le rendre peu enclin à obéir à son
maître. Celui-ci insista pourtant, et le docile animal, s'armant de courage, sauta à terre et courut vers la chaussée.
Les crocodiles le voyant avancer se pressèrent à sa rencontre. Arrivé à un pied des monstres, le singe fit un bond et,
passant par-dessus les gueules béantes, retomba de l'autre
côté. Pendant qu'il courait ramasser le toumril, les crocodiles se retournaient tumultueusement; mais cette opération, toujours difficile pour les sauriens, était encore em-
pêchée par leur nombre. Aussi Hanouman, ayant ramassé
le toumril, bondissait de nouveau au-dessus d'eux avant
qu'ils eussent repris leur ligne de bataille. On pense si
le brave singe fut applaudi et choyé pour son adresse et son
courage.

Quittant les bords du lac, les voyageurs commencèrent
à gravir la colline qui se dressait devant eux. Au milieu de
la végétation qui s'élevait serrée et vigoureuse, on apercevait encore les dalles disjointes de l'ancienne voie. En suivant ce chemin, ils arrivèrent bientôt à une porte dont la
haute ogive était à demi cachée par les arbres. C'était l'ancienne porte principale d'Amba; tout y était intact : les
lourds battants garnis de pointes de fer restaient grands
ouverts et laissaient voir sur les côtés de l'œuvre les corps
de garde avec leurs bancs de pierre, leurs râteliers de cuivre, leurs fourneaux en maçonnerie. On aurait dit que,
hier encore, ce lieu était plein de vie et de mouvement,
tant la solidité des matériaux avait su résister à l'invasion des herbes.

Après avoir invoqué le puissant Siva, le vieux charmeur franchit d'un pas ferme le seuil de la ville maudite ;
ses deux compagnons le suivirent avec une vague terreur.

De l'autre côté de la porte, les arbres se pressaient hauts et vigoureux, enlaçant dans leurs énormes racines des fragments de maçonnerie, seuls restes des maisons qui existaient là jadis. Mais après quelques pas les voyageurs se retrouvèrent de nouveau en plein air; à leurs pieds se déroulait maintenant le sublime panorama de la vallée d'Amba.

Qu'on se représente un cratère profond, dont les talus sont recouverts d'une jungle épaisse et sombre; au centre un cône de verdure, servant de piédestal à un palais de marbre, féerique, étincelant, auprès duquel pâlissent les merveilles de Grenade et de Séville; autour de ce cône, une ville abandonnée, silencieuse, dont les moindres maisons sont des palais, baignant leurs hautes façades dans un lac aux eaux noirâtres. Sur les rebords élevés du cratère, une haute muraille découpe ses créneaux sur l'azur du ciel et, enveloppant la vallée d'un cercle continu, semble la détacher du reste du monde.

Tel était le spectacle qui s'offrait aux yeux des fugitifs, qui, immobiles, silencieux, semblaient se demander si l'atmosphère alourdie de cette forêt enchantée ne fascinait pas cette fois leurs yeux par un éblouissant mirage. Le gigantesque palais des fils du Lion Rouge leur apparaissait surtout comme une vision surnaturelle; les dômes recouverts de plaques d'or et d'émaux bleus, les tourelles de marbre d'un jaune d'ivoire, les murailles suspendant leurs balcons dorés au-dessus des précipices : c'était bien là le château enchanté des légendes de Chehrarzâd.

Suivant un sentier qui s'enfonçait rapidement dans la vallée, les voyageurs atteignirent bientôt les bords du Tâl Koutora, l'ancien étang sacré de la cité; de petits kiosques de marbre, abritant des idoles à quatre faces, se groupaient sur la berge, et des arbres chargés de fruits, restes des anciens jardins, se penchaient sur ses bords.

Nos amis s'arrêtèrent au milieu de ce verger sauvage pour savourer quelques fruits et se désaltérer à l'eau de l'étang. Assis dans l'un des kiosques, ils contemplaient maintenant la ville, dont les premières maisons se montraient à l'extrémité de la nappe d'eau. Un silence de mort planait sur la vallée. Aucun être vivant ne se montrait sur la terre, aucun oiseau ne planait dans l'air, aucun monstre n'agitait l'eau.

André se sentait envahi par une crainte mystérieuse, et il regrettait presque maintenant la sombre forêt. Là, au moins, si tout était danger, tout était vie ; tandis qu'ici la mort semblait avoir frappé tous les êtres et menacer encore les téméraires qui troublaient son royaume.

A ces craintes, que partageait Miana et que les enfants exprimaient naïvement à Mali, le vieillard répondait : « Celui qui marche sans crainte devant Dieu ne peut trembler devant des dangers imaginaires. Si Amba et ses habitants ont été maudits, c'est parce qu'ils avaient péché. Cette malédiction n'est pas pour nous, puisque notre cœur est pur. »

Continuant leur marche, ils entrèrent bientôt dans les rues de la ville déserte. Tout autour d'eux s'élevaient maintenant de hautes façades aux arcades dentelées, aux portes monumentales surmontées d'antiques écussons. Les portes ouvertes, dépourvues pour la plupart de leurs huis dévorés par le temps, laissaient pénétrer l'œil dans de vastes salles, dont quelques-unes portaient encore des traces de leur ancienne magnificence. Çà et là une longue rangée de décombres, sur lesquels croissait une épaisse végétation, marquait l'emplacement des bazars et des frêles constructions du peuple. Puis, de nouveau, au milieu de séculaires nìms et manguiers au sombre feuillage, on voyait se dresser les arcades sévères, les hauts frontons découpés et les longues colonnades des imposants palais. Nulle part la nature n'a mis tant de grâce à se marier à la beauté des œuvres de l'homme; laissée à elle-même, elle a couvert les murailles de lianes et de fleurs, planté les cours de jardins ombreux et accroché ses pipals et ses cactus au treillis de marbre des terrasses. En parcourant ces rues silencieuses, nos voyageurs se sentaient pénétrés d'un sentiment de douce mélancolie qu'inspirent peu les ruines, souvent nues et tristes; ici le soleil, tamisé par les branches des arbres, colorait chaudement et sans crudité ce mélange de verdure et de pierres sculptées. Ils arrivaient par de mystérieux sentiers de feuillage à de petits étangs entourés de portiques et dont les eaux reflétaient les hautes flèches de pierre de temples superbes.

Ces édifices religieux, dans la construction desquels entre seulement la pierre, avaient échappé à la désolation générale. Leurs perrons de marbre portaient encore la trace des pieds nombreux qui les avaient foulés, et sur les autels intacts trônaient impassibles les idoles devant lesquelles s'était si souvent prosternée la foule dévote. Quelques-uns de ces temples étaient décorés avec une rare somptuosité et des vases d'or et d'argent brillaient encore dans les niches. Ces richesses eussent été une proie facile pour nos voyageurs, mais André lui-même eût cru commettre une profanation en violant ces mystérieux asiles.

Mali avait proposé d'abord de s'installer pour la nuit dans un de ces temples; mais les enfants brûlaient de visiter le féerique palais royal et leurs instances décidèrent le vieux charmeur.

« Soit, dit-il, montons au palais. Nous perdons un temps peut-être précieux, mais je ne suis pas fâché de voir moi-même si les magnificences de la demeure des rois d'Amba répondent aux merveilleuses descriptions de la légende. »

Nous avons dit que ce palais occupe au centre même de l'étroite vallée le sommet d'un rocher conique. Une rampe dallée, taillée dans le roc, y conduit en contournant le cône et surplombe les eaux de l'étang sacré. Plusieurs portails échelonnés de loin en loin défendaient autrefois l'accès de cette voie, mais les portes étaient restées ouvertes, et rien ne s'opposa à la marche de nos voyageurs.

Déjà ils approchaient de l'enceinte elle-même, dont ils voyaient s'ouvrir l'arche monumentale, quand Miana s'écria soudain :

« Regardez, regardez, le palais est habité. »

En effet, à la grande terreur des téméraires visiteurs, de nombreuses têtes apparaissaient au-dessus des créneaux. Une grande agitation semblait même régner parmi les mystérieux défenseurs de la place, car on les voyait courir de côté et d'autre, comme pour prendre leurs postes de combat, et déjà les terrasses et les fenêtres du palais se remplissaient de monde.

Les voyageurs, épouvantés par cette apparition inattendue, battaient en retraite précipitamment, quand tout à coup on entendit un « hou ! hou ! » prolongé, aussitôt répété par mille voix rauques et auquel Hanouman, perché sur l'épaule de son maître, répondit à son tour par un cri semblable.

« Ce sont des singes, ce sont des langours, s'écria Miana, moi qui me figurais déjà que nous allions avoir affaire à une légion de génies !

— Il est probable, dit alors Mali, que c'est en effet une tribu de langours qui aura établi sa résidence dans le palais abandonné. Mais il ne faut pas néanmoins nous aventurer témérairement.

— Ces singes sont donc redoutables? demanda André.

— Non, seigneur, reprit le charmeur, ce sont des animaux doux et inoffensifs ; mais lorsqu'ils sont en troupe
nombreuse, ils ne reculent devant aucun ennemi. Vous
savez sans doute que ces singes sont organisés d'une façon
curieuse. Groupés en tribus, ils obéissent à un chef, véritable roi, qui les conduit et les dirige. Lorsque le lieu dans
lequel ils sont établis ne leur fournit plus de moyens de
subsistance suffisants, ils émigrent en troupe vers d'autres
quartiers et, tout comme les hommes, n'hésitent pas à
livrer bataille aux tribus plus faibles qu'ils viennent dépos-
séder. Il est probable que la tribu que nous voyons là-bas
occupe le palais depuis que les hommes l'ont abandonné,
car les anciens jardins royaux doivent continuer à alimen-
ter de leurs fruits ces singes, qui se plaisent du reste dans
les habitations abandonnées. En tout cas, je crois que ce
que nous aurons de mieux à faire sera de renoncer à notre
visite du palais. Je doute que les langours nous en livrent
l'accès.

— Crois-tu, Mali? dit André qui semblait désolé de ce
contre-temps.

— Je le crains bien, répondit le charmeur.

— Moi, j'ai une idée, s'écria alors Miana, qui pendant
ce temps avait semblé plongé dans ses réflexions. Quoique
je sache dresser les singes, je doute que ceux-ci se laissent
aussi rapidement apprivoiser. Mais, en revanche, Hanouman comprend fort bien ce que je lui dis. Vous l'avez bien
vu ce matin. Eh bien, je vais l'envoyer tout seul trouver
les langours; il leur expliquera que nous sommes de braves
gens, que nous ne leur voulons pas de mal, et ils nous lais-
seront passer. Voilà !

— Tout cela est fort ingénieux, dit Mali, mais je doute
beaucoup que Hanouman réussisse à leur expliquer aussi
facilement nos bonnes intentions.

— Je ne sais pas ce qu'il dira à ses compatriotes, dit Miana un peu offusqué de cette incrédulité, mais je suis sûr qu'il saura se faire comprendre.

— Eh bien, essaye! dit le vieillard, nous verrons. »

Sans se le faire répéter, Miana assit son singe devant lui, et, le regardant fixement dans les yeux, il se mit à lui parler à voix basse. Puis, se dressant tout à coup, il montra à l'animal ses deux compagnons, puis les singes sur la muraille, et frappant dans ses mains, il lui cria : « Va! »

Hanouman se tint un instant debout, regarda avec ses bons yeux intelligents Mali et André comme pour leur reprocher leur manque de confiance, puis, sans hésitation, il se dirigea au galop vers la porte du palais.

A la vue de cet ambassadeur, les singes se hissèrent d'abord curieusement sur les parapets, puis, quittant leurs postes de combat, se précipitèrent vers l'entrée, où Hanouman fut accueilli à son arrivée par une foule nombreuse. De l'endroit où ils étaient restés pour atteindre l'issue de la conférence, les voyageurs entendaient un tumulte de cris, de grognements, semblables à ceux qu'aurait poussés une foule humaine. Bientôt ils virent disparaître dans l'intérieur de l'enceinte tous les singes, y compris Hanouman, et la porte resta déserte.

Quelques minutes se passèrent ; déjà Miana commençait à s'inquiéter sur le sort de son favori, lorsque de nouveau il se fit un grand bruit, et la foule des singes reparut escortant Hanouman. Celui-ci se dirigea en courant vers ses maîtres, accompagné cette fois par deux grands singes, qui s'arrêtèrent cependant, intimidés, à moitié chemin.

Hanouman, revenu près des voyageurs, se contenta de sauter plusieurs fois en l'air en exécutant de superbes cabrioles; ce que Miana interpréta immédiatement ainsi : « Nous pouvons passer ! »

Mali sourit en voyant la confiance de son jeune protégé et dit : « Dans ce cas, allons ! mais de la prudence, n'est-ce pas ? » Et les trois voyageurs, précédés d'Hanouman, s'avancèrent vers le palais.

A leur approche les singes reculaient avec crainte, mais sans témoigner aucune hostilité. La petite troupe franchit d'un pas ferme le portail mystérieux et se trouva dans une vaste cour d'un aspect vraiment merveilleux. Sur trois côtés s'étendaient de longues façades régulières, d'une architecture sobre et sévère, tandis que le quatrième côté était fermé par une terrasse de marbre, couronnée par des monuments d'une incomparable beauté. Deux de ces monuments sont parmi les plus somptueux du monde entier ; l'un est une salle formée de cent colonnes de jaspe supportant un plafond d'or, l'autre est un portail en mosaïque qui a reçu le nom de Porte Merveilleuse. Un vaste perron conduit de la première cour à cette terrasse. Nos voyageurs le franchirent, toujours guidés par Hanouman et suivis par la foule grimaçante.

Arrivés dans cette cour, ils aperçurent, juché sur le rebord d'un des pavillons, un vieux singe blanchi par l'âge, qu'entouraient plusieurs singes de grande taille. Reconnaissant dans ce personnage le chef de la tribu, Mali le salua avec respect et dit :

« O divin successeur de l'immortel compagnon de Rama, je m'incline en ta présence. Conduits par Hanouman, nous avons osé pénétrer dans ton asile redouté. Mais ne crois pas que nous voulions porter une main téméraire sur les trésors que Siva a confiés à ta garde. Ces jeunes gens, poussés par une juste curiosité, désirent contempler toutes ces merveilles. Accorde-leur cette grâce et permets-nous de reposer une nuit sous ta protection. »

Le vieux roi regardait attentivement Mali et ses compagnons, mais ne semblait rien comprendre au beau discours du charmeur. Quand celui-ci eut fini de parler, le roi se leva, il agita plusieurs fois amicalement sa longue queue, puis il se retira à pas lents sur le toit du pavillon et disparut avec sa suite au détour d'une corniche.

Aussitôt, comme si la conduite du roi eût été un signal convenu, la foule, qui se tenait à une distance respectueuse, fit irruption dans la cour et entoura nos trois amis. Il était facile de voir à leurs visages souriants et à leurs gambades que les intentions des quadrumanes étaient amicales. Hanouman, fort fêté surtout, semblait faire à ses nouveaux amis les honneurs de ses maîtres; il leur expliquait sans doute ce qu'étaient ces êtres étranges si semblables par leurs formes à la noble race simiane.

Les voyageurs se laissaient faire complaisamment et examinaient de leur côté avec intérêt ce curieux petit monde. Il était facile de distinguer les personnages importantes à leur pelage soigné, à leur embonpoint et à leur démarche majestueuse. Mais ce qui amusait surtout André, c'étaient les enfants qui, plus hardis que les adultes, grimpaient après ses habits et lui faisaient mille niches innocentes. Les mères portaient tendrement leurs petits dans les bras et se tenaient avec de petites mines craintives hors de la portée des étrangers.

Mali, une fois la première connaissance faite, se mit à la recherche d'un gîte et s'installa avec ses paniers dans un des pavillons de la terrasse. Quant aux enfants, ils se mirent, accompagnés par leurs nouveaux amis, à explorer le palais.

Franchissant la Porte Merveilleuse, ils entrèrent dans une cour dont le centre était occupé par un jardin féerique. A gauche du jardin s'élevait un pavillon monumental dont le rez-de-chaussée était précédé d'une large véran-

Mali le salua avec respect.

da à arceaux dentelés. Pénétrant dans l'intérieur, ils se
trouvèrent dans une vaste salle tapissée de mosaïques et
d'incrustations. Les mosaïques étaient formées de pierres
précieuses, jades, agates, turquoises, de moulures dorées
et de fragments de miroirs. On ne peut que difficilement
se faire une idée de l'effet que produisait cette salle, lorsqu'un rayon de soleil y pénétrant venait se briser sur ces
dorures et faire étinceler comme des diamants les fleurs
de cristal enchâssées dans les panneaux.

L'étage supérieur de ce pavillon, où nos amis montèrent
ensuite, était un coquet kiosque de marbre ; d'un côté, de
grandes fenêtres fermées par de délicats treillis de marbre
donnaient sur la vallée et embrassaient une vue admirable;
de l'autre, une belle terrasse s'avançait jusque parmi les
branches des grenadiers et des orangers du jardin. C'était
la plus poétique retraite qu'il fût possible de rêver; aussi
les jeunes gens se promirent de décider Mali à venir s'y
installer pour la nuit.

De l'autre côté du jardin s'étendait une longue ligne de
palais, tous aussi admirables par la pureté de leurs
formes, aussi splendides par leur décoration que le premier. Dans l'un, les murs étaient recouverts de panneaux
de santal, incrustés d'ivoire et d'argent ; des canaux traversaient les salles et venaient aboutir à des bassins, dont
les parois étaient incrustées de gracieuses compositions
dans lesquelles se mêlaient des poissons, des plantes aquatiques, des lotus, des monstres. D'autres étaient simplement tendus de marbre blanc, avec des encadrements de
lapis-lazuli ou de serpentine verte, ou bien décorés de miniatures représentant des chasses, des combats, des scènes
mythologiques; chacun enfin renfermait des choses dignes
d'être vues et admirées.

Le soir, nos voyageurs vinrent s'établir dans le kiosque

de marbre, où les singes leur apportèrent des fruits du jardin que Hanouman leur avait donné l'exemple de cueillir pour ses maîtres.

Enfin la nuit vint, et les habitants du palais se retirèrent dans leurs logis respectifs; mais, avant de s'endormir, les voyageurs purent voir que les murailles étaient garnies de nombreux et vigilants factionnaires.

Le radeau suivait le centre du courant.

CHAPITRE XII

Le cyclone.

Nos trois amis furent réveillés de grand matin par les « hou-hou » joyeux des habitants du palais d'Amba saluant le lever de l'aurore. Aussitôt l'inflexible Mali donna le signal du départ.

André et Miana coururent avant tout se plonger dans le bassin du jardin que remplissait le courant d'un frais ruisseau ; puis, fortifiés par ce bain et cette bonne nuit de sommeil, ils se hâtèrent de prendre leurs fardeaux et de se mettre en route. Mali était déjà parti. Ils le retrouvèrent dans la cour d'honneur, occupé de rendre ses devoirs au roi des langours, qui, fort peu sensible à ces politesses, grignotait avec indifférence une superbe orange. Les enfants saluèrent à leur tour l'impassible majesté, puis la petite troupe se dirigea vers la porte du château.

La foule des singes, non moins avides de les contempler que la veille, les escorta jusqu'au dehors de l'enceinte et quelques intrépides les accompagnèrent même jusqu'à moitié de la descente. Mais, arrivés là, ceux-ci à leur tour manifestèrent quelque crainte en se voyant si loin de leurs murailles, et il fallut se séparer. Je laisse à penser si les adieux furent touchants. Hanouman se chargea d'exprimer les remerîments de ses maîtres, et pendant quelques minutes les charmants animaux s'embrassèrent avec une effusion comique en poussant de petits cris.

« C'est à croire que les singes valent mieux que les hommes, s'écria André à cette vue. Depuis que j'ai quitté la demeure incendiée de mes pères, je n'ai pas encore rencontré d'hommes dignes d'être comparés à ces hospitaliers langours.

— Mais, dit Miana, les singes sont des hommes. Autrefois ils parlaient comme nous : à preuve les beaux discours que le divin Hanouman tenait au dieu Rama et qui sont écrits tout au long dans les slokas qu'on récite pendant les fêtes du Dassara. Un jour, un singe, étant entré au Paradis, fut surpris dans la salle où se tenaient les dieux, qui s'entretenaient en ce moment du sort des humains. La bête rusée se sauva cependant et ne put être retrouvée. Alors, de crainte que les secrets immortels ne fussent divulgués, les dieux retirèrent la parole aux singes, ou du moins rendirent leur langage inintelligible aux hommes; car les singes parlent et nous comprennent, mais nous ne les comprenons pas. »

André, tout en faisant ses réserves sur ce point délicat, se garda bien de discuter avec son ami Miana, dont il connaissait l'admiration sans bornes pour la race simiane.

Les voyageurs traversèrent de nouveau les rues silencieuses de la ville morte et gagnèrent une des portes conduisant hors de la vallée. A quelques pas de l'enceinte, la forêt haute, impraticable, recommençait de nouveau.

Pendant plusieurs jours, la petite troupe chemina courageusement dans la direction du nord-ouest, sans incident notable. Chaque soir, les fugitifs choisissaient un arbre et s'y réfugiaient pour la nuit, après avoir eu soin d'allumer un grand feu pouvant durer jusqu'au jour. Chaque nuit, ils assistaient aux spectacles effrayants qui avaient tellement épouvanté André lors de leur entrée dans le Téraï; mais le jeune Français s'aguerrissait, et s'il ne dormait pas aussi profondément que ses compagnons, tout au moins prenait-il un repos suffisant.

Peu à peu, à mesure que les voyageurs avançaient vers le nord, le caractère du Téraï semblait se modifier. La forêt devenait moins impénétrable; le sol plus sec se dégarnissait de broussailles et les arbres géants, plus espacés, formaient une voûte moins sombre. Par les éclaircies fréquentes, on apercevait maintenant les hautes cimes neigeuses de l'Himalaya dominant des massifs couverts de sapins, premiers contre-forts de la chaîne qui ne semblaient pas être à plus de quelques lieues de la route suivie par les voyageurs.

Cependant Mali maintenait toujours la direction première, et, lorsque les enfants lui demandaient pourquoi ils ne gagnaient pas dès maintenant la montagne, il répondait:

« Gardons-nous-en bien! les montagnes que vous voyez là sont peuplées par des tribus dont les princes, de race aoudhienne, se feraient un plaisir de nous livrer à Nana Sahib. Quelque complet que soit le déguisement d'Andhra, il ne faut pas nous risquer inutilement. »

Bien complet était en effet le déguisement d'André; nul n'aurait reconnu dans le sauvage demi-nu, à la peau hâlée par le soleil, l'élégant lycéen de Paris ou le brillant convive de Bihtour.

Un jour, comme ils traversaient un petit bois enveloppant un vaste marais, les voyageurs furent surpris par un bruit formidable qui s'éleva tout à coup à une petite distance du sentier qu'ils suivaient.

On entendait des rugissements entrecoupés de sons sourds semblables à ceux que produirait un bélier frappant contre une épaisse porte de chêne; à ce bruit se joignait un continuel clapotement d'eau. Quelques pas encore, et nos trois amis se trouvèrent en présence d'un spectacle saisissant.

Le marais voisin était rempli par un troupeau d'éléphants qui, rangés en cercle, contemplaient le duel furieux de deux de leurs congénères. Ceux-ci, deux superbes mâles, aux longues défenses recourbées, combattaient avec une rage indescriptible. Leurs fronts se choquaient violemment, leurs défenses s'entre-croisaient, et, dans leur formidable élan, ils faisaient jaillir autour d'eux l'eau mêlée de boue du marais.

L'un des deux géants faiblissait cependant d'une façon visible, et déjà ses regards semblaient chercher une retraite. Soudain il se rua avec une telle impétuosité sur son adversaire que celui-ci, un moment à demi soulevé en l'air, faillit perdre pied ; mais l'agresseur, sans continuer la lutte, profitant de sa surprise, tourna prestement sur lui-même et prit la fuite.

Mali et ses compagnons avaient à peine eu le temps de se jeter dans le fourré que l'énorme bête passait comme l'éclair dans le sentier, suivie bientôt du vainqueur et de tout le troupeau.

« Un instant plus tôt, dit le charmeur, nous eussions été surpris par ces bêtes furieuses et foulés aux pieds.

— Quelle pouvait donc être la cause de ce combat? de-

Les éléphants contemplaient le duel furieux de deux de leurs congénères.

manda André. Tous les éléphants que j'ai vus jusqu'ici dans nos *keddahs* [1] étaient doux, inoffensifs et vivaient en parfaite intelligence entre eux.

— La cause du combat est bien simple, répondit Mali. Chaque troupeau d'éléphants a un chef qui le gouverne et le dirige; mais il ne règne pas sans conteste, et, lorsqu'il devient vieux ou faible, quelque jeune éléphant ambitieux le défie au combat devant toute la troupe et s'empare du pouvoir en le chassant. L'éléphant vaincu, à partir de ce moment, vit seul et délaissé dans la jungle; il devient ce que les chasseurs appellent un solitaire. Sombre et farouche, le solitaire vit en guerre ouverte avec la nature entière; il s'attaque à tout, combat les tigres et les rhinocéros, se rue sur les hommes et, dans sa fureur aveugle, saccage jusqu'aux halliers de la forêt. Le combat auquel nous venons d'assister n'était autre que le bannissement d'un de ces vieux rois. Mais, même domestiques, les éléphants ne sont pas toujours doux et inoffensifs. En état d'ivresse ou de folie passagère, ils se montrent tout aussi belliqueux que leurs frères sauvages. Les princes indiens, profitant de cette disposition, les font combattre soit ensemble, soit avec des bêtes fauves, et même avec des hommes. Je me rappelle avoir assisté, à la cour de Pounah, à des combats où l'on voyait vingt éléphants à la fois lutter contre des tigres, des rhinocéros et des buffles. Aujourd'hui encore le Guicowar de Baroda, le puissant roi maharate du Goujerat, entretient à sa cour de nombreux éléphants de combat et se plaît à ces émouvants spectacles. »

Ce soir-là, les voyageurs s'arrêtèrent pour la nuit dans un site vraiment merveilleux. La forêt s'ouvrait en une sorte de cirque, que traversait un clair torrent tombant en cas-

1. On donne le nom de *keddah* aux vastes enclos dans lesquels sont enfermés les éléphants non encore complètement dressés.

cade d'une haute barrière de rochers. Au pied même de la
cascade s'épanchait un frais bassin entouré d'un gazon vert
et uni comme la pelouse d'un parc anglais ; un figuier banian, géant séculaire aux mille colonnes, projetait, au-
dessus de la surface limpide, ses énormes rameaux, où les
lianes entrelacées formaient une sorte de vaste hamac fleuri.

Les jeunes gens se mirent bien vite à explorer cette citadelle de verdure, qui offrait, au point d'intersection des
branches, une large plate-forme capable d'accommoder
une vingtaine de personnes. C'est là que furent installés
les paniers à serpents et les provisions de voyage. Mais, en
se glissant au milieu des branches, Mali et Miana eurent
bientôt découvert le hamac naturel de lianes suspendu au-
dessus de l'eau. Le réseau de fibres ligneuses étroitement
enlacées formait un nid si coquet, si bien tapissé de feuilles
et de mousses, que les deux jeunes gens décidèrent de s'y
installer pour la nuit. Mali, préférant un terrain plus so-
lide, arrangea sa couche sur la plate-forme du tronc.

Chacun ayant ainsi pris ses dispositions à sa guise, le frugal repas du soir fut rapidement absorbé, le feu de garde
allumé, et les voyageurs se laissèrent aller paisiblement au
sommeil.

Vers le milieu de la nuit, André se mit à rêver qu'il était
à bord du grand navire qui l'avait ramené à Calcutta. Il
lui semblait se sentir bercé dans le petit lit de sa cabine et
entendre mugir à travers la paroi du navire les flots de la
mer. Le navire approchait du port ; demain on entrerait
dans le Gange, bientôt il serait à Calcutta, et dans quelques
jours il reverrait son père et sa chère Berthe. Quelle joie
pour lui de rentrer dans sa patrie adoptive et quel plaisir
pour les siens en le retrouvant grandi, plus fort, plus ins-
truit, un homme en un mot !

Soudain un fracas épouvantable réveilla en sursaut le

dormeur, qui se retrouva à côté de son ami Miana dans le berceau aérien du banian. Un vent violent agitait la forêt; la pluie tombant à torrents avait éteint le feu et l'obscurité était entrecoupée d'immenses éclairs violets.

« Le *tofân!* s'écria Miana en se réveillant.

— Un cyclone! dit André; alors nous sommes perdus. »

Il faut avoir vécu dans l'Inde pour comprendre tout ce que ce mot de cyclone évoque de terreur et d'épouvante. Nul fléau ne peut être comparé à l'horrible météore atmosphérique, car toutes les forces de la nature sont impuissantes contre lui. La trombe aérienne, dans son tourbillon vertigineux, entraîne tout : arbres séculaires, maisons de pierre, rien ne lui résiste. Chaque année c'est par centaines de mille qu'on compte les victimes du cyclone. Le Bengale lui seul, en 1837, perdit ainsi en une nuit un million de ses habitants; en 1876, cinq cent mille victimes furent balayées d'un seul coup par une de ces épouvantables trombes.

Le cyclone faisait rage maintenant sur le Téraï. Ses immenses éclairs violacés remplissaient de lumière et de fracas la sombre forêt, dont les arbres géants s'abattaient sous les rafales comme des fétus de paille.

Mali, retranché dans son asile, exhortait les enfants à quitter leur frêle lit de lianes et à se réfugier auprès de lui.

Mais ceux-ci avaient déjà vainement tenté plusieurs fois de suivre son avis. Il eût fallu franchir l'étroite passerelle qui reliait le hamac au tronc du figuier, et le vent était tellement violent qu'il eût enlevé le téméraire qui se fût exposé à son étreinte. Le paisible bassin était maintenant transformé en un lac furieux dont les eaux bouillonnantes remplissaient la clairière et enveloppaient le pied de l'arbre. Impossible donc d'échapper en se laissant choir sur le sol.

Cependant la place devenait intenable; l'ouragan secouait avec une telle violence le berceau de lianes, que les enfants s'attendaient à chaque instant à voir s'effondrer la frêle structure.

Les éclairs, se succédant sans interruption, leur montraient le vieux charmeur en sûreté sur sa plate-forme à quelques mètres d'eux.

Tout à coup, la foudre sembla envelopper le tronc de l'arbre; il se fit un fracas épouvantable, bientôt suivi d'un craquement affreux, et, avant qu'ils pussent faire un mouvement, les jeunes gens sentirent la branche se séparer de l'arbre et les entraîner dans sa chute.

En tombant, André et Miana s'embrassèrent étroitement par un mouvement instinctif et, fermant les yeux, se laissèrent aller à la mort.

A leur grande surprise, au lieu de disparaître sous l'eau, ils se sentirent, au bout de quelques instants, flotter à la surface du torrent écumeux. L'énorme branche, avec son appendice de lianes et de végétations parasites, formait un radeau et suivait le fil du courant.

En se voyant entraînés, les enfants crièrent ensemble à plusieurs reprises : « Mali! Mali! » mais aucune voix ne leur répondit. Une voix humaine eût été du reste bien incapable de se faire entendre au milieu du tumulte des éléments. Sans réfléchir à ce fait, les pauvres abandonnés se laissèrent aller à leur désespoir.

Le radeau glissant avec rapidité sur les flots les entraînait au cœur de la forêt. Ils passaient comme une flèche tantôt dans d'étroites ravines bordées de grands arbres, tantôt par-dessus des rapides formés par des rochers.

Après plusieurs heures de cette course vertigineuse, l'orage s'apaisa; l'épais rideau de nuages se déchira, et les enfants aperçurent le ciel bleu que l'aube commençait à blanchir.

La première découverte que fit Miana fut son singe Hanouman qui, blotti parmi les lianes, avait partagé le sort de son maître. Celui-ci embrassa tendrement son compagnon, puis interrogea le ciel d'un regard anxieux.

« Quel malheur! s'écria-t-il enfin, la rivière nous entraîne vers le sud.

— Dans ce cas, dit André avec effroi, nous serons bientôt hors du Téraï et nous ne tarderons pas à tomber aux mains de nos cruels ennemis.

— Aussi faut-il sans plus tarder arrêter notre radeau, répondit Miana. Dès que nous approcherons du rivage, essayons de nous accrocher aux branches qui pendent de la berge; nous pourrons ainsi gagner la terre. »

Malheureusement le radeau suivait, en tournant sur lui-même, le centre du courant. Pendant de longues heures, les pauvres naufragés firent de vains efforts pour se rapprocher du bord. Enfin un arbre gigantesque, renversé par la foudre en travers du torrent, vint arrêter leur course. En un clin d'œil, les enfants et Hanouman, se servant de ce pont improvisé, gagnèrent la terre. Le premier mouvement des deux pauvres jeunes gens fut de pousser des cris de joie en se voyant ainsi échappés miraculeusement à tant de périls; puis, se rappelant l'étendue de leur malheur, ils se jetèrent dans les bras l'un de l'autre en fondant en larmes.

« Qu'allons-nous devenir sans ce pauvre Mali? s'écria André.

— J'ai vu, dit Miana, la foudre le frapper sur l'arbre. Il aura roulé dans le torrent et, moins heureux que nous, il aura été englouti par les eaux.

— Hélas! cela n'est que trop probable, dit André; ne pourrions-nous nous mettre à sa recherche?

— Y penses-tu? répondit Miana; il nous faudrait au moins deux jours de marche pour refaire le chemin que le torrent nous a fait franchir cette nuit. Il faut nous rappeler la dernière recommandation de Mali : reprendre notre route et marcher vers le nord-ouest jusqu'à ce que nous atteignions Mussourie.

— En effet, dit André, il nous faut sortir d'ici le plus tôt possible. Mais, si je ne me trompe, Mali calculait que nous avions encore de six à huit jours de marche ; tu dis que le torrent nous a fait reculer de deux jours, cela fait donc maintenant à peu près dix jours. Comment vivrons-nous pendant ce temps, car il ne nous reste pas même une poignée de farine pour faire un tchapati ?

— Mahadeo aura pitié de nous, répondit Miana, et mon singe Hanouman nous aidera. Ses congénères ne sont pas en peine de trouver leur nourriture dans ces forêts ; il n'est pas plus maladroit qu'eux et peut-être pourrons-nous partager avec lui le fruit de ses recherches. Eh, tiens, précisément, je l'aperçois là-bas, sur une branche, en train de grignoter quelque chose. Peut-être a-t-il déjà trouvé notre déjeuner. »

Les deux jeunes gens coururent à l'arbre découvert par Hanouman : c'était un manguier sauvage, couvert de fruits, sinon aussi succulents que les délicieuses mangues de Bombay, du moins fort mangeables.

Les fugitifs s'en régalèrent. Puis, Miana ayant rappelé son singe, la petite troupe se mit incontinent en marche vers le nord-ouest, dans la direction du salut.

Le bois s'enflamma.

CHAPITRE XIII

Chez les Metchis.

Accablés de fatigue, n'ayant pris d'autre nourriture que les fruits sauvages découverts par le singe Hanouman, les deux enfants s'arrêtèrent à la tombée de la nuit pour choisir leur gîte du soir. Un arbre convenable fut bientôt trouvé, puis Miana se mit à recueillir comme d'habitude des branches de bois mort et à les entasser au pied de l'arbre.

« Que fais-tu donc-là ? lui demanda André, qui suivait depuis un instant ce manége avec étonnement.

— Dame, je prépare le feu pour cette nuit, répondit le jeune Nât. Crois-tu donc que nous puissions nous en passer ? Regarde dans les arbres voisins tous ces paons : leur présence est un signe infaillible que la forêt renferme de nombreux tigres. Du reste, tout aujourd'hui j'ai aperçu sur le sol les empreintes de leur passage. Si tu ne veux pas être croqué cette nuit, fais comme moi, car le jour fuit rapidement et nous n'avons que peu d'instants devant nous.

— Mais, mon pauvre Miana, dit André, oublies-tu donc que nous avons tout perdu et que les allumettes aussi bien que le briquet sont restés avec Mali ?

— Je n'oublie rien du tout, repartit en riant Miana, mais je n'ai besoin ni d'allumettes ni de briquet pour produire du feu. Attends un peu, tu vas voir. »

Le jeune Hindou ramassa d'abord un morceau de bois sec ; puis, ayant cherché un instant aux alentours, il revint avec un fragment de granit plat. Il posa entre la pierre et le bois une poignée de la fibre ligneuse d'un azédérach et se mit à l'écraser en frottant vigoureusement ; cette espèce d'amadou échauffé par ce frottement rapide commença à s'amollir, se colla au bois et bientôt prit feu. Une seconde après, sous le souffle de Miana, le bois s'enflamma à son tour et bientôt le foyer de garde lança en l'air ses joyeuses gerbes d'étincelles.

« Tu vois, dit Miana, cela n'est pas bien difficile. Maintenant, allons vite nous coucher, car le concert va bientôt commencer. »

Une heure après, en effet, des rugissements s'élevant de tous les points de la forêt prouvaient que le maître d'Hanouman ne s'était pas trompé. André fut réveillé à plusieurs reprises par des bruits de lutte qui ne l'empêchèrent cependant pas de bien profiter de sa nuit de repos.

Le lendemain matin, dès que le jour parut, les enfants descendirent de leur arbre, et Hanouman fut chargé de découvrir le déjeuner. Toutes ses recherches amenèrent la récolte d'une poignée de prunelles aigres, que nos amis se partagèrent avec tristesse.

« Ma foi, si le premier déjeuner, le *tchota haziri*, est maigre, dit Miana en manière de consolation, c'est sans doute parce que le second, le *nachta*, sera copieux. »

Ils allaient se mettre en route, quand les broussailles s'agitèrent bruyamment, et une belle antilope noire, sortant du fourré, passa en bondissant devant eux.

« Ah! si j'avais un fusil, s'écria André à cette vue, nous aurions là un bon déjeuner. »

Sans lui répondre, Miana s'était lancé en courant à la poursuite de l'animal, et bientôt son compagnon l'entendit appeler du milieu des broussailles. André, ne sachant que penser, accourut en toute hâte à son appel. Quelle fut sa surprise en voyant le jeune Hindou accroupi sur le corps de l'antilope!

« Comment, Miana, tu l'as tuée? lui dit-il avec un accent de pitié et se reprochant déjà le vœu qu'il avait formulé à la vue du bel animal.

— Non, non, répondit vivement le Nât. Je n'ai pas eu cette peine. En la voyant passer devant nous, je me suis aperçu que ses flancs étaient teints de sang. Et alors j'ai pensé, ce qui était la vérité, que, blessée à mort par quelque bête fauve, elle avait réussi à se débarrasser de son étreinte et fuyait ainsi éperdue pour finir ses jours tranquillement dans quelque taillis. A peine m'étais-je mis à sa poursuite, que je l'ai vue tomber là; quand je suis arrivé, elle expirait. C'est un beau déjeuner que nous servent là nos seigneurs les tigres. Sans compter que la pauvre bête va nous fournir à manger pour plusieurs jours. »

Et, sans désemparer, le jeune Hindou, prenant l'antilope morte, la chargea sur son épaule et la porta dans la clairière auprès du brasier ardent qu'avait laissé le foyer de la nuit. Puis les enfants, tirant le poignard que chacun d'eux portait à la ceinture, se mirent à dépouiller l'animal et à le dépecer. André, en véritable chasseur, excellait dans cette profession, et la pauvre antilope, transformée en gigots et en côtelettes, n'excitait déjà plus que son appétit. Bientôt quelques-uns des meilleurs morceaux placés au milieu du brasier, sur des pierres plates, commencèrent à rôtir.

« Quel déjeuner! » s'écria avec enthousiasme Miana; et se tournant vers son singe : « Mon pauvre Hanouman, c'est pitié que les dieux t'aient interdit l'usage de la viande; tout cela va te passer devant le nez.

— Mais il me semblait, dit André en riant, que les dieux aussi t'avaient interdit, à toi comme à tout bon Hindou, l'usage de la viande?

— Que nenni, mon doux seigneur, répondit allègrement l'Indien. Miana est un bon Hindou, mais Brahma, Vichnou et Siva lui ont permis de manger tout ce qui lui fait plaisir, sauf toutefois la chair de la vache, car elle est la nourrice du premier homme et son lait a formé notre sang. »

Les enfants purent cette fois calmer leur faim, quoique André fît un peu la grimace en avalant sans sel et sans pain cette viande à demi saignante. Une fois le déjeuner expédié, ils couvrirent le brasier de branches de bois vert sur lesquelles ils placèrent le reste de la viande de l'antilope. Lorsque celle-ci fut, grâce à l'épaisse fumée qui l'enveloppait, boucanée suffisamment pour se conserver quelques jours, ils en firent deux paquets enveloppés de feuilles et se mirent en marche, ainsi munis de provisions.

Pendant huit jours ils cheminèrent droit devant eux, ne s'arrêtant que la nuit, marchant de l'aube au coucher du soleil. La viande de l'antilope diminuait rapidement et les fruits étaient rares ; ils se hâtaient donc le plus possible, d'autant qu'il leur semblait approcher du but. En effet, la nature du pays se modifiait de plus en plus. De nouveau, comme lorsque le cyclone les avait séparés de Mali, ils apercevaient devant eux les pics neigeux de l'Himalaya. La forêt devenait moins dense, les marais se faisaient plus rares, le sol s'accidentait.

Le huitième jour, les jeunes voyageurs arrivèrent au pied d'une haute colline dont les talus verdoyants et doucement inclinés étaient plantés d'arbres magnifiques disposés aussi régulièrement que dans un parc.

A peine Hanouman eut-il aperçu ces arbres, que quittant, l'épaule de son maître, il courut vers le plus voisin et se mit à ramasser et à manger avidement les fruits qui jonchaient le sol. En même temps Miana s'écriait : « Des mhowahs ! », et, imitant l'exemple du singe, il se mit à ramasser les fruits ; ce que fit à son tour André.

C'étaient en effet des mhowahs qui couvraient la colline. Cet arbre est aux régions sauvages de l'Inde ce que le cocotier est aux rivages de l'océan Indien. La nature l'a doté de propriétés tellement merveilleuses, qu'il fournit à lui seul aux primitifs habitants des forêts indiennes tout ce que les peuples plus industrieux ont demandé à l'ensemble du règne végétal.

Le mhowah est un arbre superbe ; son tronc droit, d'un grand diamètre, porte des branches régulièrement disposées et relevées gracieusement en bras de candélabres ; son feuillage, d'un vert sombre, s'étage en dôme et projette une ombre épaisse. Vers la fin de février, ses feuilles tombent presque subitement et laissent l'arbre complètement nu. Les indigènes ramassent ces feuilles et les emploient à maints usages. Quelques jours après la chute des feuilles, les candélabres se couvrent avec une étonnante rapidité d'une masse de fleurs, semblables à de petites baies rondes disposées en bouquets. Ces fleurs sont la manne céleste de la jungle, et leur plus ou moins grande abondance amène la prospérité ou la misère dans ces régions sauvages. Leur corolle, d'un jaune pâle, forme une baie charnue, épaisse, de la grosseur d'un raisin, qui laisse passer les étamines par une faible ouverture ; arrivée à maturité, cette corolle tombe d'elle-même. Les Indiens se bornent à enlever les broussailles autour de l'arbre et recueillent soigneusement tous les soirs les fleurs tombées pendant la journée. Cette pluie continue durant quelques semaines.

Fraîche, la fleur-fruit du mhowah a une saveur douce-reuse, assez agréable, mais à laquelle se joint une odeur musquée, âcre et presque repoussante. Les indigènes en font une grande consommation en cet état ; ils les prépa-rent aussi en gâteaux et en mets divers d'une propriété nourrissante. La plus grande partie de la récolte est sé-chée sur des claies d'osier. Cette opération fait perdre au fruit son arome désagréable ; on le façonne ensuite en pains ou on le réduit en farine. Par la fermentation, la fleur du mhowah produit un vin d'un goût agréable, mais qui doit être bu frais ; si on le distille, on en obtient une eau-de-vie forte, que les Indiens ingrats considèrent comme la plus précieuse production de l'arbre et, qui, avec l'âge, peut se comparer au bon whisky d'Écosse. On retire encore du ré-sidu des fleurs un bon vinaigre.

Sitôt que les fleurs ont disparu, le feuillage reparaît et recouvre rapidement l'arbre. Au mois d'avril viennent alors les véritables fruits qui ont succédé aux fleurs. Ces fruits, presque semblables à nos amandes, sont d'un goût fin. Les Indiens en font des gâteaux, des pâtes ; ils en tirent par simple pression une excellente huile comestible et en-graissent leurs buffles avec le résidu.

Enfin, pour clore l'énumération des merveilleuses propriétés du mhowah, ajoutons que l'on tire de son

écorce une fibre ligneuse qui sert à faire des cordes gros-
sières, et que son bois, facile à fendre, est, quoique d'un
grain inégal, inappréciable pour la construction des
huttes, puisqu'il résiste aux attaques des vers et des
termites.

En récapitulant rapidement les lignes précédentes, nous
trouvons que le mhowah fournit un aliment nourrissant
dans ses fleurs et ses fruits, du pain, du vin, de l'eau-de-
vie, du vinaigre, de l'huile, une matière textile et un précieux bois de construction. Quel végétal au monde lui est
supérieur en utilité?

On ne doit donc pas être étonné si les sauvages habitants des forêts de l'Inde ont fait du mhowah l'emblème de
la divinité. C'est à lui qu'ils doivent leur existence, c'est
sous ses ombrages qu'ils tiennent leurs assemblées et célè-
brent les grandes époques de leur vie; c'est à ses branches
qu'ils suspendent leurs grossiers *ex-voto*, fers de lance et
socs de charrue; c'est entre ses racines qu'ils rangent ces
mystérieux cercles de cailloux qui leur tiennent lieu d'idoles. Aussi combattent-ils en désespérés pour la défense
de leurs mhowahs, car les Hindous des plaines, ne sachant quelles représailles exercer contre ces insaisis-
sables sauvages, s'en prennent à leurs arbres et les abat-
tent. Là où le mhowah disparaît, disparaît aussi l'Indien
sauvage.

S'étant donc régalés des fleurs du précieux mhowah,
André et Miana se mirent à gravir la colline. Arrivés au
sommet, ils dominèrent une vaste étendue de pays. A leurs
pieds s'ouvrait une étroite vallée, au fond de laquelle
bouillonnait une rivière dont on pouvait suivre le cours se
dirigeant vers le nord-ouest jusque dans une plaine fertile
que fermaient à l'horizon les vertes pentes des premiers
contre-forts de l'Himalaya.

« Ouah! ouah! se mit à crier Miana, en sautant d'enthousiasme, nous sommes arrivés!

— Comment cela? demanda André.

— Vois-tu là-bas, répondit le jeune Hindou, ce pic bleuâtre dont le sommet semble ébréché? C'est le Sinhadanta, la Dent-du-Lion, dont le faîte domine les sources de la sainte Jumna. En avant sur ces collines vertes, c'est Mussourie; et cette plaine où nous serons dans deux jours, c'est la plaine du Dehra-Doun, où roule le Gange naissant.

— Ah! si Mali était là pour partager notre joie et pour contempler avec nous la terre promise, » dit alors André en tombant à genoux et remerciant d'un regard le ciel de sa protection. Puis se relevant : « En avant, Miana, s'écria-t-il, volons à la délivrance de mon père et de Berthe. »

Ils descendirent d'un pas rapide dans la vallée sur laquelle commençaient à s'étendre les ombres du soir. Il fallait donc s'arrêter et chercher un gîte pour la nuit, mais l'étroit défilé n'offrait que de jeunes mhowahs trop faibles pour porter les deux fugitifs, et tout autour s'étendait un inextricable fouillis de broussailles épineuses. La crête même des versants était formée par des rochers à pic qui semblaient inaccessibles. De loin en loin, à la pointe des sortes de promontoires formés par cette ligne de rochers, on distinguait des amas circulaires de broussailles desséchées, semblables par la forme à de gigantesques nids d'oiseaux.

« Qu'est-ce que c'est donc, demanda André, que ces amas de broussailles? On dirait des nids. Serions-nous arrivés dans la vallée que parcourait Sindbad le Marin? car il faudrait les oiseaux qu'il décrit pour occuper de pareilles constructions? »

Miana, à cette question, resta tout interdit, examinant avec terreur les nids mystérieux; puis, tout à coup : « Fuyons, fuyons, s'écria-t-il; ce ne sont pas des nids, ce sont des *pâls*, les demeures des cruels sauvages de la montagne, les Metchis. S'ils nous découvrent, nous sommes perdus. »

Il était déjà trop tard pour fuir. Comme si les paroles de Miana eussent été un signal convenu, soudain d'horribles clameurs retentirent dans le fourré, et en un instant les enfants furent entourés par une horde de sauvages hurlants, armés de flèches et sans autre vêtement qu'une bande d'étoffe de coton autour des reins. Leurs arcs étaient taillés dans de fortes tiges de bambou et avaient pour corde une mince nervure de la même matière; quant aux flèches, elles différaient peu de celles dont se servaient autrefois nos archers.

Un de ces barbares, qu'une plume d'aigle plantée dans son épaisse chevelure désignait comme un chef, s'avança à la rencontre des enfants et, jetant sur eux des regards farouches, les salua en ces termes sauvages et menaçants :

« Qui êtes-vous, vous qui vous précipitez volontairement dans les griffes de la mort?

— Seigneur, dit André, nous sommes deux pauvres mendiants nous rendant à la foire de Hardvar. Nous traversions cette forêt avec notre père, lorsqu'un orage épouvantable nous a séparés. Nous ne savons ce qu'il est devenu.

— De grâce, ajouta Miana tout tremblant, ayez pitié de nous. Voyez, nous avons tout perdu, et rien ne saurait vous tenter dans notre mince défroque.

— Suffit, répondit le sauvage Metchi d'une voix rude; notre roi décidera. Suivez-moi. Et vous, dit-il à ses compagnons, veillez à ce que ces jeunes chiens ne s'esquivent pas dans la broussaille. »

La troupe escortant les prisonniers se mit à gravir le versant de la vallée, et, suivant une étroite faille de la crête rocheuse, atteignit le plateau. Bientôt les enfants virent qu'on les dirigeait vers un des amas de broussailles qui avaient attiré trop tard leur attention. Ces broussailles formaient une enceinte circulaire, haute de plusieurs mètres, d'une grande épaisseur et percée d'une seule ouverture étroite : c'était ce que les sauvages de l'Inde appellent un *pâl*.

A l'approche de la troupe, plusieurs femmes et enfants, aussi peu vêtus que les hommes, étaient venus en courant au-devant des prisonniers et s'étaient mis à les insulter grossièrement. Les guerriers sauvages entouraient cependant les deux jeunes gens et empêchaient que cette foule hurlante les approchât. Ils les firent entrer par l'étroite ouverture dans l'intérieur du pâl, dont le centre était occupé par une massive maison de pierre, grossièrement bâtie, au toit plat formé d'énormes dalles d'ardoises.

La nuit était venue; un grand feu allumé devant la porte même de la maison éclairait de ses reflets rougeâtres toute la scène. Près du feu se tenait un sauvage, juché les jambes croisées sur une sorte de siège dont la charpente en bois était recouverte par les fibres nattées d'une liane. Il n'était pas plus vêtu que les autres; mais une paire d'épais bracelets d'or à ses poignets, un sabre nu placé devant lui en sus de l'arc et des flèches usuels, ainsi que le cercle de sauvages accroupis autour de lui, indiquaient que c'était là le roi des Metchis.

« Que m'amènes-tu là, Mousa? dit-il d'une voix rude au chef qui conduisait les prisonniers.

— Bhaï! répondit Mousa, ce sont deux jeunes vagabonds que mes hommes ont.surpris ce matin en train de piller vos plantations de mhowah. Nous les avons saisis au moment même où ils se préparaient à fuir.

— Ah! c'est ainsi, dit le roi s'adressant aux jeunes gens, que vous venez piller sur mes terres. Je ne savais pas que vos pareils eussent tant d'audace. Des Hindous braver le Bhaï des Metchis jusque dans son antre, cela ne s'est jamais vu!

— Seigneur, dit humblement André, j'ai déjà expliqué à votre chef Mousa que c'est sans penser à mal que nous nous sommes approprié les fleurs de vos mhowahs. Nous sommes des Nâts, de pauvres charmeurs de serpents. Nous nous rendions avec notre père à la foire de Hardvar, lorsqu'un orage nous a surpris et nous a séparés de lui. Dénués de tout, nous n'avons eu d'autre nourriture que les fruits de la forêt, et en prenant vos fruits nous croyions qu'ils n'avaient pas de maître.

— Que je reconnais bien là la langue menteuse des Hindous! s'écria le roi avec colère. Vous nous pourchassez et nous traquez comme des bêtes fauves; après nous avoir volé ces plaines qui étaient à nous avec leurs riches moissons de froment, vous voulez maintenant nous chasser de ces sombres montagnes où Mahadeo a planté le mhowah pour nous sauver de la faim. Et puis, lorsque vous vous sentez dans nos griffes, vous nous appelez « seigneur, maître », vous vous faites humbles, innocents. Croyez-vous donc me faire oublier tout le sang qui est entre nous? Nul Hindou n'est jamais sorti vivant de mes mains. Dans deux jours, la lune nouvelle se montrera; quand son croissant d'argent paraîtra dans le ciel, votre sang coulera sous le couteau du sacrificateur au pied du mhowah sacré. Entends-tu, Mousa? ajouta-t-il en se tournant vers le chef;

tu me réponds sur ta tête de ces deux jeunes chiens à figure jaune. Emmène-les et veille sur eux. »

André essaya d'attendrir le farouche monarque, mais les sauvages ne lui en laissèrent pas le temps et l'entraînèrent brutalement hors du pâl, ainsi que Miana, qui, pâle et tremblant de terreur, tenait toujours son singe convulsivement serré dans ses bras.

Après un quart d'heure de marche, qui les fit passer devant de nombreux pâls d'où les gens sortaient pour les insulter, les pauvres jeunes gens arrivèrent au lieu qui devait leur servir de prison.

C'était un vaste appentis en troncs d'arbres et en bambous, appuyé à une des parois de la montagne, qui formait ainsi le mur de derrière de la construction. Au milieu de la façade, un intervalle avait été laissé vide entre deux troncs d'arbre et tenait lieu de porte. Devant l'entrée se dressait majestueusement un superbe mhowah dont le tronc séculaire garni de nombreux *ex-voto* soutenait un rude autel de pierre : le lieu du supplice devant la prison.

Les enfants furent étroitement attachés avec des liens de liane verte et jetés brutalement dans la hutte. Effrayé par cette opération, Hanouman avait bondi des bras de son maître sur le toit de chaume de la prison et de là avait prestement gagné la jungle qui couvrait le faîte du roc ; avant que les sauvages fussent revenus de leur surprise, l'intelligente bête avait disparu.

Une fois seuls, les enfants fondirent en larmes. La douleur du pauvre Miana était si grande, surtout depuis la perte de son singe, qu'André finit par oublier toute l'amertume de sa position et essaya de consoler son compagnon.

« Écoute, lui dit-il, tout espoir n'est pas perdu. Demain matin je prierai nos gardiens de me conduire devant le roi, et là j'expliquerai qu'au lieu d'être un simple Nât je

Nul Hindou n'est jamais sorti vivant de mes mains.

suis le fils d'un riche Européen. Je lui demanderai de fixer pour notre délivrance une rançon qu'un de ses affidés ira chercher à Mussourie. Je ne doute pas que le gouverneur anglais, en apprenant notre triste situation, ne s'empresse de remettre la somme fixée pour nous délivrer.

— Crois-tu que le Bhaï des Metchis consentira à envoyer quelqu'un à Mussourie ? demanda d'un air de doute Miana. J'ai bien peur qu'il n'aime pas plus les Européens que les Hindous.

— Je suis sûr du contraire, répondit André. Mon père, qui avait beaucoup voyagé dans l'Inde centrale, disait que les Gounds et les Bhîls, si cruels pour les natifs, se montraient humains et même hospitaliers pour les blancs.

— Espérons que les Metchis ne seront pas pires que leurs congénères des Vindhyas, dit le jeune Hindou. Mais si nous sortons d'ici, qui me rendra mon bon Hanouman ? Il doit fuir à cette heure au milieu des bois, épouvanté de sa solitude.

— Qui sait ? peut-être ne s'est-il pas éloigné, reprit André, et à notre départ le verrons-nous revenir. »

A ce moment la lourde porte de la hutte s'ouvrit et le chef Mousa entra. Son allure titubante montrait qu'il avait joyeusement fêté l'approche de la nouvelle lune avec l'eau-de-vie fraîche des fleurs de mhowah. Le sauvage, armé d'un tison flambant, s'approcha des prisonniers et les contempla d'un air hébété, en répétant de temps à autre avec la persistance d'un homme ivre : « Le Bhaï a dit qu'il y allait de ma tête ! » Enfin, satisfait de son examen, il referma bruyamment la porte et alla rejoindre le cercle de ses compagnons, qui, accroupis autour du feu, se versaient de larges rasades d'eau-de-vie.

« Tu vois, dit Miana, que nous sommes bien gardés.

— Pas si bien que cela, répondit André ; Mousa est ivre

et dans quelques minutes il sera ivre-mort. Si j'en juge par
ce que j'ai aperçu par la porte, ses compagnons ne vau-
dront bientôt guère mieux que lui.

— Oh! si nous pouvions couper nos liens et fuir, murmura le jeune Hindou.

— Oui, mais comment faire? reprit André; nos poignards nous ont été enlevés, et je doute qu'avec les dents
nous réussissions à rompre toutes les attaches dont ces
bandits nous ont enveloppés. Puis, si Mousa nous surpre-
nait ainsi, rien ne pourrait nous préserver de sa colère. Il
vaut mieux attendre le jour et essayer d'attendrir le Bhaï,
ou du moins d'exciter sa cupidité. »

Pendant ce colloque à voix basse, le silence s'était fait
hors de la hutte.

André se traîna péniblement sur le sol jusqu'à la
porte, et par une des interstices il essaya de se rendre
compte des dispositions des gardiens. Ce que le jeune
homme avait prévu était arrivé : abrutis par les libations
de mhowah, les sauvages dormaient étendus sur le sol;
cependant, poursuivi jusque dans l'ivresse par ses préoccu-
pations, Mousa était venu rouler contre la porte de la prison, et son corps à demi incliné consolidait la fermeture.
Impossible donc de fuir par là. Restaient les murs; mais sur
trois côtés les troncs enlacés de bambou formaient un rempart que n'eût pas entamé une fusillade, et les deux enfants
y cherchèrent en vain patiemment un défaut de construction. Sur le quatrième côté, c'était le roc nu. Enfin le toit
en chaume était trop élevé pour pouvoir espérer l'atteindre.

« Tu le vois, Miana, j'avais raison, dit André tristement;
la fuite est impossible. Nous n'avons plus d'autre ressource
que la cupidité du Bhaï. »

En ce moment un léger bruit se fit entendre sur la
toiture.

« C'est ce pauvre Hanouman qui n'a pas voulu nous abandonner, murmura Miana. Pauvre bête ! il revient rôder autour de nous, comme pour nous servir.

— Chut ! dit André, ce n'est pas Hanouman. »

En effet, l'être mystérieux placé sur le toit semblait s'attaquer au chaume dont les brindilles tombaient en tourbillonnant autour des enfants, devenus maintenant anxieux, haletants. Tout à coup un large fragment fut enlevé par une main invisible, et les enfants aperçurent par cette ouverture les étoiles étinceler. Puis une tête d'homme s'avança avec prudence, et ces paroles arrivèrent jusqu'aux prisonniers : « Andhra Sahib, êtes-vous là ? »

« Ciel ! c'est Mali ! exclamèrent les deux enfants, oubliant toute prudence dans leur immense joie, dans leur ineffable surprise.

— Silence ! reprit la voix, et pas un mouvement ! Il y va de notre vie. »

Les exclamations des prisonniers avaient, en effet, attiré l'attention du vigilant Mousa, qui s'éveilla à demi, voulut se lever, mais qui, dompté, par l'ivresse roula lourdement sur le sol.

Une minute après, une corde passée par l'ouverture du toit venait pendre dans la hutte, et, se laissant glisser le long du câble avec une agilité surprenante pour son âge, le vieux Mali mettait pied à terre près des enfants. En un clin d'œil il eut tranché leurs liens, puis les ayant embrassés silencieusement :

« Pas un mot, dit-il à voix basse, et hors d'ici. Vous d'abord, seigneur. »

André obéit ; se hissant le long de la corde, il atteignit la lucarne faite par Mali, puis il se glissa sur le toit par l'étroite ouverture. Miana et le charmeur l'eurent bientôt rejoint.

Mali, parvenu sur le toit, tira à lui la corde qui pendait dans la hutte; puis, prenant le morceau de chaume qu'il avait coupé, il le rajusta soigneusement de façon à dissimuler complètement l'ouverture.

« Comme cela, murmura-t-il, bien fin celui qui saura par où nous avons fui. Pendant qu'on nous cherchera encore dans la vallée, nous serons déjà loin dans la montagne. »

Au-dessus de leur tête se dressait maintenant un mur de rochers à pic; mais là aussi une corde pendue préparait une voie aux fugitifs, qui, se hissant l'un après l'autre, atteignirent la crête.

Mali tira de nouveau à lui cette corde, la roula soigneusement et l'emporta; puis, entraînant les jeunes gens, il s'enfonça dans la jungle. Au bout de quelques pas, les fugitifs arrivèrent au pied de l'arbre où le charmeur avait laissé ses paniers. Quelle fut la surprise des enfants de retrouver là le bon singe Hanouman. La joie de Miana tenait du délire. Mali ne lui laissa pas le temps de l'exprimer,

« J'avais attaché ton singe là, lui dit-il, parce que je craignais qu'en me suivant il ne nous trahît...

— Mais comment Hanouman est-il avec toi? s'écria Miana.

— Et toi, Mali, comment arrives-tu ainsi miraculeusement à notre aide? dit à son tour André.

— Voulez-vous bien vous taire, tous les deux, dit le vieillard. Je vous expliquerai tout cela en temps et lieu; pour le moment, il faut fuir, et vite. Il nous reste encore quatre heures de nuit, qui doivent nous permettre de distancer les poursuites. Au jour, nous approcherons de la plaine. Là il y a des villages, car je connais bien ce pays, et nous serons sauvés. »

Il se laissa glisser le long du câble.

Les fugitifs étaient déjà loin quand Mousa, réveillé par les premiers cris des paons, se rappela ses prisonniers. Un peu inquiet de son long sommeil, il ouvrit la porte et pénétra dans la hutte. Quelle fut sa stupéfaction en la trouvant déserte! C'est en vain qu'à demi fou de terreur il en sonda les recoins, qu'il explora les interstices de la toiture. Les prisonniers étaient partis. Mais comment? par où?

Plein de rage et aussi d'épouvante à l'idée du sort que lui réservait l'implacable Bhaï, le chef sortit de la hutte, réveilla à coups de pied les dormeurs et s'élança à la poursuite des fugitifs.

Au même moment le charmeur et ses compagnons, arrivés à la lisière du Téraï, saluaient de leurs cris de joie le soleil dont les premiers rayons étalaient à leurs yeux une verte campagne, richement cultivée, parsemée de paisibles villages.

Fous de joie, les jeunes gens dansaient, sautaient et embrassaient follement le vieillard, qui contemplait leurs ébats avec attendrissement.

« Cher Mali, disait André, que pourrai-je jamais faire pour m'acquitter envers toi? Dis-nous donc comment tu es arrivé encore une fois au moment suprême pour nous sauver? Ce serait à croire que tu es pour tout de bon un magicien, comme le croient les paysans!

— Et comment as-tu retrouvé Hanouman? exclama Miana, qui serrait affectueusement le bon singe dans ses bras.

— Asseyez-vous là, dit le charmeur en souriant, nous sommes maintenant hors d'atteinte, et mes jambes ont encore plus besoin de repos que les vôtres. Vous allez voir qu'il n'y a nulle magie dans tout cela, et que c'est la main seule de Mahadeo qui m'a conduit jusqu'à vous.

» Vous comprenez quelle fut ma douleur et mon épou-

vante quand je vis la foudre vous lancer dans le torrent
écumeux avec la branche qui vous portait. Je vous crus
perdus, et quand le jour parut, je descendis tristement de
mon arbre, où j'étais resté sain et sauf. Je pris machinalement un des paquets de provisions, ainsi que le panier con
tenant Sâprani et ses compagnons, abandonnant vos corbeilles que je ne pouvais emporter, et je me mis en marche.
J'allai ainsi plusieurs heures sans me rendre compte de
ce que je faisais; puis enfin je me dis que, puisque vous
étiez mort, c'était à moi d'accomplir votre œuvre et
d'essayer de découvrir et de sauver votre sœur et votre
père.

— Oh! le meilleur des hommes! s'écria André.

— Je me décidai donc à continuer ma route vers Mussourie. Il y avait sept jours que je cheminais ainsi, quand
un matin, en traversant une clairière, j'aperçus au pied
d'un arbre les traces d'un feu. J'examinai tout autour le
sol, et je trouvai sur la terre humide les empreintes lais-
sées par vos pas. Je mesurai avec soin ces empreintes,
et, à leur finesse, à la façon dont les orteils étaient dirigés
en dehors, je pus d'abord me convaincre que c'étaient bien
les pieds d'Andhra Sahib qui les avaient tracées. Je retrou-
vai à côté les marques de Miana. Vous aviez donc échappé
tous deux à l'épouvantable catastrophe.

» Dès lors, remerciant Sêchnaga de sa visible protection,
je me mis à suivre votre piste avec le soin et l'attention
d'un chasseur relançant un gibier précieux. Les traces
étaient visibles et nombreuses : empreintes de pieds, branches brisées, herbes foulées, foyers abandonnés. En vain
je pressai le pas; je désespérais que mes vieilles jambes
réussissent à rattraper vos jarrets de quinze ans. Cependant
quelle fut ma joie, avant-hier, en trouvant encore chaud le
brasier que vous aviez abandonné le matin! Je courus

comme un fou toute la journée, mais la nuit me força à m'arrêter.

» Dès l'aube je me remis en marche. Partout maintenant vos traces se retrouvaient fraîches et visibles. Mon cœur bondissant vous sentait près de moi. Enfin de nouveau le soleil baissait.

» Je gravis la colline, et, arrivé au sommet, je vous aperçus tous les deux devant moi au fond de la vallée, suivant les bords du torrent. J'allais crier, vous appeler, plutôt pour vous exprimer ma joie que dans l'espoir d'être entendu de vous, quand je vis soudain les sauvages vous entourer et vous entraîner avec eux.

» A cette vue, mon désespoir fut si violent, que je me jetai sur le sol et y restai comme mort. Je connaissais la cruauté des Metchis et je savais que rien ne pourrait vous sauver d'une mort lente et horrible, car ils dépècent leurs victimes vivantes avec des couteaux de pierre. Enfin je me relevai, et, à la dernière clarté du jour, je vis qu'on vous emmenait vers un des pâls. Je résolus alors de tout tenter pour vous sauver ou, si j'échouais, de partager votre sort.

» Faisant le tour du plateau, j'errai au hasard à travers la jungle qui domine les pâls des Metchis, essayant de tirer des clameurs qui montaient jusqu'à moi quelque indication sur votre situation. La nuit était tombée et je ne marchais plus qu'à tâtons, quand, approchant du lieu qui dominait votre prison, j'entendis un bruit rapide dans les broussailles et un être velu vint s'abattre sur mes épaules. Remis bien vite de ma terreur par les caresses de l'animal, je reconnus le singe de Miana. Dès lors je m'expliquai tout, et, guidé par Hanouman, je vins m'asseoir sur le rocher au-dessus même de votre prison. J'entendis vos geôliers raconter en riant votre capture et votre condamnation. Il

n'y avait pas de temps à perdre. En un instant j'eus fai
mon plan.

» Ayant placé Hanouman à la garde de mes paniers
je pris une forte corde parmi nos bagages et, l'ayant atta
chée à un arbre qui croissait au bord du rocher, je m
laissai glisser sur le toit de votre prison. Là j'attendis que
vos gardiens fussent endormis; vous savez le reste. Dan:
trois jours nous serons à Mussourie! »

La petite troupe traversa le Gange.

CHAPITRE XIV

Le caravansérail de Mussouric.

Grand fut l'étonnement des habitants du premier village que les voyageurs rencontrèrent, en apprenant que ceux-ci avaient traversé sains et saufs le Téraï et le pays des terribles Metchis. Ces sauvages désolaient autrefois la vallée par leurs fréquentes incursions, mais depuis l'établissement des Anglais dans le pays ils n'osaient plus quitter leurs montagnes. Les charitables Hindous s'empressèrent d'héberger les fugitifs et les comblèrent de provisions au moment de leur départ.

Deux jours après, la petite troupe traversait le Gange, réduit ici à un mince cours d'eau, et elle entrait dans le Dehra-Doun. Cette vallée, une des plus charmantes et des plus pittoresques de l'Inde, est resserrée entre la petite chaîne des Sivalik et la base même de l'Himalaya. Son climat délicieux est un printemps perpétuel, mais les bêtes fauves y abondent et les tigres du Dehra-Doun sont célèbres entre tous.

Cependant aucun incident fâcheux ne vint interrompre la marche des fugitifs. Bientôt ils atteignirent Rajpour, village situé au pied même de la montagne qui porte Mussourie, dont on aperçoit déjà distinctement de ce point les élégantes constructions encadrées par de merveilleux jardins naturels.

Avec quelle joie André se mit en marche pour cette dernière étape ! C'est en vain que le chemin devenait de plus en plus rude à gravir ; le bouillant jeune homme, le trouvant encore trop long, escaladait les talus pour abréger les détours. On voyait maintenant la jolie église anglaise, posée fièrement sur un rocher saillant et comme suspendue au-dessus de la tête des ascensionnistes. André salua cette apparition d'un joyeux : « Hourrah ! Mussourie ! » et se reprit à gravir avec une telle ardeur que ses compagnons ne pouvaient le suivre.

Comme son cœur battait en pensant que là-haut c'était la liberté, la paix ! Plus de trahison à redouter, plus de tigres à affronter. Il allait redevenir lui-même, le Sahib respecté, et rejeter bien loin de lui cet indigne accoutrement de mendiant et toutes les viles singeries d'acrobate. Puis soudain il se prit à penser que, tandis qu'il était libre, grâce au dévouement de Mali, son père et sa sœur étaient encore peut-être aux mains des rebelles. Qu'allait-il faire de sa liberté sans eux ? Resterait-il calme et tranquille à Mussourie, alors que ces êtres si chers gémissaient loin de lui, sans ami, sans défenseur ? A cette pensée, le jeune homme sentit son cœur se serrer, et, comme ses compa-

gnons étaient loin, il s'arrêta et pleura; mais, entendant
les pas de Mali, il essuya bien vite ses larmes et prit une
apparence enjouée.

« Je n'en puis plus, cria-t-il gaiement à son vieil ami.
Cette montée m'a essoufflé. Je devrais peut-etre escalader
avec plus de respect le saint Himalaya.

— Dame ! aussi vous faites de telles enjambées, dit Mali
en souriant, que ce paresseux de Miana lui-même ne peut
pas vous suivre, à plus forte raison votre vieux serviteur.

— Ce n'est pas moi qui suis paresseux, s'écria Miana
qui arrivait à ce moment, mais Hanouman est si gourmand,
que je suis obligé de l'arracher des arbres où il se bourre
de toutes sortes de bons fruits.

— Oui, c'est vrai, mes amis, je marche trop vite, reprit
André, mais vous devez comprendre mon impatience. Je
vais peut-être avoir là-haut des nouvelles de mon père et
de ma sœur.

— C'est juste, dit Mali. Et puis avouez que notre rude
vie de mendiants vous pèse et qu'il vous tarde de jeter bas
ces haillons pour endosser les insignes de votre caste européenne.

— Non, non, pas cela, je t'assure, répondit vivement
André. Loin de vouloir redevenir un Européen, je tiens à
rester un Nât...

— Impossible, seigneur ! interrompit Mali.

— Ah ! quel bonheur ! s'écria Miana. C'est si amusant,
vois-tu, de courir ainsi le pays, cherchant des aventures ;
chaque jour amène un plaisir différent, et les peines elles-
mêmes durent si peu, qu'on n'a pas le temps de les sentir.
Du reste, tu es déjà accoutumé à notre vie et je comprends
qu'elle te plaise. Et moi qui craignais que tu ne voulusses
nous quitter tout de suite !

— Je tiens à rester un Nât...., pour quelque temps

encore, reprit André en souriant. Je vais vous exposer mon idée. Grâce à vous deux, je suis si bien entré dans mon rôle, que l'espion le plus rusé ne me reconnaîtrait pas.

— Certes non, dit le charmeur. Là où le brahmane Soumrou s'est trompé, tout le monde serait déçu.

— Eh bien, continua le jeune homme, puisque ce déguisement m'a sauvé, peut-être me permettra-t-il de sauver ceux que j'aime. A Mussourie, comme dans l'Aoudh, je continuerai à n'être que le fils de Mali. Nous tâcherons d'obtenir des informations précises sur le sort des miens, puis nous nous mettrons à leur recherche, et là où ma qualité d'Européen m'empêcherait de passer, mon rôle de charmeur me laissera la voie libre. Qu'en penses-tu, Mali ?

— Je pense, seigneur, répondit le charmeur, que vous ne raisonnez pas seulement avec sagesse, mais encore en homme de cœur. Partout où vous irez, moi et Miana, nous vous suivrons, et, avec l'aide de Mahadeo, nous arriverons au but que vous vous proposez.

— Merci, mes bons amis, dit simplement André. Je comptais sur vous. »

Le soir même, les trois voyageurs arrivèrent à Mussourie, et, comme il était trop tard pour se présenter chez le gouverneur, ils se dirigèrent vers le bazar et s'installèrent pour la nuit dans le caravansérail indigène.

Le caravansérail était rempli de marchands thibétains qui se rendaient à Loudiana avec des cargaisons de poil de chèvre servant à la fabrication des cachemires. Ces marchands, en route depuis plusieurs mois, avaient appris dans l'Himalaya la nouvelle du soulèvement des cipayes, et, craignant d'être pillés par ces bandits, ils s'étaient réfugiés à Mussourie, où ils attendaient avec impatience de pouvoir continuer leur route.

Aussi, dès que l'on sut que les trois voyageurs venaient du théâtre de la révolte, tout le monde les entoura, espérant obtenir des nouvelles fraîches. Malheureusement nos amis étaient depuis trop longtemps séparés du monde civilisé pour pouvoir fournir aucun renseignement nouveau, et ce furent les marchands au contraire qui leur apprirent toute l'étendue du désastre. Après Cawnpore et Meerut, Delhi et Lucknow étaient tombés, et partout les Européens avaient été impitoyablement massacrés. Cependant les affaires commençaient à prendre une mauvaise tournure pour les rebelles ; les Gourkas du Népal et les Sikhs du Pendjab s'étaient prononcés pour les Anglais et marchaient contre Lucknow et Delhi. La lutte s'accentuait et le résultat restait indécis.

André passa une nuit agitée. Le lendemain matin dès l'aube, il se prépara à se rendre au palais du gouverneur. Mali et lui revêtirent leur plus beau pagne, leur plus élégant turban rouge, et, s'étant fait guider par un gamin du caravansérail, ils arrivèrent devant la demeure du gouverneur, le général sir Charles Wilmot.

C'était une somptueuse habitation, étalant ses longues colonnades à l'extrémité d'une pelouse qu'une belle grille séparait de la rue. Un soldat anglais, roide dans son uniforme rouge, montait la garde à l'entrée principale. A la vue d'André et de Mali qui se dirigeaient vers lui, il se redressa, les regarda hautement et, voyant qu'ils approchaient, leur cria rudement de passer leur chemin.

« Nous désirons voir le gouverneur, » lui dit André en anglais.

La pureté de sa prononciation sembla étonner le factionnaire, qui répondit avec quelque hésitation : « Le gouverneur ne reçoit pas les mendiants. » Comme le jeune homme insistait, il croisa la baïonnette, en criant brutalement : « Un pas de plus et je t'embroche, graine de rebelle. »

« Qu'est-ce qu'il y a, Bill? dit un officier survenant en ce moment et qui avait assisté de loin à cette scène.

— Mon lieutenant, dit le soldat respectueusement, ce sont ces deux mendiants qui insistent pour être introduits auprès du gouverneur. Quelques séides envoyés par Nana Sahib pour poignarder le général !

— Que voulez-vous? dit l'officier, s'adressant à Mali.

— Seigneur, répondit celui-ci, mon fils et moi nous arrivons de Cawnpore et nous avons des nouvelles importantes à communiquer au gouverneur.

— Vous dites la vérité? reprit l'officier.

— Je le jure, s'écria André en hindoustani avec une telle impétuosité que l'Anglais l'examina curieusement.

— Eh bien, suivez-moi, dit ce dernier; mais rappelez-vous que vous serez sévèrement punis si vous m'avez trompé. »

Marchant devant eux, il les guida jusqu'au palais, où il les fit entrer dans une grande salle du rez-de-chaussée. Il les laissa seuls, après avoir recommandé à un soldat de les surveiller.

Un quart d'heure après, l'une des portes de la salle s'ouvrait et livrait passage à un officier supérieur en petite tenue, aux cheveux blancs, à l'air affable et bon ; le lieutenant l'accompagnait.

« Voici, monsieur le gouverneur, dit celui-ci, les deux mendiants qui ont tellement insisté pour vous voir.

— Que me voulez-vous? dit brusquement le gouverneur en fixant avec sévérité les deux étrangers.

— Ah ! monsieur, ayez pitié de moi, s'écria André en anglais, je suis un pauvre Européen qui a tout perdu. J'ai vu devant moi tuer mon père et enlever ma sœur.

— Mon pauvre enfant ! » dit le général. Et serrant

dans ses bras le jeune homme, il essaya de le calmer.

« Comment êtes-vous dans ce costume? Quel est cet homme? » lui demanda-t-il enfin.

Alors d'une voix entrecoupée par les sanglots André raconta toute son histoire, la trahison de Nana, la mort de son père, l'incendie de la factorerie et le long et infatigable dévouement du bon Mali. Le général écoutait avec émotion ce touchant et naïf récit, et à plusieurs reprises il serra chaleureusement la main du vieux charmeur.

En terminant, André s'écria: « C'est ma sœur, ma chère Berthe, que je veux secourir, car mon père aura peut-être trouvé des amis, tandis qu'elle, je le sais, est aux mains de ces misérables. De grâce, monsieur, aidez-moi, et la fortune de mon père ne suffira pas à vous témoigner sa reconnaissance et la mienne.

— Oui, mon enfant, dit doucement le gouverneur, nous ferons tout ce qu'il sera possible, et, vous le verrez, nous réussirons. Mais dès à présent vous êtes mon hôte; ce palais sera votre demeure. Je vais vous faire donner des vêtements pour remplacer ces haillons.

— Merci, monsieur, répondit le jeune homme. Je ne puis accepter vos offres; aussi longtemps que ma sœur ne sera pas délivrée, je tiens à conserver ce déguisement, et je vous prie de ne rien faire pour détromper vos gens eux-mêmes. Peut-être pourrai-je ainsi parvenir jusqu'au lieu où ma sœur est enfermée. Je vous supplie seulement de m'aider à découvrir le lieu de sa captivité.

— Pour cela vous pouvez compter sur moi, dit le général; mais songez bien, mon enfant, quels périls vous vous proposez d'affronter; souvenez-vous à quels dangers il a fallu vous exposer pour parvenir jusqu'ici. Restez près de moi. Cette guerre sera de courte durée, j'en suis sûr, et je mettrai alors tout en mouvement pour découvrir le lieu où est enfermée votre sœur et pour lui faire rendre la liberté.

— Ma résolution est prise, répondit André simplement. Je vous demande en grâce de ne point m'en détourner.

— Certes, non, cher enfant, dit le général. Votre héroïsme est trop admirable pour que le ciel ne vous soutienne pas dans votre entreprise, surtout secondé par des compagnons tels que ceux que vous avez. Sachez bien que tout ce que j'ai est à votre disposition. Je vais mettre mes agents en campagne pour découvrir le lieu d'internement de votre sœur. Et surtout ne quittez pas Mussourie sans me revoir. Voici une carte qui vous donnera facile accès près de moi, puisque vous ne voulez pas dévoiler votre incognito. »

Quelques minutes après, nos deux amis passaient fièrement devant le factionnaire qui les regarda s'éloigner tout ébahi. Le brave soldat resta persuadé jusqu'à la fin de ses jours que Mali et André avaient été dépêchés pour assassiner le général Wilmot et qu'intimidés par sa surveillance ils s'étaient retirés sans oser accomplir leur sinistre projet.

Rentrés au caravansérail, les deux charmeurs trouvèrent Miana fort occupé de donner une représentation au milieu de la cour. Les braves marchands thibétains qui n'avaient jamais vu pareilles merveilles faisaient cercle et saluaient d'applaudissements frénétiques chaque nouveau tour d'Hanouman ; lorsque le jeune montreur vint, la représentation finie, faire le tour de la société, de nombreux *païs* [1] et *peïsas* tombèrent dans la sébille de cuivre que le singe présentait à chacun des spectateurs.

Parmi les marchands se trouvait un fort gros homme à la mine rubiconde et réjouie qui avait suivi avec un vif intérêt tout le spectacle. C'était un des plus riches propriétaires du Thibet chinois, qui venait en compagnie de la caravane

1. Le *païs* et le *peïsa* sont des monnaies de cuivre d'une valeur infime, à peu près l'équivalent de 1 et 2 centimes de notre monnaie.

vendre sur les marchés anglais des thés importés du
Kouangsi.

Après la représentation, il se dirigea vers Mali, et lui dit
gravement :

« Je te félicite, vénérable étranger, des talents de ton fils.
Si ce jeune homme voulait m'accompagner jusqu'à Lhassa,
je ne doute pas qu'il ait un grand succès à la cour du
Grand-Lama.

— Miana n'est que mon serviteur, répondit Mali, et si
son adresse est grande, elle est encore surpassée par le
merveilleux talent que possède mon fils Andhra, que voilà,
pour dompter les serpents et les monstres.

— J'ai ouï dire en effet, reprit le marchand de thé, par
des gens de nos pays qui étaient venus dans l'Inde, qu'il y
avait dans la vallée du Gange des Hindous qui excellaient
à charmer les reptiles et se faisaient obéir d'eux comme des
bêtes domestiques ; mais je n'ai prêté qu'une oreille incré-
dule à ces récits fabuleux.

— Votre Seigneurie pourra se convaincre tout au contraire de leur véracité, dit le charmeur ; et si vous le pre-
mettez, mon fils vous fera assister à ses sortilèges.

— Béni soit Bouddha qui m'a permis de contempler
déjà dans ce pays tant de merveilles, exclama le Thibétain,
et aussi qui m'a fait rencontrer des personnes si savantes !
Je suis Tin-to, le plus riche marchand de Chipki, et si tu
veux me faire l'honneur, toi, ton fils et ton serviteur, de
venir dans mon logement, je serai heureux de partager avec
vous un superbe pilau que vient de confectionner mon cui-
sinier. Je réunis quelques-uns de mes compagnons ce
matin, et tous seront flattés de votre présence. »

Mali et les jeunes gens remercièrent le généreux Tin-to
et le suivirent dans son logement, qui comprenait les deux
plus belles salles du caravansérail. Dans l'une d'elles le

couvert était mis. Un tapis étendu sur les dalles remplaçait à la fois la table et les sièges. Le pilau, objet du festine vaste montagne de riz, de mouton, de volaille, assaisonné de raisins secs et de *dal*[1], occupait au centre un immense plat de cuivre ; de jolis plateaux et des coupes de même métal lui faisaient une étincelante ceinture et marquaient la place des convives.

Tin-to présenta les Nâts à ses hôtes, et chacun échangea les salâms et les ram-ram d'usage. Les convives s'assirent alors, les jambes croisées, à leur place, et, sans autre préambule, attaquèrent le pilau, en prenant avec leurs mains des poignées qu'ils plaçaient sur leur assiette pour les dépêcher ensuite sans l'aide de couteau et de fourchette. Bientôt plat et assiettes furent vides ; les domestiques passèrent à la ronde les aiguières où chacun se lava les mains, puis l'on servit les confitures, les pistaches et en même temps l'eau-de-vie de palme, qui remplace au dessert l'eau pure, qui est bue seule durant le repas.

La bonne chère ayant égayé toutes les têtes, le bon et jovial Tin-to pria ses hôtes de fournir chacun un divertissement à la société, soit par un récit, soit par un chant. Pour donner le premier l'exemple, il fit apporter sa mandoline, et chanta, en s'accompagnant lui-même, le célèbre air thibétain de *Tchi tchou ha tchirimiri miri ho !* qui fut accueilli par les bravos réitérés de l'assemblée.

Mali, placé à la droite du maître de la maison, fit ensuite le récit d'une des fêtes de la cour du Peïchva, et ses descriptions un peu ampoulées firent ouvrir de grands yeux à tous nos Thibétains.

Ce fut ensuite le tour de son voisin, robuste Tartare, dont les petits yeux bridés à la chinoise se montraient à

---

1. Le *dal* est une sorte de lentille, d'une couleur rosée et d'un goût délicat.

Le bon Tin-to chantant en s'accompagnant lui-même.

peine sous les longs poils retombants de son kalpak. Il commença son récit en ses termes :

« Depuis dix ans que je fais le commerce de la soie de chèvre entre notre pays et l'Inde, il m'est arrivé maintes aventures dramatiques en franchissant l'Himalaya ; mais, outre que chacun d'entre vous a dû courir souvent les mêmes risques, je craindrais d'attrister notre réunion par de trop sombres tableaux. Après le récit que vient de faire le vénérable Mali, il serait difficile de vous intéresser par la description de moindres merveilles. Cependant il y a quelques jours il m'a été donné d'assister non loin d'ici, à Pandarpour, à des fêtes fort belles, qui étaient données précisément en l'honneur d'un des membres de cette famille des Peïchvas dont le vénérable charmeur nous a parlé.

» Pandarpour est, comme vous le savez, une fort jolie ville, située, de l'autre côté du Sinhadanta, dans une ravissante vallée de l'Himalaya. Le prince qui y réside étend son pouvoir sur tout le Bissahir, et les marchands qui suivent la route de Chipki à Mussourie sont tenus de lui payer tribut.

» J'étais arrivé de grand matin à la ville, escorté de mes porteurs et de mes yaks de charge. Je fus fort étonné de trouver le bazar en grande animation. Les boutiques étaient pavoisées d'oriflammes, les rues garnies de guirlandes de fleurs, et partout la foule allait et venait en grand costume de fête.

» Je me hâtai de gagner le caravansérail, ce que je fis non sans peine, vu l'encombrement des rues, et je demandai au gardien la cause de cette agitation insolite. J'appris alors que le Rajah de Pandarpour mariait, ce jour même, son fils avec une princesse de la famille des Peïchvas. Ce n'étaient à vrai dire que des fiançailles solennelles, car la jeune fille avait quatorze ans et son futur mari sept ans à

peine.. Malgré cette disproportion d'âge, le Rajah était fort
satisfait de cette union, car la princesse n'était pas seulement d'une haute noblesse, mais encore d'une grande beauté
et d'une immense richesse. Elle apportait en apanage à
son époux de vastes territoires voisins de Cawnpore. »

Depuis un instant, mû par un sentiment indéfinissable,
André suivait avidement les paroles du Tartare. En entendant ces dernières paroles, il ne put s'empêcher d'interrompre le narrateur contrairement à toutes les règles de
l'étiquette et de lui dire :

« Avez-vous vu la princesse?

— Certes, reprit posément le Tartare. Curieux d'assister
au défilé du cortège princier, je pus me poster dans la maison d'un banquier de mes amis dont les balcons donnent
sur le grand bazar. D'abord arrivèrent des cavaliers armés
de longues épées dorées, vêtus de velours et montés sur des
chevaux harnachés de drap d'or. Ils étaient suivis de musiciens qui jouaient des airs mélodieux sur de grandes flûtes
de bois et des trompes de cuivre. Puis venaient la maison
de la princesse, et le jeune prince lui-même monté dans
un *haodah* d'or massif sur un superbe éléphant tout chamarré de housses et de pendeloques. Le prince héritier est
un charmant enfant, aux yeux noirs, aux cheveux...

— Et la princesse? » demanda encore une fois André
d'une voix tremblante.

Cette nouvelle interruption fut accueillie par un léger
murmure de l'assemblée, et le narrateur, un moment
déconcerté, regarda avec courroux le jeune homme.
Cependant il continua bénévolement :

« La princesse venait ensuite, montée sur un éléphant
non moins richement caparaçonné. Jamais mes yeux n'a-
vaient contemplé une plus suave apparition. Figurez-vous
un de ces génies que l'on voit sur nos images entourer

André brandit sa carte aux yeux du factionnaire.

Bouddha dans les cieux. Sa figure d'un blanc de neige
était éclairée par des yeux dont la couleur semblait être
empruntée à la voûte même du ciel, et de son diadème de
diamants s'échappait un flot de cheveux que l'on eût dit
formés de fils d'or. Le peuple l'acclamait, mais son visage
triste et pensif...

— Ciel ! c'est ma sœur ! s'écria André, incapable de
maîtriser plus longtemps son émotion.

— Ce jeune homme est fou ! » dit Tin-to scandalisé.
Mais André se souciait fort peu de l'opinion du marchand,
et, se levant brusquement, il se dirigea en courant vers la
porte, suivi de Mali et de Miana. Les marchands, étonnés
de ce brusque départ, s'étaient levés à leur tour, et la société, après avoir exprimé son indignation de la grossièreté
des charmeurs, se sépara sans que le Tartare eût pu finir
son beau récit.

Pour André, la description qu'il venait d'entendre ne
laissait aucun doute, et il brûlait d'apprendre sa découverte au gouverneur.

« Il est certain, disait Mali, tout en suivant avec quelque
peine le jeune homme, il est certain que la description du
Tartare se rapportait jusqu'à un certain point à votre sœur :
mais....

— Mais, il n'y a pas de « mais », dit impétueusement
André ; connais-tu une princesse du sang des Peïchvas
blonde et aux yeux bleus autre que Berthe ?

— Non, seigneur.

— Eh bien alors, tu vois bien que c'est elle qui est à
Pandarpour.

— Je n'en disconviens pas, dit Mali ; mais il eût été pré-
férable de laisser le Tartare continuer son récit. Nous eussions eu des renseignements plus précis. Au lieu de cela,
au premier mot vous sautez en l'air comme la poudre, et

vous scandalisez tous ces braves gens qui pouvaient nous servir. »

Tout en courant, ils étaient déjà à la grille du palais du gouvernement, et André, brandissant sa carte aux yeux du factionnaire stupéfait, se dirigeait vers les appartements du général. Un instant après, il était auprès de ce dernier et lui faisait rapidement le récit de sa découverte.

« Et que comptez-vous faire? dit sir Ch. Wilmot.

— Partir tout de suite pour Pandarpour, répondit André avec feu, et arracher Berthe des mains de ces misérables.

— Avez-vous un plan? reprit le général.

— Non, pas encore ; mais Mali en trouvera un, dit le jeune homme avec assurance, et je sens que nous réussirons.

— Dieu vous entende, cher enfant, dit le général en embrassant André avec émotion, et si la bénédiction d'un vieillard qui vous aime et vous admire peut vous servir, je vous bénis de tout mon cœur. Allez, et bon courage! »

Ils accueillirent froidement Mali.

CHAPITRE XV

A travers l'Himalaya.

A peine rentré au caravansérail, André aurait voulu se mettre en route ; mais Mali essaya de tempérer son ardeur.

« Le pays vers lequel nous allons nous diriger, lui dit-il, m'est tout à fait inconnu. Je sais seulement qu'il va falloir pénétrer dans l'Himalaya. Peut-être aurons-nous à franchir des régions neigeuses ; nous ne pouvons donc nous mettre en route sans prendre des dispositions spéciales. Je vais aller trouver les marchands thibétains et essayer de faire pardonner votre algarade de ce matin. C'est le seul moyen que nous ayons de bien nous renseigner. »

Le charmeur se dirigea donc vers le logement du marchand de thé. Il trouva ce dernier en vive conversation avec le Tartare. Les deux hommes accueillirent froidement Mali ; mais celui-ci, sans se déconcerter, leur dit :

« Nobles seigneurs, je viens vous présenter mes excuses pour la conduite de mon fils et pour la brusque façon dont nous avons quitté le banquet que vous nous aviez fait l'honneur de nous offrir. La jeunesse est, vous le savez bien, trop souvent oublieuse des convenances et se laisse aller sans détour à ses premières impressions. Je n'avais point pensé à vous informer que j'avais occupé jadis à la cour du Peïchva les hautes fonctions de médecin de la reine. Mon fils a été élevé près de la jeune princesse, qu'il considérait comme sa sœur. Depuis la mort de la reine, nous étions restés sans nouvelles, et le plus grand espoir de notre profession errante était de retrouver la jeune princesse. Aussi vous pouvez vous expliquer notre joie et surtout celle de mon fils lorsque le récit de l'honorable seigneur tartare nous a appris que celle que nous cherchions était en ce moment à Pandarpour au comble des honneurs. Moi-même j'aimais la princesse comme ma fille...

— Vénérable docteur, répondit Tin-to qui, en entendant les paroles de Mali, s'était levé et l'avait respectueusement salué, j'ignorais qu'en vous recevant à ma table j'accueillais un aussi éminent personnage, honoré de l'amitié des princes. C'est moi qui dois m'excuser et vous prier d'oublier mon ignorante familiarité.

— Dites au seigneur Andhra, ajouta avec empressement le Tartare, que je suis son serviteur. Je soupçonnais déjà que vous étiez des princes déguisés, car un de mes hommes m'a appris tout à l'heure que vous aviez été reçus ce matin en audience privée par l'inaccessible Lord Sahib, notre puissant maître. Je relatais à l'instant cette nouvelle à mon ami Tin-to.

— Précisément, reprit le bon Thibétain. Et vous m'en

voyez encore tout surpris, car, depuis huit jours que je suis à Mussourie, je n'ai pu seulement obtenir une audience du gouverneur.

— En effet, dit simplement Mali, le général Wilmot nous honore de son amitié, et, si nous pouvons vous servir auprès de lui, mon fils et moi sommes à votre disposition. Nous comptons nous mettre en route dès demain pour Pandarpour, et nous serions heureux si vous pouviez nous fournir quelques renseignements sur la route que nous aurons à suivre. Je ne serais pas fâché que mon fils et Miana pussent assister à notre conversation. »

André et son compagnon se tenaient à une petite distance dans la cour du caravansérail; sur un signe de Mali, ils accoururent. Le jeune Français présenta lui-même ses excuses aux marchands, qui se confondirent de leur côté en politesses.

« La ville de Pandarpour, dit enfin le Tartare, est à environ sept journées de marche d'ici, dans la vallée du puissant fleuve Satledj, une des branches de l'Indus. Les montagnes que nous apercevons là nous en séparent. Il vous faudra donc remonter la vallée de la Matchli-Nadi jusqu'au village de Dérali. Puis, de là, tournant vers l'ouest, vous aurez à franchir le col de Nila, qui s'ouvre à dix-sept mille pieds de hauteur dans la chaîne du Kaïlas...

— Ce col, interrompit Tin-to, est le point le plus terrible de la route. Le vent y souffle presque constamment avec violence et y soulève des tourbillons de neige qui engloutissent souvent les caravanes. Il y a deux ans, mon neveu, qui faisait alors les voyages de l'Inde pour mon compte, y périt misérablement, enseveli avec tous ses gens et ses yâks sous une immense avalanche. Cette catastrophe m'a coûté plus de deux cents caisses du thé le plus fin.

— Oui, reprit le Tartare, j'ai moi-même éprouvé les

terribles tourmentes de neige du col de Nila. Lors de
mon dernier passage, deux de mes hommes s'étant égarés
furent retrouvés le lendemain complètement gelés. Le
froid est toujours intense sur ces hauteurs, et vous ferez
bien de vous munir pour le passage de chauds vêtements
de fourrures tels que les portent nos montagnards. Il est
vrai qu'une fois de l'autre côté du col vous descendrez dans
la vallée de Bissahir où le Satledj roule ses flots impétueux et qui est un des plus beaux pays de la terre. »

Les deux marchands, non contents de fournir ces renseignements à nos amis, voulurent encore les aider à
s'équiper. Le généreux Tin-to leur donna à chacun une
houppelande fourrée et un bonnet en poil de chèvre. De
plus, il les invita à dîner pour le soir même, et leur fournit
ainsi l'occasion de se réhabiliter devant ses amis, en rela-
tant quelques-unes de leurs aventures. André daigna même
donner avec la bonne Sâprani un intéressant divertissement qui plongea les Thibétains dans une véritable extase.

On ne se sépara que fort avant dans la soirée, et le
jeune Français, pour mieux reconnaître encore les bontés
de Tin-to, lui remit une courte lettre de recommandation
pour le gouverneur.

Le lendemain matin, Mali et ses compagnons sortaient
de Mussourie et s'engageaient dans la pittoresque vallée de
Dérali. La route n'était qu'un étroit sentier suivant une
crête suspendue au-dessus du torrent qui bouillonnait en
mille charmantes cascades au milieu des rochers. De loin
en loin, l'escarpement des flancs de la montagne obligeait
le chemin à se porter sur la rive opposée du torrent, qu'il
franchissait au moyen d'un de ces ingénieux ponts de
lianes que fabriquent les montagnards himalayens.

Lorsque, pour la première fois, André mit le pied sur
une de ces frêles constructions, il ne put s'empêcher d'ex-

primer quelque appréhension; mais Mali le rassura bien
vite en lui expliquant que ces légères passerelles étaient
capables de supporter jusqu'à huit ou dix hommes lourdement chargés. Comme mode de construction, ces ponts
de lianes diffèrent fort peu de nos ponts de fer suspendus.
Le tablier, formé de bambous placés en travers, est supporté par d'énormes câbles de lianes tressées et par un
réseau de cordelettes qui, tout en lui laissant une extrême
élasticité, en assurent la solidité.

Nous ne dirons que quelques mots de la beauté du pays
que traversaient les voyageurs, car il nous faudrait des
pages entières pour essayer d'en décrire les mille merveilles. Comment donner une idée des sublimes splendeurs
de ces vallées himalayennes, où l'œil peut embrasser d'un
seul coup toutes les zones de végétation? Tandis que les
parties basses sont encombrées de palmiers, de fougères,
de tout le luxe de la flore tropicale, les premières pentes
étalent le sombre manteau de verdure des cèdres séculaires, se perdant vers le sommet dans l'éblouissant épa-
nouissement des bosquets de rhododendrons. Plus haut
encore, le regard court sur des bois de bouleaux, de chênes
rabougris, dernière ceinture au-dessus de laquelle commence la blancheur éclatante des neiges éternelles. Partout serpentent de frais ruisseaux, bondissant en cascades,
s'épanouissant en bassins entourés de fleurs. Après la
région maudite du Téraï, c'est le pays du printemps perpétuel, le paradis sur la terre.

Ce qui rehaussait encore aux yeux de nos voyageurs la
beauté de ce pays, c'était la sécurité qu'ils éprouvaient en
s'y avançant. Plus n'était besoin de cheminer dans les
ténèbres et de se cacher de tout visage humain comme
autrefois. Les quelques paysans qu'ils rencontraient sur
leur route les saluaient gaiement, et, au premier village

où ils entrèrent, on les accueillit avec aménité et on leur fournit charitablement le gîte et le repas.

Après deux jours de marche, le caractère du pays changea considérablement : les arbres se faisaient rares; la route, dure, [abrupte, côtoyait d'immenses précipices, et la montagne de Nila, avec ses glaciers, semblait si proche, que les charmeurs se croyaient toujours au terme de leur voyage. Mais à chaque crête franchie succédait une nouvelle crête plus pénible à franchir, et, durant trois jours encore, nos voyageurs marchèrent toujours gravissant, n'ayant, pour se reposer la nuit, que la roche froide, ou, par chance, quelque hutte abandonnée par les charbonniers.

Le septième jour, après une rude ascension, ils aperçurent à leurs pieds Dérali, blotti dans un creux de rocher au milieu d'étincelants glaciers. Quelques heures après, ils entraient dans le village et s'arrêtaient devant la demeure d'un lama, auquel les avait adressés le bon Tin-to.

Le prêtre bouddhiste leur fit bon accueil et les installa dans sa demeure, sorte de vaste chalet qui rappelait plus la Suisse que l'Inde. Tout ce qui entourait les voyageurs leur était du reste nouveau : les maisons de bois aux auvents découpés, les habitants couverts de fourrures, et jusqu'aux animaux, chiens velus et yaks énormes.

« On se croirait déjà en Chine, dit André à ses compagnons, et il fait froid comme en Europe. »

Aussi, la nuit venue, nos amis acceptèrent-ils volontiers l'offre de leur hôte, qui les invita à se coucher sur le vaste revêtement du poêle, où ronflait en permanence un bon feu de cèdre.

Le lendemain, ils parcoururent le village, guidés par le vénérable lama, et, grâce à son assistance, ils réussirent à

engager deux guides et à louer deux yaks pour le passage
du col. Une fois cela fait, ils se disposaient à se mettre en
route; mais le lama leur conseilla de prendre un peu de
repos.

« Vous aurez bientôt besoin de toutes vos forces, leur
dit-il.

— Ah! s'écria Miana avec fierté, vous saurez, mon bon
monsieur, que quelques jours de marche forcée ne nous
effrayent pas. Nous en avons vu bien d'autres, et, le jour
où les Metchis nous poursuivaient, je vous assure que nous
dégringolions la montagne aussi vite que vos argalis. Si
Mali et André veulent me croire, nous partirons tout de
suite. Depuis que je suis habillé de fourrures des pieds à la
tête comme un ours, il me tarde de me rouler dans cette
blanche neige que nous voyons depuis si longtemps et que
de ma vie je n'ai foulée.

— Prenez bien garde que cette blanche neige ne vous
joue quelque mauvais tour, reprit le lama en riant. Nous
qui sommes obligés de lui disputer tous les jours notre
existence, nous nous en passerions bien. Croyez-moi, mes
bons amis, suivez bien mes recommandations. Ici vous
n'êtes encore qu'à douze mille pieds de hauteur au-dessus
du bleu océan qui enveloppe notre globe; mais vous allez
avoir à franchir le Nila par dix-sept mille pieds.....

— Dix-sept mille pieds! interrompit André; mais c'est
une fois et demie la hauteur de la plus haute montagne
d'Europe : le Mont-Blanc. Quand nous aurons passé là-
haut, le Club Alpin pourra nous nommer membres hono-
raires.

— Par dix-sept mille pieds, reprit impassiblement le
lama qui n'avait pas saisi le sens de cette interruption, et
sachez qu'à cette hauteur nos braves montagnards peuvent
à peine se tenir debout, tant le manque d'air les affaiblit.

Cependant il vous faudra passer la nuit là-haut et marcher encore quelque temps à cette altitude avant de descendre. Ayez bien soin de vous couvrir le visage d'un voile, si vous ne voulez être aveuglés, et enveloppez votre corps soigneusement de linges, afin que le sang ne sorte pas par vos pores. C'est à ces conditions seulement que vous arriverez sains et saufs à Pandarpour.

— Le vieux radote, murmura irrespectueusement Miana à l'oreille d'André.

— En tout cas, répondit celui-ci, il faut faire ce qu'il nous conseille; d'autant que, si nous nous y refusions, ses administrés pourraient bien nous retirer leur concours. »

Il faisait un froid piquant quand le lendemain matin nos trois amis dirent adieu à la chaude demeure du lama et se mirent en marche. Mali s'était installé avec les bagages sur un yak, tandis que les deux jeunes gens et Hanouman chevauchaient de conserve sur l'autre.

« Surtout n'oubliez pas de faire du thé là-haut! leur cria encore leur hôte alors qu'ils commençaient déjà à gravir la montagne.

— C'est bon, lui répondit Miana. S'il croit que je vais prendre sa tisane, continua-t-il, Hanouman lui-même n'en voudrait pas. Une fois le médecin m'a fait prendre du thé, et j'ai failli en mourir.

— Ou plutôt, dit André, tu as failli mourir de ta maladie malgré le thé, ce qui n'est pas tout à fait la même chose. »

A peine hors du village, les voyageurs s'engagèrent sur le glacier, dont la masse fendillée donnait naissance à mille ruisseaux qui allaient, bondissant avec un joyeux bruit, former la Matchli-Nadi. Les yaks trottinaient adroitement au milieu des blocs, sur le terrain glissant, et sautaient les ruisseaux avec une agilité qu'on n'eût pas attendue de leur lourde forme. Le terrain étant encore faiblement incliné, ils prirent bientôt le trot, excités par les guides qui aiguillonnaient leur croupe.

Miana, cramponné derrière André, était ravi de cette course, quoique l'allure de leur monture fût loin d'être douce.

« Chavâch ! s'écriait-il, voilà comment je comprends les voyages. Moi je me suis toujours promis que, si je devais un paladin comme il y en a dans nos légendes, je parcourrais le monde sur un grand cheval noir. J'irais ainsi de ville en ville, défiant au combat les traîtres comme Nana Sahib, et je les percerais de ma lance. Ensuite je délivrerais les princesses qu'ils tiennent enfermées dans une tour ; car les princesses sont toujours enfermées dans une grosse tour ronde.....

— Ou carrée, dit André en riant.

— Ou carrée, reprit Miana. Vous verrez que nous trouverons miss Berthe emprisonnée dans une tour.

— Que Rama confonde le bavard ! s'écria Mali. Depuis que ce mendiant se sent un habit sur le dos, il se croit un seigneur ! Il est heureux pour nous que ces deux hommes ne parlent guère que le pahari, car, s'ils comprenaient mieux notre langue, nos secrets seraient bientôt connus de tout le pays.

— C'est vrai, reprit Miana avec aplomb ; mais je savais aussi bien que toi que ces gens ne pouvaient me comprendre. Et il me semble si bon de pouvoir parler, crier au grand air, sans que la face de quelque espion ou le museau de quelque tigre ne vienne renfoncer ma plaisanterie.

— Nous n'avons guère à craindre des espions ici, répondit Mali ; mais les tigres remontent, m'a-t-on dit à Mussourie, jusque sur les glaciers, où ils vont poursuivre les chèvres et les moutons sauvages. »

A mesure que les voyageurs montaient, l'immense panorama s'agrandissait et formait un décor sublime. Leur regard embrassait maintenant tous les contre-forts boisés qu'ils avaient traversés depuis Mussourie, et bien au delà ils apercevaient la sombre forêt du Téraï et la vallée du Gange, tandis que se dressaient, au-dessus de leurs têtes, les pics géants, sommets mêmes du monde, au milieu desquels trônait le superbe Kaïlas, majestueux Olympe brahmanique, qui, du haut de ses huit mille mètres, doit regarder bien dédaigneusement l'Olympe grec.

« Que tout cela est grand et beau! s'écria involontairement André, qui contemplait avec une sorte de respect cet incomparable spectacle.

— Oui, dit Mali, le Créateur a voulu nous faire entrevoir ici sa toute-puissance. Que sont les hommes à côté de ces trônes célestes que leur œil peut contempler, mais que jamais leur pied ne foulera?

— Et pourquoi le pied de l'homme ne foulerait-il jamais le sommet du Kaïlas? s'écria le sceptique Miana. Si c'était notre chemin, nous y monterions bien, nous autres; nous montons bien au Nila!

— Non, mon pauvre Miana, dit André, ni nous, ni personne ne montera à de pareilles hauteurs. Nos savants d'Europe ont inventé des machines qu'ils appellent des *ballons* et au moyen desquels ils s'élèvent en l'air comme des oiseaux; mais jamais ils n'ont pu s'élever aussi haut que le Kaïlas. Un jour, un d'entre eux, plus audacieux, M. Glaisher, a laissé son ballon monter jusqu'à vingt-deux mille pieds; mais, arrivé là, l'air lui a manqué, et il a perdu connaissance. Et cependant il était encore à trois mille pieds au-dessous du sommet de la montagne que tu vois là. »

L'allusion qu'avait faite André à nos ballons avait vivement excité la curiosité de ses compagnons, et il dut essayer de leur expliquer cette merveilleuse invention.

Tout en s'entretenant ainsi, les voyageurs étaient arrivés à mi-chemin du col, dont on apercevait maintenant la profonde dépression enfermée entre deux pics plus élevés. Les guides demandèrent à prendre un peu de repos, car on allait entrer dans la partie dangereuse de la route. Un feu fut vite allumé, et l'un des Paharis ayant installé le samovar qui accompagne toujours les montagnards, bientôt le thé fut prêt, et chacun accompagna son frugal repas d'une tasse de l'odorante infusion. Miana lui-même, malgré quelques grimaces, reconnut que cette chaude boisson dégourdissait son sang que le froid commençait à glacer malgré les fourrures.

Cela fait, les cavaliers enfourchèrent de nouveau leurs montures, et l'on se remit en marche. On n'avançait plus maintenant qu'avec une extrême lenteur. Les guides précédaient les yaks de quelques pas en sondant la neige de leurs longs bâtons, afin de découvrir les crevasses.

Au bout de deux heures, on arriva ainsi, sans accident fâcheux, à l'entrée d'un long et étroit couloir fortement incliné : ce que les Alpinistes appellent une *cheminée*. Les guides s'arrêtèrent et se mirent à délibérer ; puis l'un d'eux vint trouver Mali qui parlait quelque peu le pahari et lui dit :

« Vénérable seigneur, nous voici à l'entrée du plus terrible défilé de la montagne, le Nila lui-même. Une fois ce point franchi, nous aurons achevé la tâche de notre journée ; mais Bouddha seul sait si la lune de ce soir nous verra vivants. Innombrables sont les victimes dont les corps reposent dans ce froid abîme. Voyez les énormes blocs de glace suspendus au-dessus des parois ; le moindre choc, le moindre bruit suffirait à les ébranler, et leur masse engloutirait les téméraires. Si vous avez le cœur vaillant, si vous pouvez, quelle que soit l'horreur du danger, rester sans pousser un cri, sans proférer une parole, suivez-nous, et, avec l'aide de l'Éternel, nous passerons.

— Marchez, nous vous suivrons, » répondit Mali. Mais auparavant il communiqua à ses compagnons les recommandations du guide, et il fit surtout promettre au bouillant Miana le silence le plus absolu.

Bientôt la petite troupe s'engagea dans le terrible couloir du Nila. Cet étroit passage, dont le nom indien signifie *bleu d'azur*, est une énorme fissure de glacier. Ses parois, de pure glace, ont une couleur azurée sur laquelle se jouent les teintes vives du spectre lumineux. Chose étrange, ce passage, dans lequel s'effondrent continuellement les névés qui le surplombent, est toujours praticable ; tout au moins, depuis des siècles, sert-il de voie de communication au commerce de l'Inde avec le Thibet.

André et ses compagnons s'avançaient silencieusement, muets d'épouvante et glacés par le violent courant d'air qui balayait le couloir. Les yaks eux-mêmes marchaient avec une précaution qui témoignait de leur appréciation du danger.

La traversée du couloir ne demanda qu'une dizaine de minutes ; mais ces minutes parurent de longues heures à nos voyageurs. Enfin le yak qui portait Mali sortit du défilé. Celui que montaient les deux jeunes gens, sans doute plus fatigué par ce double poids, restait en arrière. Sans bien réfléchir à ce qu'il faisait, André talonna sa monture, qui se mit au trot. Mais, à peine le bruit de ses sabots eut-il résonné un instant, qu'un fracas formidable lui répondit. Comme ébranlées par une force mystérieuse, les hautes murailles de neige vacillèrent sur leur base et s'écroulèrent avec un bruit de tonnerre, comblant le défilé de leurs blocs énormes.

Avant que Mali et les deux guides eussent eu le temps de
faire un mouvement, les deux jeunes gens avaient disparu
ensevelis sous l'épaisse couche de glace et de neige. Sans
perdre une minute en vaines lamentations, le courageux
charmeur sauta à bas de son yak, en criant aux guides,
que la consternation semblait pétrifier :

« Allons vite, à l'œuvre ! Déblayons cette neige, et reti-
rons les enfants de là. Ils ne doivent pas être loin, et peut-
être arriverons-nous à temps.

— Hélas ! seigneur, répondit un des guides, je crains
bien que nous ne dépensions notre temps et nos forces en
pure perte. Vos fils auront été écrasés sous les énormes
blocs de glace, car, voyez, à l'endroit où ils ont disparu, la
paroi elle-même s'est effondrée.

— N'importe, morts ou vifs, il me faut mes enfants, » dit
le charmeur, et, s'armant de son bâton, il se mit à déblayer
la neige avec une ardeur fébrile.

Les Paharis vinrent à son aide ; mais, ainsi qu'ils l'avaient
prévu, après quelques minutes de travail ils atteignirent
l'énorme bloc de glace qui comblait le couloir. Quel être
humain aurait pu vivre une minute sous cette masse ! Aussi
s'arrêtèrent-ils découragés.

Mali, malgré l'évidence, continuait toujours. Armé de
son bâton ferré, il frappait avec acharnement l'énorme bloc
qu'il faisait voler en éclats. Mais, malgré sa peine, combien
minimes étaient les résultats !

Tout à coup il s'arrête pâle, tremblant ; il lui semble avoir
entendu des coups répondant aux siens. Il écoute : rien !
L'écho sans doute s'est joué de lui. Il va cependant
reprendre son travail, quand il entend de nouveau des
coups suivis de ces cris étouffés, lointains, mais distincts :
« Mali ! Mali ! au secours ! »

Cette fois, plus de doute. Les guides ont entendu, et

maintenant les trois hommes attaquent le bloc de glace avec ardeur. Bientôt, sous leurs efforts, la masse se creuse d'un couloir de quelques pieds de profondeur. La voix des enfants parvient distinctement aux oreilles des travailleurs.

« De grâce ! allez avec précaution, crie André, le bloc qui nous recouvre semble s'ébranler à chacun de vos coups... C'est cela, je commence à apercevoir la lumière. Vous êtes dans la bonne direction... Encore un coup de pique. »

Ce dernier coup brise en effet la légère cloison, et André est dans les bras du charmeur. Bientôt ils sont tous dehors, au grand jour ; ni les jeunes gens, ni Hanouman, ni le yak n'ont aucune blessure. Par un hasard providentiel, l'une des parois du corridor s'est effondrée tout d'une pièce, et s'abattant sans se rompre contre la paroi opposée, a formé une vaste caverne où les enfants se sont trouvés emprisonnés.

Cette détention avait toutefois glacé les membres des pauvres jeunes gens ; aussi les guides s'empressèrent-ils d'allumer un grand feu et l'on décida de camper pour la nuit au lieu même où l'on se trouvait. L'eau pour le thé commença bientôt à bouillir.

« Il est malheureux, seigneurs, dit un des guides, que nous ayons été obligés par ce fatal accident de nous arrêter en cet endroit. Nous sommes encore à une trop grande altitude, jamais nous ne pourrons faire de bon thé ici.

— Comment donc, s'écria Miana, avec un bon feu comme çà ?

— J'ai remarqué souvent, dit le Pahari, que l'eau à cette hauteur bout sans être chaude ; il nous est impossible d'y faire cuire notre viande.

— Qu'est-ce que tu nous racontes là, dit impétueusement le jeune Hindou. Nous prends-tu pour des imbéciles ?

— Il a raison, mon bon Miana, dit André ; je n'y eusse

Les trois hommes attaquent le bloc de glace avec ardeur.

point pensé, mais le degré d'ébullition de l'eau va en s'abaissant à mesure que l'on s'élève ; tandis qu'au bord de la mer l'eau bout ou se vaporise à 100 degrés, à mille mètres il ne lui en faut 'plus que 96, et ainsi de suite. On se sert même de ce phénomène pour mesurer la hauteur des montagnes. Nous sommes ici à près de cinq mille mètres : l'eau bout donc déjà vers 80 degrés, et cette température est en effet insuffisante pour cuire les viandes et surtout pour faire infuser convenablement le thé [1]. »

Cependant, bon ou mauvais, le thé fut bientôt prêt ; chacun en absorba un large bol, qu'il accompagna d'un biscuit sec. Puis, après ce frugal repas, les voyageurs se blottirent dans leurs fourrures auprès du feu et s'endormirent, exténués par toutes les fatigues et les émotions de cette journée.

Il était dit cependant que la nuit ne se passerait pas sans apporter son contingent de péripéties. Nos voyageurs reposaient depuis quelques heures, quand ils furent réveillés par un épouvantable vacarme. Les échos de la montagne résonnaient d'un affreux concert de rugissements et de beuglements, qui partaient de l'extrémité du glacier. Mali et ses compagnons ne savaient que penser, quand un des Paharis s'écria : « Ce sont les tigres qui attaquent nos yaks ,» et sans hésitation, il se précipita en courant vers le lieu de la lutte, sans doute pour tenter de sauver ses bêtes.

Son compagnon s'empressa de l'imiter. Les charmeurs, un instant indécis, s'armèrent, sur l'avis de Mali, de longs tisons enflammés et coururent à leur tour vers le lieu du combat.

Pendant la nuit, les yaks, après s'être reposés, avaient

---

1. Les physiciens ont calculé qu'en moyenne le point d'ébullition descend de 1 degré centigrade pour chaque 324 mètres en hauteur verticale ; ainsi au sommet du Mont-Blanc, l'eau bout vers 84 degrés.

dù s'éloigner du foyer protecteur pour brouter les maigres lichens qui poussent sur ces rochers glacés. Malheureusement un tigre les avait surpris durant ce piètre festin et avait bondi sur eux. Les braves bêtes attaquées s'étaient mises en défense, et, serrées l'une contre l'autre, elles présentaient au tigre un front de bataille de quatre cornes pointues dont la vue faisait pousser au félin des rugissements de rage. Combien de temps cette résistance aurait-elle duré, et quel eût été le résultat de la lutte? Nous l'ignorons. Déjà, lorsque les torches des charmeurs vinrent éclairer cette scène, la face de la bataille était changée. Les hardis montagnards accourus au secours de leurs bêtes avaient immédiatement mis le tigre dans une position difficile. Se glissant dans la neige, ils le cernaient par derrière, tandis que les yaks le maintenaient en avant. D'assiégeant le félin était passé au rôle d'assiégé, et l'arrivée des charmeurs avec leurs torches flamboyantes complétait le cercle d'investissement.

Le féroce animal cherchait maintenant avec anxiété une issue pour fuir. Prenant soudain son parti, il se baissa, s'aplatit dans la neige et rampa lentement vers le bord du plateau. Quelques bonds, et il serait hors du cercle. Aucun de ses ennemis ne bougeait. André sentait son cœur battre à cette vue; que n'avait-il sa bonne carabine de Gandapour! le tigre ne serait pas allé bien loin. Mais, dans leur position, ne valait-il pas mieux laisser fuir l'ennemi en paix?

Tel n'était pas l'avis des montagnards. Quand le tigre eut rampé une dizaine de mètres, ils se levèrent tous deux en poussant des cris et en brandissant leurs poignards. A ces cris, comme à un signal convenu, les deux yaks fondirent au galop, tête baissée, sur le fuyard, et, avant qu'il eût eu le temps de faire face, ils le roulaient sur le sol et le perçaient de leurs cornes. Les Paharis s'étaient élancés en même temps, et pendant quelques minutes il y eut une indescriptible mêlée. Les charmeurs, à la lueur de leurs torches, ne distinguaient plus qu'une énorme masse noire, animée de mouvements étranges et roulant sur la neige. Ils se demandaient déjà quel était le sort de leurs guides, quand un cri de triomphe retentit, et l'un des Paharis leur cria :

« Venez, venez, seigneurs, il est mort ! »

Nos amis furent en quelques enjambées sur le lieu de la lutte. Le tigre gisait à terre sans mouvement et les montagnards maintenaient avec peine leurs yaks pour les empêcher de déchiqueter son cadavre à coups de cornes.

André poussa un cri de surprise en examinant la bête fauve à la lueur de la torche.

« Regardez donc, s'écria-t-il, il est tout blanc. Un tigre blanc !

— Mais oui, seigneur, un tigre blanc, dit un des montagnards, et je puis dire que c'est un des plus beaux que j'aie jamais tués. Je suis sûr qu'Ali Sander, le fourreur du bazar de Mussourie, me payera bien sa peau dix roupies.

— J'ignorais complètement qu'il y eût des tigres de cette couleur, reprit André. Tous ceux de vos montagnes sont-ils ainsi ?

— Non, seigneur ; nous avons aussi des tigres noirs et jaunes qui nous viennent du Téraï ; les blancs viennent des hauts plateaux du Thibet chinois, mais on les rencontre par ici moins fréquemment que les autres.

— Laissez-moi vous féliciter, dit André, du courage de vos yaks ; je n'aurais jamais cru que ces lourds animaux eussent tant de vaillance.

— Oh ! ils sont bien habitués à ces combats, répondit le Pahari ; cependant, si nous avions tardé d'arriver, ils auraient fini par prendre la fuite et le tigre en eût tué un. »

Malgré cette explication qui leur ôtait quelque mérite, les yaks furent caressés et félicités par nos amis; puis le corps du tigre fut traîné près du feu et les montagnards l'eurent bien vite dépouillé de sa splendide fourrure. Sur ces entrefaites, le jour approchait; au lieu de se coucher, les voyageurs mirent de nouveau en œuvre le bienfaisant samovar, et la caravane s'étant reformée commença la descente du Nila.

Après deux heures de marche, les voyageurs atteignirent la limite des neiges éternelles. A leurs pieds s'étendait maintenant la vallée du Satledj, dont ils voyaient au loin serpenter le large ruban azuré. Cette vallée, sorte de large fissure, coupe toute l'épaisseur de l'Himalaya et ouvre une large route entre le Thibet et les plaines du Pendjab. Malgré son altitude considérable, puisque le Satledj y coule encore à deux mille mètres au-dessus de la mer, ce pays, le Bissahir, est un des plus charmants parmi les nombreux Édens qui émaillent les versants du Rempart du Monde. Le blé et les céréales y sont cultivés jusqu'au pied des glaciers et les arbres fruitiers couvrent toutes les pentes des montagnes.

C'est ainsi que nos amis cheminaient depuis quelque temps à travers un bois épais, lorsque le malin Hanouman, quittant l'épaule de son maître, escalada rapidement un des arbres voisins, et, sans autre forme de procès, se mit à dévorer gloutonnement les fruits qui en couvraient les branches.

« Quels sont donc ces fruits? s'empressa de demander Miana.

— Ce sont des abricots sauvages, si je ne me trompe, répondit André.

— Certainement, dit Mali. Les abricots du Bissahir passent pour les meilleurs du monde. C'est eux que l'on

Le Tigre gisait à terre.

envoie, après les avoir fait sécher, dans tous les pays de l'Inde où ces fruits sont inconnus. »

Miana ne demandait pas tant d'explications ; il fut bien vite en bas de son yak, et ne voulant sans doute pas rivaliser avec Hanouman, il choisit un autre arbre et se hissa jusque dans ses branches.

Ses compagnons le laissant satisfaire sa gourmandise continuaient leur chemin, quand ils furent arrêtés par des cris, et se retournant ils virent Miana descendre précipitamment de l'arbre suivi par un personnage inconnu.

« C'est bien fait, dit Mali en riant, il paraît que le maraudeur s'est rencontré avec le propriétaire, et que celui-ci s'oppose à ce qu'on mange ses abricots. »

Miana, en effet, épouvanté sans doute de son méfait, avait perdu la tête et descendait à grandes enjambées la pente de la montagne, toujours poursuivi par l'irascible propriétaire. Cependant ce dernier, voyant sans doute ses efforts inutiles, s'arrêta un instant, puis mettant sa tête entre ses jambes de façon à former une boule, il se laissa rouler le long du talus, sans plus s'occuper du jeune homme qui fuyait vers ses amis.

A la vue de cette manœuvre bizarre, les montagnards s'écrièrent en riant : « C'est un ours, un ours qui a voulu faire peur à Monsieur Miana. » Celui-ci arrivait tout essoufflé en criant de son côté : « Un ours ! un ours ! » Mais sa frayeur comique ne fit qu'exciter l'hilarité de ses compagnons qui savaient combien ces petits ours de l'Himalaya, innocents mangeurs de fruits, sont peu dangereux.

« Console-toi, lui dit André, tu lui as fait une belle peur aussi, si j'en juge à la façon dont il détale. Tu aurais dû suivre Hanouman, qui n'est pas singe à se fourrer dans de pareilles aventures. »

Au bas de la montagne, les voyageurs trouvèrent un

village où ils prirent congé des bons Paharis et aussi, au grand regret de Miana, des deux yaks.

« Dans deux heures vous serez à Pandarpour, leur cria l'un des montagnards en les quittant. Que Bouddha vous protége !

— Oui, que Dieu nous protége, murmura André, car nous allons jouer notre dernière partie ! »

Mali brandit son bâton.

CHAPITRE XVI

Le plan d'André.

Après deux heures de marche à travers une ravissante campagne tout émaillée de jardins, les trois voyageurs arrivèrent devant Pandarpour. La ville étage ses maisons sur les gradins d'un vaste amphithéâtre naturel qui trempe sa base dans le bouillonnant Satledj et dont les côtés sont soutenus par deux promontoires rocheux dressant leurs murailles à pic au-dessus de la rivière. Une enceinte crénelée, en forme de fer à cheval, couvre la ville du côté de la montagne et se termine par deux citadelles qui couronnent chacun des contre-forts. L'une de ces citadelles, la plus vaste, renferme le palais dont les hautes façades de grès rose et les nombreux clochetons dorés dominent tout le pays environnant.

« C'est là qu'est ma pauvre sœur, s'écria André, en contemplant ce féerique spectacle. Que ces murailles sont hautes ! Le geôlier a bien choisi sa prison, et je me demande comment nous pouvons espérer en ouvrir jamais les portes.

— Mahadeo nous aidera ! dit Mali. Que de dangers n'avons-nous pas surmontés avec son aide, depuis le jour où le traître Nana est venu incendier Gandapour ; Rama nous soutiendra encore, si nous ne laissons pas faiblir notre courage. Nous voilà au but, c'est là le principal. Et maintenant de la prudence, et que chacun de nous se souvienne bien du rôle qu'il doit jouer. »

Les voyageurs étaient arrivés à l'entrée de la ville. Il faisait encore grand jour, et, dès qu'ils eurent franchi la porte, ils trouvèrent le bazar rempli d'une foule de paysans qui allaient et venaient, faisant leurs emplettes ou vendant leurs denrées. Mali marchait en avant armé de son bâton rouge et de son toumril de charmeur. André et Miana suivaient, portant les paniers à serpents, tandis que Hanouman intimidé par le monde marchait prudemment au centre.

A la vue de la petite troupe, marchands et acheteurs interrompirent leurs débats, et bientôt nos amis s'avancèrent entourés d'un cercle de curieux.

Mali, sans se laisser déconcerter, continua sa marche à travers le bazar, inspectant les écriteaux qui garnissaient le front des boutiques. Enfin, arrivé devant l'échoppe d'un marchand d'huile, il brandit son bâton d'un geste majestueux et, la foule s'étant écartée, il s'avança vers le comptoir derrière lequel se tenait un vieil Hindou.

« Salâm, Goussaïn, dit le charmeur au marchand, je viens te demander l'hospitalité pour moi et les miens au nom de notre ami Tin-to. »

A ce nom le marchand se leva précipitamment, et,

sortant de sa boutique, il vint au-devant des voyageurs.

« Que Brahma accorde mille années au bon Tïn-to, dit-il. Ses amis sont mes amis, ses hôtes sont les miens. Entrez et soyez les bienvenus. » Puis se tournant vers la foule : « Allez, mes amis, leur cria-t-il, ces étrangers sont de mes compatriotes ; j'informerai le tannadar de leur présence. »

Le brave Goussaïn rentra dans son échoppe à la suite des charmeurs, et, les ayant conduits dans une pièce intérieure de la maison, il leur dit :

« Sachez que Sa Hautesse le Maharajah a donné récemment des ordres rigoureux pour que l'entrée de la ville soit interdite à tout étranger venant du territoire anglais. Je ne puis m'expliquer comment les gardes vous ont laissés franchir la porte de la ville, mais j'aurai moi-même à répondre de votre personne au tannadar, commandant de la citadelle. Soyez sans crainte, mon ami Tïn-to a bien fait de vous adresser à moi, vous pouvez compter sur ma protection.

— Je vous remercie de vos offres, répondit Mali, mais nous n'userons que pour ce soir de votre hospitalité, et votre responsabilité sera bientôt dégagée. Nous comptons dès demain nous rendre chez le grand-prêtre de la pagode royale...

— Voulez-vous parler du haut et puissant Mahadji, le pontife de Kali, l'oncle même de Sa Hautesse ?

— Précisément, dit le charmeur. Je suis chargé d'une importante mission pour Mahadji, et c'est de crainte de troubler à cette heure du jour ce puissant seigneur que je me suis d'abord adressé à vous. »

La vérité était que Mali avait trouvé bon de recueillir de sûres informations avant d'exécuter le plan combiné par André et de se mettre sous l'égide du grand-prêtre, ce qui était peut-être se mettre en même temps dans la gueule du loup. En effet, le bon Goussaïn, piqué par la curiosité, poursuivit toute la soirée ses hôtes de nombreuses questions, et ses questions naïves leur apprirent plus que n'eût fait l'interrogatoire le plus adroit.

C'est ainsi qu'André apprit que sa sœur, appelée ici la Doulân Sircar, habitait avec la reine-mère dans le palais de la citadelle d'Eklingarh, et qu'elle ne sortait jamais qu'entourée d'une nombreuse escorte. Enfin il apprit que l'officier indien, le capitaine Doda, qui l'avait escortée jusqu'ici, venait de quitter Pandarpour pour rejoindre l'armée de Nana Sahib, dont on n'avait plus de nouvelles depuis deux mois. André s'applaudit du départ du capitaine, car la présence de Doda eût fait avorter tous ses plans.

Le lendemain matin, ayant revêtu leurs oripeaux de gala, les trois charmeurs se dirigèrent, guidés par Goussaïn, vers la demeure du grand-prêtre. Celui-ci habitait dans le haut de la ville une vaste maison dont les longues ailes aux galeries de marbre encadraient la somptueuse pagode royale. Le temple lui-même dressait sa façade au sommet d'un gigantesque perron, et ses gradins de pierre descendaient majestueusement jusqu'à la rivière.

La cour de la résidence pontificale était remplie de fakirs, de brahmanes, de serviteurs, qui accueillirent l'arrivée des charmeurs avec non moins de curiosité que la foule de la veille, mais, dès que la rumeur se répandit que les étrangers voulaient voir le grand-prêtre, la curiosité se changea en un respectueux empressement. Un serviteur partit en courant prévenir de cette visite le puissant Mahadji et revint quelques instants après avec l'ordre d'introduire les étrangers.

Le grand-prêtre se tenait dans une grande salle richement décorée; il était assis sur une sorte de trône de velours,

au milieu d'un cercle de brahmanes. En voyant entrer les
voyageurs dans la salle, peu satisfait sans doute de leur
piètre accoutrement, il fronça le sourcil et s'écria avec
quelque humeur :

« Que me veulent ces vagabonds?

— Le sage parle lentement, répondit Mali en s'inclinant
avec fierté, et il ne s'expose pas ainsi à mépriser ses amis
les plus dévoués. A travers les forêts et les montagnes, malgré les sauvages et les tigres, bravant le soleil et la neige,
nous sommes venus jusqu'à toi. Mais, soit! puisque notre
présence te déplaît, nous partons. » Et, saluant de nouveau,
le charmeur se dirigea vers la porte, suivi de ses deux compagnons.

« Restez, dit avec empressement Mahadji, et excusez-
moi. L'erreur est humaine, et ce n'est qu'après trente mille
existences que l'homme atteint la perfection. Qui êtes-
vous?

— Je suis, moi, Mali, le Nât redouté, le puissant évoca-
teur, le médecin infaillible, celui qui a élevé Nana Sahib et
l'a fait un homme. Ce jeune garçon, c'est Miana, mon serviteur; Vichnou lui a appris à parler aux singes, compagnons de Rama, et à comprendre leur langage. Celui-là,
c'est Andhra, mon fils bien-aimé. A le voir, ne te semble-
t-il pas contempler Krichna lui-même? il en a la beauté,
les yeux bleus, le corps souple et blanc; il en a la puissance,
car ses incantations font trembler les tigres, ramper les serpents et arrachent des cris aux idoles de pierre. C'est mon
fils et je suis son serviteur; c'est lui qui vient à toi, et qui
va te parler.

— Mahadji, dit alors André, c'est Kali qui te parle par
ma bouche; alors que j'officiais devant son idole de Nandapour, elle s'est écriée : « Andhra, va, traverse les montagnes et les neiges, et dis à Mahadji que ma colère est

grande et que ma vengeance s'apprête. C'est en vain qu'il s'incline devant mon image et qu'il rougit mon autel du sang de ses victimes. Une femme, princesse de son sang, fiancée de son neveu, me brave et refuse de se prosterner devant mes saints autels. Si avant la lune d'Astar cette princesse n'a pas été amenée devant mon idole et n'a pas assisté au poudja solennel, ma main s'appesantira sur Mahadji. » Je n'ai rien compris, seigneur, à ces paroles, mais je suis parti et me voilà.

— Mais, s'écria le grand-prêtre tout tremblant, qu'est-ce qui me prouve que tu n'es pas un imposteur, envoyé peut-être par nos ennemis?

— Ceci, dit André en lui présentant la bague que lui avait remise le pontife de Nandapour.

— La bague de Soumrou! le prêtre favori de Kali! » exclama Mahadji. Et se tournant vers les assistants : « Brahmanes, prosternez-vous, car ces étrangers sont les messagers de la Bonne Déesse! »

Tous les assistants se prosternèrent devant André, qui reprit son discours en ces termes :

« O grand Mahadji, et vous, vénérables brahmanes, ne voyez en moi que l'humble esclave de la puissante Kali; je vous remercie en son nom des honneurs que vous me décernez. Vous pouvez compter sur moi pour donner à la cérémonie qui se prépare mon plus ardent concours.

— Nous y comptons, noble Andhra, dit le grand prêtre, et des ordres vont être donnés pour que, dès aujourd'hui, vous et vos compagnons soyez logés près du sanctuaire. »

Le même jour, les hérauts d'armes parcoururent la ville, annonçant au peuple que le dixième jour avant la lune d'Astar, c'est-à-dire cinq jours plus tard, le grand-prêtre Mahadji, assisté de trois fakirs de l'Inde, célébrerait un poudja solennel en l'honneur de la déesse Kali. Ordre était

...suis Mali, le Nât redouté.

donné sous peine de mort, à tous les habitants, quel que
fût leur rang ou leur secte, de participer au poudja.

André et ses compagnons, placés ainsi sous la protection immédiate du grand-prêtre, purent désormais aller
et venir à travers la ville sans exciter aucun soupçon.
Bien au contraire, la foule, connaissant maintenant leur
caractère sacré, les accueillait partout avec des marques
de respect.

Les conjurés avaient résolu de relever avec soin toutes
les informations nécessaires à l'exécution de leur plan ;
aussi essayèrent-ils de préparer partout le terrain, et pour
cela chacun se dirigea de son côté. Pendant que Mali, qui
avait fait sonner bien haut ses talents de médecin, péné-
trait jusqu'auprès de la personne du roi, Miana parcourait
avec son singe les quartiers voisins de la citadelle. Quant
à André, il s'était réservé la rivière et ses abords. Le soir
seulement, les trois amis se trouvaient réunis dans le
temple de Kali et pouvaient se communiquer les résultats
de leurs démarches.

Tout semblait marcher à souhait, quoiqu'il parût encore
impossible de prévoir le résultat. La veille du jour fixé pour
le poudja, les conjurés énuméraient ainsi leurs chances de
succès.

« J'ai vu aujourd'hui même Sa Hautesse, disait Mali, j'ai
appris de l'un de ses courtisans que la princesse Doulân
Sircar, votre sœur, s'était absolument refusée à assister au
poudja de Kali, mais que le roi était décidé à l'y contraindre
par la force, s'il le fallait. Vraiment, mon cher Andhra, vous
avez imaginé là un moyen bien cruel de voir votre sœur,
et, quant à moi...

— Eh ! ne sais-tu pas, interrompit André, que je n'ai pu
me résoudre à cette horrible violence imposée à ma sœur
que lorsque tu as eu reconnu toi-même que tout autre

moyen était impossible? Goussaïn ne nous a-t-il pas dit
tout d'abord que Berthe ne sortait jamais du palais sans
une escorte de Thibétains infidèles qui ne peuvent pénétrer
dans vos temples? N'a-t-il pas ajouté que depuis l'arrivée
de ma sœur aucun homme ne pouvait franchir, sous peine
de mort, le seuil du palais de la reine-mère? Il n'y avait
donc pas à hésiter. J'ai pensé à attirer Berthe dans ce temple, où elle n'aura d'autres gardes qu'une foule facilement
fascinée. Tout en simulant mes incantations, je lui par-
lerai, me servant pour cela de notre langue française, et je
lui dirai de se réfugier dans le sanctuaire de Kali. Pendant
que la foule, croyant à la conversion de la princesse,
criera au miracle, nous sortons tous quatre par la porte
dérobée qui donne vers la rivière ; là nous attend un bateau
guidé par un homme que j'ai gagné à prix d'argent sans lui
laisser soupçonner nos projets. Nous fuyons, et nous
sommes déjà loin que la foule est encore prosternée devant
Kali, attendant ma réapparition.

— Oui, tout cela est fort bien, dit doucement Mali ; mais
si l'on nous poursuit?

— Si l'on nous poursuit, les armes que j'ai achetées et
que j'ai fait placer dans le bateau nous permettront de
nous défendre. Si nous succombons, mieux vaut pour nous
tous une mort rapide et glorieuse qu'une longue vie d'opprobre et d'infamie.

— Bien parlé, Andhra ! s'écria Miana ; il me semble
déjà nous voir sur le Satledj, faisant le coup de feu contre
les troupes de Sa Hautesse et les taillant en pièces.

— A coups de fusil, n'est-ce pas? dit Mali en souriant.
Allons, mes enfants, votre courage me tranquillise et me
donne confiance. Mais c'est une rude partie que nous
jouons, et il suffirait d'un rien pour faire tomber nos têtes
sous la hache du bourreau. Avons-nous bien répété nos

rôles pour la cérémonie de demain ? Voyons ; toi, Miana, tu
dois, n'est-ce pas ? te placer derrière l'idole...

— Et dès qu'Andhra aura fait le signal, répondit le
jeune Hindou, je crierai d'une voix aiguë : « Que la Doûlan
Sircar vienne se prosterner dans mon sanctuaire ! »

— C'est fort bien, reprit le charmeur, et vous, Andhra ?

— Oh ! je connais mon rôle, dit le jeune homme, n'ayez
crainte. Si à Nandapour j'ai hésité d'abord à jouer ce que
je considérais comme une indigne comédie, c'est que l'en-
jeu était ma seule existence. Mais aujourd'hui qu'il y va de
la vie de ma sœur, de son salut, de l'honneur de mon nom,
je n'ai plus d'hésitation, sachant bien que Dieu, qui voit le
fond de mon cœur, pardonnera ma conduite. »

Dès le lever du soleil, le lendemain, les gigantesques na-
karas de la pagode royale firent résonner la vallée de leurs
sourds roulements, et bientôt les rues se remplirent d'une
foule parée et joyeuse, accourue de toutes parts pour assister à la grande solennité.

La curiosité était générale, car on savait que les fakirs
hindous qui devaient jouer le principal rôle dans le poudja
étaient arrivés de l'autre côté du Téraï et de l'Himalaya,
envoyés par le grand-pontife Soumrou. Aussi, quoique la
cérémonie ne dût avoir lieu qu'à la tombée de la nuit, toute
la journée une foule compacte se pressa aux abords du
temple, afin de ne perdre aucune des péripéties de ce
grand acte. Beaucoup de paysans et de bourgeois profi-
taient de la circonstance pour aller se prosterner devant la
Rouge Déesse ; car, malgré les vastes proportions du sanctuaire, il était probable que la place réservée au menu
peuple serait minime. D'autres espéraient pouvoir contempler les Nâts, mais leur espérance fut déçue : ni André, ni
ses compagnons ne voulurent se montrer.

La journée ne paraissait pas trop longue aux conjurés

pour terminer leurs préparatifs. André et Mali essayaient avec soin les déguisements qu'ils devaient revêtir, afin d'éviter que Berthe ne les reconnût dès l'abord et que sa surprise ne fût trop vive à leur vue. Ils répétaient avec soin, une à une, toutes les parties du drame.

Deux heures avant le coucher du soleil, les personnages de haut rang, les nobles, les chefs de caste, commencèrent à arriver au temple pour y prendre leurs places avant l'arrivée du roi. Bientôt un coup de canon, dont la fumée blanche s'échappa d'une des embrasures de la haute citadelle d'Eklingarh, annonça la mise en marche du cortége royal, et, quelques instants après, les gardes thibétains accourant au trot firent ranger la foule à coups de hallebarde.

Vinrent d'abord plusieurs éléphants portant les membres de la famille royale ; puis Sa Hautesse en personne apparut montée sur un gigantesque éléphant, tout éblouissant de pierreries et de drap d'or ; à ses côtés, sur le trône de velours, était assise une jeune fille aux blonds cheveux, promenant tristement ses yeux rougis de larmes sur la foule prosternée.

Lorsque l'éléphant royal, s'étant accroupi au pied du perron, eut laissé descendre le roi et la princesse, et lorsque ceux-ci commencèrent à gravir les hauts degrés du parvis, le peuple, transporté d'admiration à la vue de ce spectacle, remplit l'air de ses clameurs d'allégresse. C'était en effet un tableau idéal, féerique, que celui de cette enfant, à l'apparence angélique, ruisselante de joyaux et de broderies, gravissant lentement l'immense perron du temple, appuyée sur le bras du roi, superbe vieillard à la longue et majestueuse barbe blanche. Les derniers rayons du soleil enveloppaient ce groupe de flammes pourpres et lui donnaient une apparence vraiment surnaturelle.

Au sommet du perron, sur le seuil du temple, se tenait le

Ils commencèrent à gravir les hauts degrés.

grand-prêtre Mahadji. Après s'être incliné devant le prince :
« Ma fille, dit-il à Berthe, rassurez-vous. Les ennemis de
Kali seuls tremblent devant elle.

— Tu sais bien, répondit la jeune fille avec une douce
fierté, que je ne tremble devant aucune de tes idoles.

— Nous verrons bien, » murmura le prêtre. Et ils entrèrent dans le temple.

La vaste salle regorgeait de monde. Berthe, malgré son
courage, sentit son cœur chanceler en entrant sous ces
voûtes sombres garnies de monstres grimaçants et en voyant
l'horrible idole avec ses cent bras et tous les mystérieux
préparatifs du sacrifice. La pauvre enfant se demandait quel
rôle ses bourreaux lui avaient réservé dans cette sombre
cérémonie, et, évoquant le souvenir des martyres chré-
tiennes, elle se promettait de mourir plutôt que d'abjurer
sa foi. Guidée par le prince, elle vint se placer au premier rang de l'assistance sur un trône doré. Puis, à un
signe de Mahadji, la cérémonie commença.

La nuit était venue, noire, profonde, subite, et les lampes
placées devant l'autel et autour de la salle ne projetaient
qu'une lueur douteuse.

Dès le moment où Berthe avait mis le pied dans le
temple, André n'avait pas perdu des yeux un seul de ses
mouvements. Caché derrière le corps de l'idole, il contemplait la jeune fille avec extase, pendant que les chœurs
préludaient par les louanges de Kali, l'immuable destruc-
trice. Oui, c'était bien Berthe! Son cœur ne l'avait pas
trompé. Elle était là devant lui, et il se cramponnait aux
bras de bronze de l'idole pour ne pas se précipiter vers sa
sœur, lui crier qu'il était près d'elle et la serrer dans ses
bras malgré toute cette multitude.

Mali, impassible en apparence, se tenait près du jeune
homme, prêt à empêcher toute imprudence.

« Allons, Andhra, lui dit-il tout à coup, voici le moment venu. Les chœurs entonnent le dernier *sloka*, nous allons entrer en scène. Prenez Sâprani et souvenez-vous.

— Oui, c'est vrai, » murmura le jeune homme. Il prit doucement la bonne cobra, la serra contre sa poitrine, et d'un pas ferme il sortit du sanctuaire. Il apparut soudain devant l'autel, suivi de Mali qui brandissait un couple de serpents.

A la vue des charmeurs, la foule poussa des cris d'enthousiasme, et lança vers l'autel une pluie de fleurs en signe d'allégresse.

André, dont le visage était recouvert d'une épaisse couche de peinture rouge qui le rendait méconnaissable, leva les bras, étendant d'une main au-dessus de l'assistance sa baguette dorée et brandissant de l'autre la bonne Sâprani. Le silence se fit aussitôt. Le jeune homme se tourna alors lentement vers l'idole, dont les bras entourés de serpents vivants, semblèrent tout à coup s'agiter sur son ordre. Puis il entonna d'une voix lente l'hymne à Kali, que ces deux compagnons répétaient en sourdine.

Berthe, malgré sa terreur qu'augmentait encore la vue des reptiles, se sentait attirée par une force invincible vers le jeune charmeur; haletante, inconsciente, elle suivait ses moindres mouvements, elle écoutait chacune de ses paroles. Tout à coup, étrange et terrible illusion, il lui a semblé que le jeune homme, en finissant son verset, a dit en français : « Berthe, écoute! » Mais non, cela n'est pas possible ! Et la pauvre enfant se demande avec terreur si ce n'est pas la folie qui envahit son cerveau.

Maintenant c'est au tour du vieillard. Berthe suit ses paroles sans que son esprit confus en saisisse le sens, mais le mot « Mali » prononcé à la fin du sloka semble l'éclairer d'une lueur subite. Elle regarde attentivement le fakir et

elle a bientôt reconnu le vieux Mali, son protégé de Gandapour. Mais que lui importe ! Celui qui était un ami alors est
un ennemi maintenant ; sa présence ici, dans ce temple, ne
le prouve-t-elle pas ?

De nouveau, le jeune chef des charmeurs a commencé
son chant, et sa voix claire traverse le cœur de la prisonnière.

Impassible, il chante avec lenteur un sloka qui se termine
ainsi :

    « Sri Déva Kali, Mérou ka Rani !

    Sri Dourga Dévi, Maha Ganga bêti [1] !

    Berthe, c'est moi, c'est André ! »

Cette fois, la jeune fille a bien entendu, elle a tout compris ; mais l'émotion est trop forte pour qu'elle puisse la
maîtriser : son cœur se dilate et se serre. Elle se lève, ouvre
les bras et poussant ce cri que répètent les échos de la voûte :
« André ! André ! » elle tombe évanouie dans les bras du
grand-prêtre et du roi.

Le tumulte est immense ; la foule crie au miracle et se
presse autour de la jeune princesse, que l'on emporte sans
connaissance en dehors de la salle. Les assistants se retirent
et bientôt le temple est désert. Fort heureusement pour
nos amis, car André, fou de douleur de voir son projet
avorté, se débat entre ses deux compagnons, qui ont beaucoup de peine à le maîtriser et à l'empêcher de courir
auprès de sa sœur.

« Dieu a voulu punir cette comédie impie ! s'écrie le
pauvre enfant.

— Taisez-vous, de grâce, lui dit Mali, si vous ne voulez
pas tout perdre.

— Mais tout est perdu.

---

1.   Gloire à toi, déesse Kali, reine du Paradis !
       Gloire à toi, déesse de la mort, fille du Gange sacré !

— Nullement, bien loin de là. Aux yeux du peuple vous venez d'accomplir un prodige. N'êtes-vous pas le sectaire de Kali? En invoquant votre nom publiquement, la princesse n'a fait que s'incliner devant l'ordre de la déesse. Votre puissance ne fera que s'accroître et nous aurons bientôt retrouvé une occasion plus favorable.

— Oui, certainement, dit Miana; j'ai déjà pour ma part combiné un plan tout simplement infaillible. »

Ces paroles ne pouvaient consoler André, mais ses pleurs coulaient maintenant en silence. Soudain des pas précipités retentirent sous le parvis du temple, et un serviteur du palais entra dans la salle.

« Saints hommes, dit-il, quel est celui d'entre vous qui porte le nom de Mali ?

— Moi, dit le vieux charmeur.

— En ce cas, veuillez me suivre sans retard au palais ; tel est l'ordre de Sa Hautesse.

— Et que me veut le roi ? demanda Mali.

— Comme vous le savez, la princesse Doulan Sircar, frappée par l'esprit de la Bonne Déesse, a été emportée évanouie au palais. Le médecin du roi s'est rendu auprès d'elle et, grâce à ses soins, elle a repris ses sens ou tout au moins elle a ouvert les yeux, car, écartant de la main le médecin et ses femmes, elle refuse tout soin et se contente de répéter machinalement : « Mali ! Andhra ! » Le roi, craignant que cet état ne se prolongeât, a obtenu de la reine-mère l'autorisation, vu votre grand âge, de vous laisser entrer dans le *zenanah* [1], et il espère que votre présence calmera la noble demoiselle.

— Oui, en effet, s'empressa de répondre Mali, j'accours aux ordres du roi. Allez annoncer mon arrivée, je vous suis. »

1. Le *zenanah* est le gynécée des palais hindous, l'appartement réservé aux femmes et dont l'accès est interdit aux hommes.

A peine le serviteur fut-il parti, que le vieillard dit à ses compagnons :

« Vous voyez, Andhra, le ciel ne nous abandonne pas. Je cours au palais et dans une heure je vous rapporterai ce que votre sœur m'aura dit ; mais d'ici-là, qu'aucun de vous ne franchisse le seuil de ce temple. Il y va de notre salut à tous. »

Deux gardiens du sérail me saisirent par le bras.

CHAPITRE XVII

L'évasion.

Combien cette nuit parut longue, interminable au pauvre André. Malgré son inquiétude, il attendit d'abord patiemment pendant une heure le retour de Mali ; mais, ce délai passé, il se mit à arpenter fiévreusement la vaste salle du temple. Le vieillard, avant de partir, lui avait fait promettre que, quelle que chose qu'il arrivât, il ne franchirait pas de la nuit le seuil de la pagode ; et le brave garçon, fidèle à sa promesse, s'arrêtait à la limite même du parvis. Chaque heure qui passait augmentait ses angoisses ; enfin, n'y tenant plus, il vint s'asseoir sur la première marche du perron. A ses pieds s'étendait la ville endormie, arrondissant ses étages de terrasses dans la cavité de l'amphithéâtre. Les regards d'André, négligeant ce spectacle, restaient fixés sur le palais, dont la masse se découpait en noir sur le ciel étoilé. Une à une les heures sonnèrent aux gongs des carrefours ; puis les étoiles pâlirent, s'éteignirent, le ciel blanchit, bientôt les lointains glaciers s'empourprèrent des premiers feux du matin. Et le charmeur ne revenait pas.

Qu'est-ce qui avait pu prolonger ainsi son absence ? Il était bien évident que le complot avait été dévoilé et que tout était perdu ! Ainsi pensait André. Miana, qui était venu s'asseoir auprès de lui, restait silencieux, car la crainte commençait aussi à entrer dans son cœur.

« Oui, tout est perdu ! s'écria enfin le jeune Français. Notre confiance nous aura trahis, et les espions, dont le grand-prêtre n'a pas manqué de nous entourer, auront surpris nos projets. A cette heure peut-être Mali expie déjà dans les tortures son dévouement à ma cause, et bientôt les bourreaux vont venir nous chercher jusque dans ce temple. Mais je ne veux pas les y attendre lâchement. J'ai promis à Mali de ne pas bouger d'ici de toute la nuit ; le jour qui paraît me rend la liberté. Et puisque nous devons périr, viens, Miana, armons-nous et courons au palais.

— Tu n'y penses pas, dit le jeune Hindou, aller au palais, c'est courir à une mort certaine. Qu'y ferons-nous, du reste ?

— Ce que nous y ferons ? Je veux me glisser, s'il en est temps encore, jusqu'auprès de ce roi infâme et poignarder de ma main ce geôlier d'enfants.

— Les gardes nous tueront avant que nous ayons réussi à approcher du roi, objecta encore Miana.

— Eh bien, soit ! puisque tu as peur, répondit violemment André, j'irai seul.

— Peur de te suivre, moi ! dit doucement le jeune Hindou ; je croyais depuis trois mois t'avoir donné assez de preuves du contraire.

— C'est vrai, Miana, pardonne-moi ; la douleur me fait oublier un instant ton dévouement. Mais que faire ?

— Tu l'as dit, répondit le Nât. Partons et allons venger Mali, car son sort ne me semble que trop évident. »

André l'embrassa avec effusion, puis les deux jeunes gens s'enveloppèrent de leur manteau, et, s'étant armés de poignards, ils sortirent du temple.

Comme ils atteignaient le sommet du perron, un homme en gravissait péniblement les degrés. Ils poussèrent un même cri en l'apercevant : c'était Mali.

« Et où alliez-vous ainsi équipés ? leur demanda le vieillard, dès qu'il fut arrivé près d'eux.

— Nous allions te chercher, dit André, et te venger si tu avais péri !

— Imprudents enfants ! Ainsi, une minute plus tard, vous faisiez effondrer tout l'édifice que j'ai si laborieusement combiné cette nuit ; vous compromettiez, par votre folie, votre vie et la mienne, et vous perdiez à jamais votre sœur.

— Mais que pouvais-je penser, dit le jeune Français, en voyant se prolonger ainsi ton absence ? J'ai craint une trahison.

— Rentrons vite dans le temple, répondit simplement le charmeur ; on pourrait nous observer. Du reste, nos instants sont comptés, et j'ai bien des choses à vous apprendre. »

Les deux jeunes gens suivirent Mali, qui se dirigea vers le sanctuaire. Le charmeur les fit entrer et ferma soigneusement les portes.

« Nous ne saurions prendre trop de précautions, dit-il.

Je suis désormais certain que nous sommes suspects, et un mot pourrait nous perdre...

— N'avais-je pas raison, interrompit André, de soupçonner quelque trahison?

— Il n'est pas encore question de cela, dit tranquillement le charmeur; mais, comme mon récit sera un peu long et que nous sommes pressés, je vous prie de ne pas m'interrompre.

» Arrivé au palais, je fus conduit immédiatement par un page vers les appartements de la reine, qui occupent toute la partie de la forteresse commandant le cours du Satledj. Je pus me rendre compte tout de suite de la difficulté, bien plus, de l'impossibilité qu'il y aurait pour un étranger de pénétrer sans permission dans le zenanah...

— Mais alors! s'écria involontairement André, comment pouvons-nous espérer arriver jusqu'à ma sœur ?

— Accompagné de mon guide, continua Mali sans relever l'interruption, je franchis la lourde porte, après avoir échangé un mot d'ordre, et je me trouvai dans un corps de garde rempli de soldats armés. Deux gardiens du sérail m'ayant saisi chacun par un bras, je fus entraîné à travers un dédale de couloirs, je traversai plusieurs cours plantées d'orangers, et je me trouvai enfin dans une salle où se tenaient un grand nombre de dames. L'une d'elles, plus âgée que les autres et que je reconnus à son bandeau d'or pour la reine-mère, vint à moi et me dit :

« Saint homme, l'esprit de la déesse Kali, en faisant brusquement irruption dans le cerveau de ma fille, la Dôu-lan Sircar, a tellement troublé cette pauvre enfant que nous craignons pour sa raison. Depuis qu'elle est revenue du temple, elle profère des paroles incompréhensibles, dans une langue inconnue; nous avons pu seulement comprendre qu'elle invoquait ton nom et celui de ton saint compagnon. Penses-tu que tu puisses la calmer et lui rendre la raison?

— Princesse, lui dis-je, je vais me rendre près de la pauvre enfant, et, par mes savants exorcismes, j'espère la ramener à la vie et à la raison. La main de la déesse s'est appesantie sur elle, mais j'ai le pouvoir de faire cesser le mal. Je demande seulement que nul ne vienne troubler mon entrevue : c'est à cette seule condition que je puis obtenir un résultat.

— Qu'il soit fait comme tu le désires, » me répondit la reine, et, me prenant par la main, elle me fit entrer dans une chambre attenant à la salle. Berthe, agenouillée près de son lit, semblait plongée dans la prière. En nous entendant, elle se retourna, me regarda fixement, mais ne parut pas me reconnaître.

« Ma fille, lui dit la reine, voici Mali, l'un des saints serviteurs de Kali. Il vient près de vous pour faire cesser le mal qui vous obsède. Écoutez-le et croyez-le. » Ce disant, elle se retira et rentra dans la salle ; mais je vis qu'elle avait laissé la porte ouverte, afin de pouvoir nous observer.

» Votre sœur continuait à me regarder fixement sans mot dire, et j'éprouvais moi-même une telle émotion en contemplant ce charmant visage, si triste, si abattu, que je ne pouvais proférer une parole. Enfin, rassemblant mon courage, je lui dis à demi-voix, afin de ne pas être entendu du dehors :

« Mademoiselle, vous m'avez reconnu, je suis Mali, votre serviteur dévoué, et je suis envoyé par votre frère pour vous sauver. Mais, de grâce ! ne faites pas un mouvement, pas un geste qui puisse laisser croire à ceux qui nous surveillent que vous m'avez reconnu. Il faut que l'on croie que je viens pour vous convertir. A cette condition, je réponds de vous sauver. »

» Elle restait immobile comme si elle ne m'eût pas entendu ; puis tout à coup elle me dit doucement :

« Mon bon Mali, je t'ai bien reconnu tout à l'heure, mais j'ai douté de toi ; maintenant je crois en toi, car je t'ai vu avec mon frère, et je ferai tout ce que tu m'ordonneras. Je sens que j'ai commis une faute grave en me laissant aller dans le temple à mon premier élan de joie ; mais, que veux-tu ? alors que je me sentais condamnée à l'enfer, j'ai vu s'ouvrir le ciel, la liberté, la vie ; je n'ai pu me maîtriser. Pardonne-moi ; tu peux maintenant compter sur mon courage. »

» Je lui expliquai alors, le plus rapidement possible, quel avait été votre projet et quel était le plan que je venais de concevoir pour la tirer de sa prison. Elle m'écouta avec le plus grand calme et m'affirma qu'elle était prête à tout tenter. Pendant que je lui parlais, j'avais remarqué que la fenêtre de sa chambre donnait sur le fleuve. Je convins avec elle qu'elle ferait tout son possible pour rester seule ce soir, et qu'à minuit elle placerait sur son balcon une lumière, afin de nous permettre de reconnaître du dehors la situation de la fenêtre. Dès qu'elle aura entendu trois fois le cri du paon, elle éteindra le flambeau et se tiendra prête à nous rejoindre. Je vous exposerai tout à l'heure mon plan d'évasion.

» Je causais ainsi depuis une heure avec votre sœur lorsque je vis la reine-mère se diriger vers nous. J'eus encore le temps de presser sur mes lèvres la main de Berthe, et quand la reine entra, je dis :

« Princesse, grâce à mes incantations, votre fille a retrouvé ses esprits. Elle remercie maintenant la main qui l'a frappée.

— Oui, dit Berthe, je m'incline sous la main du Dieu tout-puissant qui ne m'a jamais abandonnée.

Elle semblait plongée dans la prière.

— Vous le voyez, ajoutai-je vivement, elle remercie Kali. » Je savais bien cependant que ce n'était pas à la Rouge Déesse que s'adressaient ces remercîments. «Laissez la jeune princesse à ses méditations, dis-je à la reine. Une journée de calme et de solitude complétera sa guérison. »

» Je sortis du zenonah comme j'y étais entré, et à peine dehors j'accourais vous narrer le résultat de mon entrevue, lorsqu'un des officiers du palais qui m'attendait, sans doute, me prévint que le roi désirait me parler.

» Malgré l'heure avancée de la nuit, le roi avait voulu apprendre immédiatement le résultat de mon entrevue avec votre sœur. Je le trouvai en compagnie du grand-prêtre Mahadji, et, dès que j'entrai, il me dit :

« Eh bien, Mali, avez-vous eu plus de succès que notre médecin et que notre vénéré grand-prêtre?

— Je ne sais, sire, répondis-je; comment oserais-je me comparer avec de si hauts personnages. Ce n'est pas moi qu'il faut remercier de la guérison de la princesse. Mes compagnons et moi ne sommes dans tous ces événements que les instruments obscurs et irresponsables de la Bonne Déesse.

— Alors, me dit Mahadji, la princesse est revenue à elle?

— Oui, après une heure d'entretien, je l'ai laissée calme et dorénavant soumise à la volonté royale.

— Je te félicite de ce succès, reprit le grand-prêtre. Le vénérable Soumrou a vraiment bien choisi ses émissaires, et il doit avoir hâte de les voir revenus près de lui.

— J'ignore, répondis-je, si nos services lui sont aussi indispensables; mais, maintenant que notre mission est remplie, nous comptons nous remettre en marche dans quelques jours.

— Sa Hautesse, continua Mahadji, serait désolée de vous

retenir plus longtemps, et elle a donné des ordres pour que vous puissiez partir dès demain, après une journée de repos. »

» Je compris que ces paroles étaient un ordre, évidemment dicté par la jalousie du grand-prêtre, qui craint de voir grandir notre influence ; aussi je répondis :

« Nous sommes prêts à partir le jour que Sa Hautesse le désirera.

— J'ai ordonné aussi, dit le roi, qu'une bourse d'or vous soit remise en témoignage de ma reconnaissance, ainsi que de riches vêtements et des châles que je destine à votre maître le grand Soumrou. Il m'eût été agréable de voir se prolonger votre séjour dans ma capitale, mais nous vivons dans des temps troublés. Mon peuple s'inquiète de votre présence, et des rumeurs, qui circulent dans le bazar, sont parvenues jusqu'à moi. Des gens mal intentionnés, j'en suis certain, prétendent que vous n'êtes que des espions envoyés par les Anglais pour me nuire et pour empêcher le mariage de la princesse Doulân Sircar avec mon fils.

— Ces soupçons sont une insulte à votre caractère sacré, ajouta Mahadji ; mais il vaut mieux y mettre un terme par votre départ, car le peuple est ingrat et aveugle.

— Celui dont le cœur est pur ne redoute aucun soupçon, » répondis-je ; et je me retirai après m'être incliné devant les deux grands personnages.

» Ce qui résulte le plus clairement de tout cela, c'est qu'il faut que nous partions, et qu'avant de partir nous délivrions votre sœur.

— Mais comment ? s'écria André. En si peu de temps !

— Voici mon plan, répondit le charmeur, et cette fois il faut réussir, car c'est notre dernière ressource. L'appartement de votre sœur est situé, ainsi que je vous l'ai dit, dans la partie du zenanah qui donne sur le fleuve. Par un curieux pressentiment, j'avais chargé Miana, il y a quelques jours, d'inspecter cette partie de l'enceinte du palais. Je sais donc qu'en ce point la berge du fleuve est formée par un rocher à pic de cinquante pieds de hauteur, sur lequel repose la muraille même des appartements de la reine. Ce rocher, à ce que m'a assuré Miana, n'est pas infranchissable.

— Certes non, dit le jeune Hindou, car j'ai réussi à le gravir sans trop de peine, alors que je me demandais si, par ce point qui n'est pas gardé, nous ne pourrions pénétrer facilement dans la forteresse.

— Donc, continua Mali, nous amarrons à la nuit, au pied du rocher, le bateau que vous vous êtes procuré ; l'un de vous gravit la berge, lance à la fenêtre de Berthe une corde que votre sœur amarre au balcon et par laquelle elle se laisse glisser jusqu'au roc, et de là jusqu'au fleuve. Puis, tous réunis, nous fuyons, emportés par l'impétueux courant du Satledj. Le plan est simple ; votre sœur le connaît et est prête à nous seconder. Nous sommes donc sûrs de réussir. L'essentiel est de laisser s'écouler cette journée sans éveiller les soupçons de Mahadji.

— Tu peux compter sur moi, dit André ; je serai aussi sage que ces images de pierre, afin de te faire oublier toutes mes folies. » Et, se jetant dans les bras du charmeur, le jeune homme y resta quelque temps, pleurant et riant de joie et de bonheur.

Dans la journée, les charmeurs reçurent la visite des principaux personnages de la ville qui, ayant appris le résultat de la cérémonie de la veille, s'empressaient de venir s'incliner devant les puissants ministres de Kali, afin de gagner les faveurs de la Bonne Déesse. Les dames de la cour leur envoyèrent aussi de nombreux cadeaux. Le peuple acclama du dehors les Nâts qui durent sortir sur le perron et se montrer à la multitude enthousiaste. Il était bien évident que la population, loin de leur être hostile, les accueillait avec faveur, et que les bruits, dont le roi s'était fait l'écho, n'avaient d'autre source que la jalousie de Mahadji.

Le grand-prêtre vint, lui aussi, visiter Mali et ses compagnons, le roi l'ayant chargé de leur présenter la bourse d'or et les riches étoffes qu'il leur destinait. Le perfide brahmane fut plus obséquieux, plus mielleux encore que de coutume, ce qui n'empêcha pas qu'en se retirant il réitéra à Mali l'ordre d'avoir à quitter la ville dès le lendemain matin.

« Il me reste encore une grâce à demander à Votre Excellence, dit le vieux charmeur. Notre séjour a été si court, et l'empressement des visiteurs si grand, que nous n'avons pu jusqu'ici accomplir nos purifications dans le saint Satledj. Cependant, ce fleuve sacré est le frère du Gange, puisque ses eaux, s'échappant du Kaïlas lui-même, ont la vertu de purifier le corps et l'âme de toute souillure. Permettez-nous, lorsque la foule aura quitté le temple, de profiter de la douceur de la nuit pour aller nous purifier dans les ondes sacrées.

— Qu'il soit fait selon votre désir ! répondit le grand-prêtre ; je vais donner l'ordre à la garde de la Porte de l'eau de vous laisser l'accès du fleuve à toute heure de la nuit. Mais, rappelez-vous que demain, dès le lever du jour, vous aurez quitté Pandarpour.

— Demain, avant que le soleil ne brille, dit Mali, nous aurons quitté Pandarpour, tous et pour toujours, je vous le jure. »

Les visites se prolongèrent assez tard dans la soirée, à la grande impatience d'André. Enfin nos trois amis se trouvèrent de nouveau seuls et purent faire leurs derniers préparatifs en toute hâte. Comme il fallait emporter les provisions, les armes, les cordages, sans cependant éveiller les soupçons par un trop volumineux bagage, Mali se décida à abandonner ses serpents, qu'il mit en liberté dans le sanctuaire de Kali. Il ne put se résoudre cependant à abandonner Sâprani, qui trouva un gîte dans sa poitrine, tandis que le panier de la bonne cobra et ceux de ses congénères étaient remplis de provisions.

Ayant donc chargé les paniers sur leurs épaules, les trois hommes sortirent du temple. La nuit était noire et profonde, les habitants avaient regagné leurs demeures et les rues étaient désertes. Les conjurés traversèrent rapidement la cité endormie et atteignirent sans encombre la Porte de l'eau.

L'officier de garde, prévenu par Mahadji, se mit en demeure de les laisser sortir; mais, à la vue de leur volumineux bagage, il ne put s'empêcher d'exprimer son étonnement.

« Sa Seigneurie Mahadji, dit-il, m'avait cependant prévenu que vous n'alliez au bord du fleuve que pour accomplir vos dévotions. Je dois vous avertir qu'il vous serait impossible de continuer votre route sans rentrer dans la ville. Le bord du fleuve ne pourrait vous livrer passage, la berge étant coupée en amont et en aval par les rochers qui portent les deux citadelles...

— Nous n'avons nulle intention de quitter la ville en ce moment, répondit Mali. C'est la vue de nos paniers qui vous fait méprendre sur nos intentions; mais sachez que ces paniers ne renferment que les serpents qui nous servent dans nos incantations. »

L'officier s'excusa de son indiscrétion et fit immédiatement ouvrir la porte.

« Je resterai ici toute la nuit, dit-il aux charmeurs; dès que vous désirerez rentrer, il vous suffira de frapper et de m'appeler par mon nom : je suis le capitaine Ramdeo. »

Les trois conjurés sortirent de la ville, et, s'enfonçant dans l'obscurité, ils suivirent la berge en remontant le cours du fleuve.

« Voici la barque, dit André à voix basse en désignant une forme noire qui se balançait sur le fleuve près du quai. Le batelier l'a laissée amarrée à l'endroit que je lui avais désigné. Cet homme devait nous attendre hier au soir, car je n'avais pu trouver une bonne raison pour l'éloigner ; mais, ne nous voyant pas venir, il aura sans doute déserté son poste.

— Je le souhaite pour lui, murmura Mali, car s'il nous gêne...

— Un bâillon sur la bouche et à l'eau ! » dit énergiquement Miana.

Mais la barque était vide. L'ayant approchée du quai, les conjurés y montèrent et y placèrent leurs paniers. Le câble fut détaché, et les deux jeunes gens, prenant les avirons, firent glisser silencieusement la barque sur l'eau. Un quart d'heure après, ils s'arrêtaient au pied du rocher qui, s'élevant à pic du lit même du fleuve, supporte la citadelle d'Eklingarh.

« Alors, Mali, tu es sûr que c'est par ici que s'ouvre la fenêtre de la chambre de Berthe ? demanda André.

— Oui, seigneur, répondit le vieillard.

— Je ne vois cependant aucune lumière, reprit le jeune Français.

— Attendez ! » dit Mali..

A ce moment, les gongs de la ville frappaient l'un après l'autre les huit coups qui marquent le minuit hindou. Presque aussitôt une faible lueur, une flamme à peine visible vint percer la masse noire de la citadelle ; Mali l'aperçut aussitôt.

« Tenez ! dit-il à André en lui montrant la lumière scintillante, voici le signal, votre sœur nous attend.

— Oh Berthe ! Berthe ! cria à demi-voix le jeune homme, que ce fanal soit l'étoile qui doit nous conduire à ta délivrance.

— Allons, mes enfants, dit le charmeur, vite à la besogne, et surtout pas de bruit. Moi, je reste ici, dans le bateau, pendant que vous escaladez le rocher. »

En un instant les deux enfants, chargés de cordages, commencèrent l'escalade de la falaise. La base moins escarpée se laissa gravir assez aisément ; mais, à une vingtaine de mètres du sol, la masse se relevait si brusquement qu'elle semblait complétement inaccessible : quelques aspérités, çà et là une saillie du roc ou une broussaille sortant d'une anfractuosité, formaient tout le chemin, et encore l'obscurité eût privé les escaladeurs de ces avantages si Hanouman, le singe de Miana, ne les eût précédés et guidés avec son merveilleux instinct.

Enfin, après mille difficultés, les deux courageux enfants mirent le pied sur le sommet du rocher. La muraille de la citadelle en suivait presque exactement le contour, ne laissant qu'un étroit rebord de pierre de quelques pieds de largeur. Au-dessous de cette sorte de trottoir, le précipice, et, au fond, les flots bouillonnants du Satledj ; au-dessus, la muraille froide, nue, inaccessible. Mais André ne voyait ni le précipice, ni la muraille ; ce qu'il voyait, c'était ce balcon suspendu à une dizaine de mètres au-dessus de sa tête, et dont une vague lueur dessinait le contour. Il eut voulu pouvoir l'atteindre d'un bond.

Les deux jeunes gens déroulèrent les cordages ; puis, Miana ayant poussé trois fois le cri d'appel du paon, la lumière s'éteignit soudain, et une ombre noire parut sur le balcon. L'ombre se pencha au dehors comme pour chercher d'où venait l'appel mystérieux, et lança dans la nuit, à voix basse, ce mot : « André ! » C'était elle, c'était Berthe ! Le jeune homme répondit avec les mêmes précautions, mais d'une voix vibrante d'émotion : « Berthe ! je suis là, prêt à te sauver. Dans un instant, tu seras libre. »

Pendant ce temps, Miana avait enroulé le cordage comme le font les marins, et, le balançant un instant dans le vide, il le lança vers le balcon. La corde se déroula dans l'air, mais elle retomba sans que Berthe ait réussi à la saisir au passage.

André, impatient, arracha la corde à Miana et essaya à son tour, mais sans plus de succès. Trois nouvelles tentatives restèrent vaines, et le fracas occasionné par chacune d'elles menaçait d'attirer l'attention des gardes.

« Nous ne réussirons jamais en agissant de la sorte, murmura Miana ; il est évident que l'espace nous manque pour donner un élan suffisant à la corde. Il faut chercher autre chose.

— Que faire alors ? dit André avec désespoir. Plutôt que d'abandonner irrévocablement ma sœur, je lui crierais de se jeter dans le fleuve ; peut-être l'eau est-elle assez profonde ? Berthe nage bien et rejoindrait aisément notre barque.

— Ce serait la pousser à une mort certaine, répondit Miana. L'eau est fort peu profonde et ta sœur irait se briser sur les rochers. Si je pouvais seulement escalader ces maudites murailles ! Je vois bien çà et là des branches de pipal qui ont poussé entre les joints, mais elles ne seraient pas assez fortes pour supporter mon poids.

— Qu'importe, dit André, si c'est là le seul moyen, je veux l'essayer. » Et se hissant sur la première assise de pierre formant la plinthe du mur, il atteignit avec son bras une des branches de pipal.

Elle était dans les bras d'André.

« Arrête ! lui cria Miana, j'ai une idée. Si ces branches sont trop faibles pour nous soutenir, elles supporteront aisément le poids de mon singe. C'est Hanouman qui va monter la corde. »

Il attacha le câble à la ceinture de l'animal, et, le hissant contre la muraille, il lui fit atteindre la première broussaille ; puis il lui dit simplement : « Monte, » et l'intelligente bête se mit à grimper contre le mur.

Même pour un singe la tâche était difficile et périlleuse, d'autant que le poids de la corde se déroulant entravait ses mouvements ; aussi l'ascension fut-elle lente et longue. Dix fois le pauvre animal s'arrêta incertain, ne sachant comment continuer son ascension ; enfin, à leur grande joie, les enfants le virent atteindre le balcon et d'un bond enjamber le parapet.

Berthe, à la vue de cet étrange messager, ne put retenir un cri d'effroi ; mais, se remettant vite de sa terreur, elle s'empara de la corde, l'attacha à l'un des balustres du balcon, et bravement elle se laissa glisser dans le vide.

Une minute après elle était dans les bras d'André. Ils échangèrent un long et silencieux baiser, restant serrés, immobiles contre le rocher, incapables de maîtriser l'indicible émotion qui les remplissait.

Miana s'empressa de mettre un terme à cette situation pleine de dangers. « Il faut vite rejoindre Mali, dit-il ; nous ne sommes pas encore sauvés, et vous aurez le temps de vous retrouver quand nous serons dans la barque. Mademoiselle va se laisser glisser le long du câble jusqu'à l'eau, puis nous descendrons à notre tour. »

Berthe descendit sans accident, et, quelques instants après, tous les fugitifs, y compris Hanouman, était réunis dans la barque.

« Au large, mes enfants, dit Mali, et force de rames ;

nous nous expliquerons plus tard. Je ne regrette qu'une chose : c'est d'être obligé de laisser ce câble pendu au balcon ; sa présence indiquera trop visiblement notre moyen d'évasion. »

A ce moment, la fenêtre de la chambre de Berthe s'éclaira d'une vive lueur. Une ombre apparut sur le balcon et un cri désespéré retentit dans la nuit : « Doulân Sircar ! »

Penchés sur leurs avirons, les jeunes gens ramaient de toute leur force, et la barque, prise maintenant par le courant, descendait le fleuve comme une flèche.

Soudain un coup de canon retentit au sommet de la citadelle d'Eklingarh, et, à ce signal, tous les gongs de la ville sonnèrent l'alarme. Des rumeurs confuses, puis des clameurs retentirent dans la nuit, et bientôt la Porte de l'eau s'ouvrit avec fracas et livra passage à une troupe de soldats armés de torches, qui se répandirent sur la berge. Mais déjà les fugitifs avaient franchi le cap de la citadelle d'aval, et leur barque, glissant dans l'ombre, les emportait loin de leur prison, vers la liberté !

Is étaient déjà loin de Pandarpour.

CHAPITRE XVIII

La fuite.

Lorsque le jour parut les fugitifs étaient déjà loin de
Pandarpour. Les deux jeunes gens n'avaient pas quitté les
avirons un instant de la nuit, et aidés par le courant impétueux du Satledj ils avaient franchi un espace considérable.
S'ils n'étaient pas encore complétement hors d'atteinte de
leurs ennemis, tout au moins avaient-ils sur eux une grande
avance, car aucune barque ne se montrait à leur poursuite.
Il était présumable que dans le premier moment de confusion les gens de Pandarpour ne s'étaient pas aperçus de la
disparition de la barque et avaient cherché les fugitifs sur
la berge : mais ils avaient dû bien vite reconnaître leur
erreur, et on ne pouvait espérer qu'ils eussent abandonné
toute idée de les poursuivre par eau.

Mali, pensant que les jeunes gens devaient ménager leurs forces, leur ordonna de rentrer les avirons, pendant qu'il laisserait la barque descendre le courant à l'aide du gouvernail.

Brisée par la fatigue et l'émotion, Berthe était tombée dans un profond sommeil peu après avoir quitté Pandarpour, et elle reposait étendue au fond de la barque sur un lit de châles et de couvertures.

André, quittant ses rames, vint s'asseoir doucement près de sa sœur et se mit à contempler ce charmant visage qu'il avait si longtemps désespéré de revoir jamais. Il remerciait Dieu qui lui avait permis, à lui faible enfant, de surmonter tant d'obstacles et de triompher de puissants ennemis avec la seule aide de deux pauvres mendiants. Que de reconnaissance ne devait-il pas à ces compagnons dévoués, à ce bon Mali qui l'avait si souvent arraché au danger, à Miana qui s'était si naïvement et si entièrement donné à sa cause ! Que pourrait-il jamais faire pour récompenser ces deux hommes si purement désintéressés ? N'était-il pas maintenant aussi pauvre qu'eux, depuis que Nana avait anéanti la maison de son père ? Sa pensée se reporta alors à celui-ci. Qu'était-il devenu ? était-il mort ou avait-il échappé aux poursuites de ses ennemis ? Désormais la solution de ce terrible problème allait être le but de tous ses efforts. Il continuerait sa vie de mendiant et avec l'aide de ses amis il pénétrerait, s'il le fallait, jusqu'au milieu du camp de Nana pour savoir la vérité et sauver son père s'il vivait encore.

A ce moment Berthe ouvrit les yeux, et son regard rencontrant celui de son frère, elle se leva d'un bond et se jeta dans ses bras, en s'écriant :

« Oh mon André ! est-ce bien toi que je retrouve ! Depuis un instant je ne dormais plus, mais en me sentant si dou-

André contemplait ce charmant visage.

cement bercée, je me demandais si je n'étais pas dans mon hamac au palais de Pandarpour et si tous les événements de ces deux jours n'étaient pas simplement un long rêve. Non, n'est-ce pas? tout cela est bien vrai. Je suis libre, je suis sauvée! Que je suis heureuse, et comment pourrai-je te remercier de tant de bonheur?

— Oui, chère petite sœur, dit André, tu es libre, tu es sauvée et désormais, j'espère, hors d'atteinte des ennemis qui te retenaient, mais ce n'est pas moi qu'il faut remercier de la délivrance : c'est Mali que tu vois là et qui nous a sauvés tous deux.

— Mon bon Mali, dit Berthe en se jetant au cou du vieillard, c'est donc toi qui es notre bon ange! Que je suis heureuse de te devoir la vie!

— Mademoiselle, répondit le charmeur d'une voix tremblante d'émotion, je n'ai fait que me souvenir et je suis déjà largement récompensé de tout ce que j'ai fait. Je n'ai été du reste que l'humble instrument dont Mahadeo l'invisible et tout-puissant s'est servi pour accomplir ses décrets. Mais votre frère a eu la plus grande part de votre délivrance. Si je l'ai aidé de mes conseils, ce n'en est pas moins lui qui par sa ferme volonté nous a guidés et soutenus.

— Tu sauras bientôt, dit André, tout ce que nous devons à Mali; auparavant, laisse-moi te présenter mon ami Miana, un noble cœur, que tu peux aimer comme un frère. »

Miana se tenait tout confus à l'extrémité du canot, ayant perdu toute sa verve habituelle; mais sur un signe d'André il dut s'avancer et se laisser embrasser par Berthe.

Puis ce fut le tour d'Hanouman. Le bon singe reçut sans trop se faire prier les remercîments de la jeune fille et exécuta deux ou trois cabrioles en signe de satisfaction. Quant à Sâprani, qui réveillée par tout ce bruit avait sorti sa tête de dessous les couvertures, c'était une vieille connaissance, et, malgré son élan de bonheur, Berthe se contenta de lui faire une moue bienveillante.

« Et notre père? s'écria tout à coup la jeune fille. Comment ai-je pu l'oublier un instant au milieu de ma joie. Où est-il? Comment n'est-il pas avec vous? Mais il vit, n'est-ce pas? il est en sûreté? Pourquoi ne me répondez-vous pas? Ah! ce que j'avais craint est donc vrai, mon père est mort! » Et la pauvre enfant laissa éclater ses sanglots.

« Non, chère sœur, il faut encore espérer que notre père n'est pas mort, dit André en essayant de calmer cette explosion de douleur, mais j'ignore ce qu'il est devenu. Écoute, et tu vas savoir tout ce qui s'est passé depuis que le traître Nana est venu porter la désolation au milieu de nous. »

Le jeune homme fit alors le récit de tous les événements qui s'étaient écoulés depuis l'incendie de la factorerie. Il raconta comment il avait été sauvé par Mali, puis soigné et enfin conduit par lui jusqu'à Pandarpour.

Quand il eut terminé, Berthe embrassa encore les deux compagnons de son frère, puis elle dit d'une voix ferme :

« Ce qui ressort de tout ce que je viens d'entendre, c'est qu'il ne faut jamais douter de la Providence. Dieu, qui a été si visiblement bon pour nous au milieu de toutes ces terribles épreuves, ne permettra pas que notre excellent père nous soit ravi. De même que tu as miraculeusement échappé à tes ennemis, notre père aura réussi à se mettre en sûreté, puisque nous savons déjà que sa fuite a été constatée par les émissaires de Nana eux-mêmes. Nous le trouverons, j'en suis sûre; il faut nous mettre tout de suite à sa recherche. Je me sens pleine de courage et je veux vous suivre partout où vous irez. Puisque Mali a réussi à te faire passer pour son fils, je serai sa fille, et s'il le faut je jon-

glerai comme toi avec des serpents, quoique ces vilaines
bêtes me fassent toujours bien peur.

— Si vous me le permettez, miss Berthe, dit Miana prenant tout de suite le projet au sérieux, je vous apprendrai à
faire danser Hanouman ; cela vous sera plus agréable.

— Nous verrons cela plus tard, intervint Mali ; mais, avant
tout, tâchons d'échapper à nos ennemis ; je ne me sens pas
encore assez loin d'eux. Aux rames ! mes enfants, et fuyons. »

Quelques instants après, le canot, sous l'effort des deux
jeunes gens, filait comme une flèche en descendant le
fleuve. Celui-ci roulait impétueusement entre de hautes
berges rocheuses, tellement encaissées qu'on distinguait à
peine les cimes des montagnes enveloppant la vallée.

« Si nous continuions à marcher ainsi, dit le charmeur
après une traite de deux heures, nous serions demain matin
à Loudiana. Mais il faut ménager les forces de nos rameurs ;
puis, il est temps de déjeuner et j'aperçois précisément
là-bas une crique boisée qui fera bien notre affaire. Nous
pourrons y remiser notre embarcation et faire cuire nos
aliments à terre.

— Nous y ferons du thé, dit Miana en riant.

— Certes, s'écria Berthe. Oh ! que c'est amusant de
voyager ainsi avec des amis.

— Oui, dit André, et malheureusement avec quelques
ennemis derrière nous. »

Un instant après, la barque, adroitement guidée par le
vieux charmeur, vint aborder au fond de la crique. L'endroit était merveilleusement choisi ; la falaise s'interrom-
pait tout à coup pour former un cirque étroit entouré d'une
plage unie, montant en pente douce jusqu'à la lisière d'un
bois épais. L'eau de ce hâvre naturel contrastait par son
calme et sa limpidité avec les flots tumultueux et jaunâtres
du Satledj.

Les fugitifs furent bientôt à terre. Berthe s'étendit joyeusement sur le frais tapis de gazon, pendant que ses compagnons débarquaient les provisions, allumaient le feu et préparaient les vivres. Ainsi que l'avait prédit Miana, le thé figura parmi les splendeurs de ce festin improvisé, festin auquel tous prirent part avec un appétit qu'ils n'avaient pas ressenti depuis longtemps.

Après le repas, André pria Berthe de leur faire le récit de ses aventures depuis l'incendie de la factorerie.

« Mon récit ne sera pas long, dit la jeune fille, quoique chacun des mois qui vient de s'écouler me semble avoir eu la longueur d'une année, et je pourrai le résumer déjà en quelques mots : ma vie durant ce temps n'a été qu'une longue captivité.

» Lorsque je te vis tomber, mon pauvre André, frappé brutalement par le bandit qui m'enlevait, je poussai un grand cri et je m'évanouis. Quand je revins à moi, plusieurs heures après, je me trouvai étendue sur un lit aux colonnes dorées, dans une chambre somptueuse. Je sautai épouvantée hors de ma couche et je me précipitai vers une des fenêtres. Le jour paraissait ; le Gange coulait majestueusement au pied de ma prison. J'étais à Bihtour ! ignorant encore que c'était l'odieux Nana qui nous avait trahis, je me crus sauvée et je me dirigeai en toute hâte vers la porte pour tâcher d'avoir de vos nouvelles. Sur le seuil, je fus arrêtée par une esclave qui me dit avec respect : « Princesse, vous ne pouvez sortir. — Mais je suis donc prisonnière? m'écriai-je. Pourquoi ne me laisse-t-on pas voir le prince Doundou, qui pourrait au moins me dire où est mon père? — C'est le prince lui-même, me répondit l'esclave, qui a donné l'ordre que sous aucun prétexte vous ne quittiez cette chambre. » En vain je priai, je suppliai, l'esclave fut inflexible, ne voulut rien me dire, rien m'apprendre, et me menaça, si je résistais, d'appeler les gardes pour me soumettre.

» Je passai deux jours dans la plus profonde anxiété. De nombreux serviteurs veillaient à tous mes besoins, en me prodiguant les marques du plus profond respect ; mais tous restaient muets à mes questions désespérées.

» Le troisième jour, me tenant sur le balcon de ma chambre, je vis arriver sur le fleuve une flottille de grandes barques chargées de monde. Elles abordèrent au quai du château. Il descendit de la première un homme splendidement vêtu, que je reconnus bientôt pour le prince Doundou. Ses gens accoururent à sa rencontre et se prosternèrent devant lui en criant « Sri Peïchva Nana! Vive le souverain du monde, le libérateur de l'Inde! »

» Toute surprise de ces cris, je contemplais le brillant cortége qui entrait dans le château, quand je vis que les barques suivant celle du prince étaient chargées, à l'exclusion des seuls rameurs, de femmes et d'enfants européens. Je pensai tout de suite que c'étaient des fugitifs qui venaient chercher chez Nana l'asile qu'il leur avait offert bien avant que la révolte se fût étendue à notre pays. Cette pensée me rassura. Des gardes faisaient débarquer les réfugiés sur le quai et, les formant en colonnes, les dirigeaient vers le château. Quelle fut alors mon épouvante, mon horreur, en m'apercevant que ces malheureuses gens étaient liés ensemble par des cordes comme un troupeau de bétail. A mesure qu'ils approchaient j'entendais leurs lamentations, leurs cris de désespoir. Les soldats les poussaient brutalement du plat de leurs hallebardes.

» Stupéfiée, anéantie par ce spectacle, je restais sur le balcon, quand j'entendis des pas dans ma chambre et, me retournant, je vis devant moi le prince Doundou.

« Nana, m'écriai-je, que signifie tout ceci?

— Et que t'importe? ma chère enfant, me dit-il en s'inclinant gracieusement devant moi. A peine arrivé de Cawnpore, j'ai voulu venir te présenter mes respects. Me voici prêt à te servir.

— Où est mon père? lui dis-je.

— Princesse du sang des Peïchvas, me répondit-il, oublie pour toujours ces traîtres qui, reniant leur patrie, ont voulu l'asservir à l'étranger. Ton père, aujourd'hui, c'est moi; ta famille, c'est la mienne. Désormais je suis roi, ma couronne m'est rendue, et ta place est près de mon trône.

— Et mon père? et mon frère? demandai-je encore d'une voix tremblante.

— Ils sont morts, me dit-il froidement.

— Morts! m'écriai-je avec indignation, assassinés par toi, comme tu vas assassiner les nobles victimes que je viens de voir amener ici! Infâme bourreau d'enfants, misérable traître! tu oses te présenter devant moi; et, inventant je ne sais quelle fable odieuse, tu viens m'offrir une part dans le prix de ton crime. Je ne veux rien de toi; ma place n'est pas ici, elle est au milieu de ces femmes et de ces enfants que tu vas égorger et dont je veux partager le sort.

— Par Siva! me dit-il en ricanant. Ah! je ne m'étais pas trompé, tu es bien ma digne nièce, la fille des Peïchvas. Bon sang ne peut mentir. Par Kali! depuis trois jours je n'ai point vu un homme se débattre aussi fièrement que toi. Mais le temps te rendra le calme et la raison. »

» En entendant ces railleries, mon cœur se brisa, et, tombant à ses genoux, je le suppliai de me donner la mort, puisque je n'avais désormais devant moi d'autre avenir que l'opprobre et la douleur. Il me souleva avec respect, me disant : « De grâce, princesse, un peu plus de dignité; cette posture est indigne de votre rang. » C'en était trop! Je m'arrachai de ses mains et je courus au balcon; déjà je

Je le suppliai de me donner la mort.

franchissais sa balustrade, lorsque je me sentis saisir par
Nana. Il me ramena dans la chambre, et ayant appelé mes
femmes il me remit entre leurs mains, après avoir donné
des ordres sévères de surveillance.

» Le lendemain, il revint et m'annonça que j'allais être
conduite à Lucknow et de là à Pandarpour.

« Si vous persistez dans votre système de rébellion, me
dit-il, je vais vous faire attacher et vous ferez ainsi cette
longue route. »

» Depuis la veille j'avais réfléchi que je n'avais pas le
droit de me tuer, que ma vie appartenait à mon créateur
et que lui seul pouvait me la retirer. Aussi répondis-je à
Nana :

« Il est inutile que vous me fassiez enchaîner, je vous
promets de ne point attenter à mes jours.

— Jurez-le-moi, me dit-il.

— Je le jure sur cette croix, lui dis-je en mettant la
main sur le bijou qui pendait à mon cou.

— Soit, me dit-il; et maintenant, adieu ! charmante
nièce. Quand nous nous reverrons je serai empereur de
l'Inde et vous reine de l'Himalaya. »

» Quelques jours après je quittai le château, montée sur
un éléphant et entourée d'une forte escorte. Pendant un
mois nous cheminâmes presque sans relâche, traversant les
plaines brûlantes, nous enfonçant dans d'épaisses forêts,
franchissant des montagnes glacées. Durant tout ce voyage,
mes gardes me tinrent éloignée de tout contact du monde;
je ne pus parler à personne.

» Enfin nous arrivâmes à Pandarpour. J'y fis une entrée
vraiment triomphale : le roi entouré de sa cour vint à ma
rencontre et le peuple m'acclama avec enthousiasme. C'est
alors seulement que j'appris que Nana m'avait fiancée au
prince héritier de Pandarpour, un enfant de sept ans! Je

ne vous raconterai pas tout ce que j'ai souffert dans ma prison, en butte aux persécutions de toute espèce. Mon courage commençait à se lasser, et je regrettais déjà le serment que m'avait arraché Nana, lorsque je fus conduite au temple pour me prosterner devant Kali. Vous savez le reste, vous qui m'avez sauvée. »

André serra Berthe sur son cœur en lui disant simplement : « Oublions tous ces périls pour envisager l'avenir avec courage et espoir. »

Mali, toujours prudent, donna aussitôt le signal du départ; les provisions furent embarquées et déjà les fugitifs se préparaient à monter dans le bateau, lorsqu'ils s'aperçurent que Miana n'était pas avec eux. En courant sur les rochers, le jeune Hindou s'était avancé jusqu'à l'entrée de la crique et semblait examiner attentivement le cours du fleuve. Tout à coup ses compagnons le virent revenir précipitamment en faisant des signes de terreur. Arrivé près d'eux il leur cria : « Fuyez, fuyez, voici les ennemis! »

La panique se mit aussitôt dans la petite troupe. Berthe suivie d'André et du jeune Hindou s'enfoncèrent dans la direction de la forêt.

« Arrêtez, mes enfants, leur cria Mali; en fuyant ainsi, vous nous perdez irrévocablement. »

Les jeunes gens s'arrêtèrent un instant indécis.

« Les barques qui nous poursuivent sont encore loin, reprit le charmeur; il nous reste quelques instants, profitons-en pour tirer hors de l'eau ce canot et le traîner jusque dans le bois. Sa présence aurait bien vite dévoilé à nos ennemis le lieu de notre retraite et nous n'aurions pas fait cent pas que nous serions pris. En outre, si même nous échappions à leur poursuite, que ferions-nous dans la jungle sans armes et sans provisions? Ne perdons pas une minute. Vite à l'œuvre. »

En un clin d'œil, les jeunes gens, aidés du charmeur et même de Berthe, eurent tiré hors de l'eau la légère embarcation. Ils la traînèrent dans le bois jusque derrière un épais rideau de broussailles. Puis les trois fusils emportés de Pandarpour furent chargés et les fugitifs, retranchés derrière leur barque, se préparèrent, en cas de surprise, à vendre chèrement leur vie.

Ces préparatifs étaient à peine terminés que trois barques chargées de soldats dont les lances et les fusils reluisaient au soleil apparurent à l'entrée de la crique.

Les fugitifs purent entendre le chef, qui se tenait debout à l'avant de la première barque, crier à ses compagnons : « Arrêtons-nous un instant dans ces eaux tranquilles, car nos rameurs doivent être exténués. »

Les barques entrèrent dans l'anse et s'arrêtèrent.

« La baie est déserte, reprit le chef ; j'aurais cependant juré que nous surprendrions les bandits ici. Cette anse est le seul point abordable que présentent les rives du fleuve depuis Pandarpour, et je gage que les fuyards ont autant besoin de repos que nous. La peur leur donne décidément des ailes, mais ils ne peuvent nous échapper. Sa Hautesse le Maharajah a dépêché en toute hâte des cavaliers qui ont dû arriver avant eux à Pahargarh et donner l'alarme. Comme ils doivent traverser cette ville, ils seront pris comme dans un filet. Si je ne craignais pas de mécontenter le grand-prêtre Mahadji, j'aurais profité de cette anse pour vous permettre de prendre quelque repos ; mais il n'y faut pas penser. La colère du roi est telle, que si les fugitifs échappaient par notre négligence, nos têtes ne resteraient pas long-temps sur nos épaules. En route donc ! »

Et les barques sortant de la baie reprirent le fil de l'eau.

« As-tu entendu les paroles du chef ? dit André à Mali, dès que la troupe eut disparu. Sans toi nous étions pris au piége.

Mais qu'allons-nous faire? La route du fleuve nous est désormais coupée.

— Oui, en effet, dit le charmeur, et il ne nous reste plus qu'à fuir à travers la jungle. Quelques jours de marche nous séparent encore du territoire anglais. Une fois là nous serons sauvés, mais la route sera rude et pénible; votre sœur pourra-t-elle supporter ces fatigues?

— Certes, s'écria Berthe, ne t'ai-je pas dit tout à l'heure que j'étais prête à vous suivre partout. Je suis plus forte que tu ne le crois et la marche n'a rien qui m'effraye. Mon père m'a habituée de bonne heure à supporter la fatigue, et je l'ai maintes fois suivi dans de longues expéditions de chasse.

— Eh bien alors, fuyons sans plus tarder, dit Mali. Chaque instant est précieux; qui sait si nos ennemis, ne nous trouvant pas à Pahargarh, ne vont pas revenir nous chercher ici. Hâtons-nous. Vous, mademoiselle, pendant que nous faisons les derniers préparatifs, tâchez de changer vos riches vêtements de princesse contre un costume plus humble. Vous trouverez dans le bateau de quoi opérer ce changement, car votre costume princier nous trahirait au premier village que nous aurons à traverser. »

La jeune fille prit dans le bateau les vêtements que Mali avait emportés pour elle et se retira dans la forêt. Un instant après, elle en sortait modestement vêtue du gracieux dhouti à larges plis qui constitue le costume des femmes du peuple du Nord de l'Inde.

« Avant de nous mettre en marche, dit le charmeur, il faut faire disparaître ce bateau qui placerait aisément l'ennemi sur nos traces.

— Brûlons-le, proposa Miana.

— Non, reprit Mali; nous allons le remettre à l'eau et l'abandonner au courant du Satledj. »

Le canot fut lancé à l'eau et traîné jusqu'au fleuve. Là

les fugitifs le renversèrent la quille en l'air et l'abandon-
nèrent au courant.

« De cette façon, dit le vieillard, nos ennemis seront
persuadés que nous avons péri et abandonneront toute idée
de nous poursuivre. »

Les jeunes gens applaudirent à l'ingéniosité de Mali; puis
les lourds fardeaux de provisions furent répartis entre les
trois hommes et la petite troupe s'enfonça dans la jungle.

Pas une maison n'avait échappé à la torche.

CHAPITRE XIX

Le capitaine Doda.

Pendant huit jours les fugitifs cheminèrent à travers l'épaisse forêt, évitant les lieux habités et suivant la crête même des montagnes qui dominent la rive gauche du Satledj. Le grand nombre d'animaux sauvages qui peuplent ces régions presque vierges de toute présence humaine les obligeait, comme dans le Téraï, à chercher chaque nuit un refuge sur quelque gros arbre. Puis, pour ménager les forces de Berthe, on faisait une courte marche dans la matinée, on se reposait pendant le fort de la chaleur et on franchissait encore un certain nombre de lieues avant la tombée du jour.

La jeune fille supportait du reste vaillamment ces rudes épreuves, et son inaltérable bonne humeur soutenait le courage et l'espoir de ses compagnons.

Quelque lente que fût la marche, le huitième jour, la petite troupe atteignit le dernier versant de la montagne et vit se dérouler devant elle l'immense et uniforme plaine du Pendjab, qui s'étend, arrosée par les cinq magnifiques rivières qui lui ont valu son nom[1], de l'Himalaya aux montagnes de l'Afghanistan.

« Nous sommes maintenant hors de l'atteinte des gens de Pandarpour, dit Mali; mais allons-nous trouver ici des amis ou des ennemis ?

— Cependant, dit André, le Pendjab est une province anglaise, et nous sommes sûrs d'y être protégés.

— Oui, reprit le charmeur, si les Anglais ont été les vainqueurs. Sinon, nous allons retomber au milieu des rebelles et nous n'avons dans ce cas aucune merci à attendre. De toute façon, la retraite nous est fermée, donc avançons et peut-être, à force de prudence, réussirons-nous à passer encore ici. Si nous pouvons gagner le Rajpoutana, nous sommes sauvés, car les nobles Fils de roi ne s'abaisseront jamais jusqu'à devenir des assassins. En tous cas, nous serons bientôt fixés. J'aperçois là-bas un gros village. Nous allons y entrer, et d'après ce que nous diront les habitants, nous verrons ce qu'il nous reste à faire. »

En effet, à quelques kilomètres du pied de la montagne un énorme bouquet de manguiers, formant un îlot de verdure au milieu de la plaine nue, révélait la présence d'un village.

Les fugitifs se dirigèrent de ce côté, s'attendant à chaque instant à rencontrer quelque paysan vaquant aux travaux des champs, car le soleil était levé depuis deux heures et

---

1. Le mot *Pendjab*, ou mieux *Pantchâb*, signifie le pays des cinq rivières : cette contrée est en effet sillonnée du nord au sud par le Satledj, la Ravî, le Tchinab, le Djélam et l'Indus, ce dernier recueillant l'énorme masse d'eau que lui apportent ces quatre grands affluents.

l'instant propice. Cependant ils atteignirent les abords du bourg sans faire aucune rencontre.

Un silence étrange régnait sur la campagne; on n'entendait aucun des bruits habituels, ni les voix joyeuses des laboureurs ou des bergers, ni le grincement des meules à grain dont la marche ne s'arrête jamais, ni les cris des volailles ou du bétail.

Aussi les compagnons de Mali se sentirent-ils saisis d'une vague appréhension en atteignant le village.

A peine y eurent-ils pénétré, qu'un spectacle affreux s'offrit à leurs yeux. Les habitations n'étaient plus que des carcasses noircies, à demi remplies de poutres et de meubles calcinés. Dans les rues désertes s'étalaient de larges mares de sang, preuves évidentes que toute cette désolation était d'œuvre récente. Enfin à l'extrémité du village était entassé un monceau de cadavres.

Berthe recula d'épouvante à cette vue, mais ses compagnons coururent vers le charnier. André arrivé le premier se retourna en s'écriant joyeusement :

« Ce sont des rebelles ! Les Anglais doivent être les maîtres du pays ; nous sommes sauvés ! »

Mali examinait à son tour les cadavres.

« En tous cas, dit-il, il s'est livré ici un combat, car je vois parmi ces malheureux des cipayes qui portent encore la couronne anglaise sur leurs boutons ; ceux-là n'étaient donc pas des rebelles. Vous savez qu'un des premiers ordres de Nana a été de recommander aux soldats révoltés de conserver leurs uniformes, mais d'en faire disparaître tout emblème rappelant la domination anglaise. Il est donc bien difficile de juger, d'après ce que nous voyons, quel est le parti qui a eu la victoire. Espérons qu'elle est restée à nos amis. »

Après avoir pris un instant de repos, les fugitifs s'éloi-

gnèrent de ce lieu sinistre. Ils marchèrent à travers la
plaine une partie de la journée et, vers le soir, ils atteignirent un autre grand village. Là encore la guerre avait laissé
les traces de toutes ses horreurs. Les rues étaient jonchées
de cadavres et pas une maison n'avait échappé à la torche
incendiaire. Tous les habitants avaient fui.

« C'est affreux, s'écria Berthe toute tremblante. Que s'est-
il donc passé dans ce malheureux pays? Est-il possible que
des hommes se montrent aussi sauvages!

— Ah mademoiselle ! dit le vieillard, comment puis-je
vous répondre? Quels sont les coupables? Certes, nul plus
que moi ne réprouve les horribles forfaits de mes compatriotes, et ma conduite atteste combien peu je partage leurs
sentiments. Mais ces malheureux ne sont-ils pas excusa-
bles? Autrefois ces riches plaines, ces superbes montagnes,
l'incomparable Inde en un mot, étaient leur bien, leur propriété. Leurs ancêtres y avaient construit des villes, érigé
des monuments, élaboré de sages lois et une civilisation
raffinée, alors que votre froide Europe n'était, dit-on, encore qu'un marais pestilentiel. Puis, après bien des siècles,
les Européens attirés par la renommée de nos richesses sont
venus dans ce pays, d'abord humbles, pleins de bonnes paroles. Au lieu de les chasser comme l'ont fait nos voisins
les Chinois, nous autres Hindous nous avons accueilli avec
douceur les Occidentaux, nous leur avons ouvert nos villes,
nous leur avons livré une part de nos trésors. Ils se sont insi-
nués peu à peu parmi nous, profitant de nos querelles, de
nos dissensions. Enfin, devenus les plus forts, ils ont pris
pour prétexte que notre peau était jaune, que nous adorions
des idoles; et ils nous ont tout enlevé, nos villes et nos
champs; ils ont considéré notre bien comme à eux et ils
se le sont partagé. Aujourd'hui les Hindous opprimés se
soulèvent contre leurs maîtres. Qui peut dire que ce n'est

Mali examinait les cadavres.

pas leur droit? Ce qui les condamne, c'est qu'au lieu de
se lever comme des hommes et de combattre en soldats, ils
ont rampé comme des tigres pour égorger des gens sans défense, des femmes et des enfants. Aussi toutes les honnêtes
gens se sont écartés d'eux et, quoi qu'ils fassent, les révoltés
seront écrasés. Mais encore une fois sont-ils les seuls coupables?

— Non, dit André, il faut avouer que c'est à nous autres
Européens que remonte la source de tous ces épouvantables malheurs. Une chose pourtant me console, c'est
que les Français, mes ancêtres, un moment les maîtres de
l'Inde, avaient su adoucir leur conquête au point de se faire
aimer de leurs sujets.

— C'est vrai, reprit Mali, les Français ont été pour nous
non pas des maîtres, mais des frères, et leur souvenir nous
est toujours resté cher. L'Inde entière pleure encore leur
départ. »

La petite troupe dut se contenter de trouver un abri pour
la nuit parmi les ruines du village. Mais le lendemain encore
on ne rencontra que des bourgades abandonnées. Le pays
était désert, les provisions commençaient à s'épuiser; Mali
proposa donc de tenter de sortir de cette contrée désolée,
et, au lieu de continuer leur marche vers Lahore, les fugitifs se dirigèrent vers le sud, c'est-à-dire vers Patiala.

Au bout de deux jours de marche ils aperçurent enfin un
village que la guerre semblait avoir épargné. De hautes colonnes de fumée bleuâtre s'élevaient au-dessus des maisons
et montaient lentement dans l'atmosphère tranquille. Un
instant les fugitifs crurent à un incendie, mais en approchant ils virent que toute cette fumée était produite par
des fours de potiers, autour desquels allaient et venaient
paisiblement les ouvriers. Ils s'approchèrent donc, et,
s'étant adressés à ces hommes, ils apprirent que ce village

s'appelait Tchati, qu'il était situé à dix lieues de Patiala et que sa population était entièrement composée de potiers de basse caste.

Rassurés par ces renseignements, les voyageurs entrèrent dans le village et se firent indiquer la maison du brahmane, le chef religieux de la communauté. Ce dernier, un vénérable vieillard, accueillit amicalement les fugitifs et leur offrit l'hospitalité dans sa demeure.

Mali présenta ses compagnons au brahmane, en désignant André et Berthe comme ses enfants, puis il dit à son hôte :

« Nous arrivons de Pandarpour où le vénérable Mahadji nous avait invités pour assister aux cérémonies célébrées en cette ville en l'honneur des fiançailles du prince héritier avec la Doulân Sircar, la nièce du puissant Doundou Pant, seigneur de Bihtour....

— Dites plutôt de Sa Hautesse Nana, le roi des Maharates, interrompit le prêtre. Ignorez-vous donc que celui que vous appelez le prince Doundou est aujourd'hui le maître de l'Inde, et que, après avoir chassé les Anglais de toutes les places de la vallée du Gange, il a envoyé ses armées les poursuivre jusque dans le Nord ! Déjà il s'est emparé de Delhi, de Meerut, de Patiala, et son lieutenant, le capitaine Doda, lutte en ce moment même non loin d'ici pour enlever la route de Lahore que défend encore une poignée d'Anglais aidés de quelques Sikhs.

— J'ignorais en effet cela, reprit Mali, et vous me voyez tout confondu par ces étonnantes nouvelles ; elles n'ont pas encore franchi l'Himalaya, car à notre départ de Pandarpour le roi lui-même, que j'ai eu l'honneur de voir, les ignorait. Qui aurait jamais cru que la puissance de nos maîtres s'écroulerait ainsi ? Les gens de ce pays ont donc fait cause commune avec Nana ?

— Je ne puis dire que nous ayons tous accueilli avec joie les partisans de Nana, répondit le brahmane. Qu'avons-nous à gagner à cette guerre ? Les Anglais nous laissaient paisiblement vaquer à nos affaires. Mes administrés écoulaient avec profit leurs poteries et les produits de leurs champs. Aujourd'hui, sous prétexte de nous délivrer, les gens de Nana nous ruinent ; ils brûlent les villages, saccagent les fours et pillent les vergers. C'est ainsi qu'ils ont, il y a huit jours, anéanti le village voisin de Kolar. Nous tremblons pour nous-mêmes et nous attendons anxieusement la fin de la lutte. Ce n'est pas, ajouta-t-il prudemment, que tous mes vœux ne soient pour notre souverain légitime, le haut et puissant Nana Sahib, et je prie chaque jour Karticeya, le dieu de la guerre, de lui accorder la victoire. »

Il ressortait clairement de cette conversation que le vieux brahmane inclinait sourdement pour les Anglais, mais tremblait devant les rebelles. Il eût donc été imprudent de se confier à lui ; Mali et ses compagnons résolurent, en conséquence, d'observer scrupuleusement les rôles qu'ils avaient adoptés. Cependant ils profitèrent des bonnes dispositions de leur hôte pour passer la journée à Tchati et s'y reposer de leurs fatigues.

Le soir venu, les fugitifs se retirèrent dans une des chambres de la maison du vieux prêtre, et déjà ils se livraient au sommeil, quand un coup de canon peu éloigné vint ébranler les faibles murailles de l'habitation. Ce coup isolé fut suivi de plusieurs autres, et bientôt la terre trembla sous les effets de formidables décharges d'artillerie.

« Debout, mes enfants, s'écria Mali, et fuyons ; c'est la bataille ! »

En un instant la petite troupe fut sur pied et se précipita hors de la chambre.

« C'est la bataille ! » leur cria à son tour le vieux brahmane en les voyant entrer dans la pièce où il se tenait au milieu d'un groupe de paysans. Tous ces gens, affolés par la terreur, parlaient à haute voix et se démenaient comme des fous.

« Il faut fuir, quitter le village, leur dit Mali ; si nous attendons plus longtemps, nous serons tous brûlés ici, car bientôt les boulets auront mis le feu à ces toits de chaume.

— La fuite est impossible, répondit un des paysans ; partout la bataille nous enveloppe, et sortir d'ici serait courir à une mort certaine. J'ai essayé tout à l'heure de fuir à travers la campagne, mais les balles sifflaient autour de moi comme une volée de perruches effarouchées, et j'ai dû regagner les maisons en rampant sur le sol.

— Que faire alors ? dit André qui serrait contre lui sa sœur épouvantée.

— Restez ici, dit simplement Mali, je vais aller voir moi-même quel parti nous avons à prendre. »

Il sortit et revint dix minutes après. Tous les assistants se pressèrent autour de lui.

« Je viens de faire le tour du village, dit-il ; il est en effet impossible de fuir en ce moment. La bataille nous enveloppe, mais il faut nous tenir prêt à partir ; le combat semble s'éloigner vers le nord ; peut-être d'ici à une heure pourrons-nous fuir dans une direction opposée. Quant à vous, mes enfants, dit-il à ses compagnons, restez dans votre chambre et soyez prêts au premier signal. »

Pendant une partie de la nuit, la bataille fit rage autour de Tchati ; quelques boulets frappèrent ses maisons et allumèrent plusieurs incendies qui heureusement ne se propagèrent pas. Enfin, vers le matin, l'artillerie se tut, les feux de mousqueterie semblèrent s'éloigner, et les paysans posés en vedette vinrent annoncer que les troupes anglaises battaient en retraite, poursuivies l'épée dans les reins par les soldats du Peïchva.

A cette nouvelle, tous les assistants firent retentir la chambre des cris enthousiastes de : « Vive Nana Sahib ! vive le Peïchva ! »

« Allons, vite ! partons ! » cria Mali à ses compagnons. Et saluant brièvement leur hôte, les fugitifs gagnèrent la porte. Il était déjà trop tard. Au même moment la colonne rebelle entrait dans le village. Aller à sa rencontre eût été trop périlleux. Sur un signe de Mali, les jeunes gens rentrèrent à sa suite dans la demeure du brahmane et se dissimulèrent parmi les paysans.

Un instant après, un cavalier richement vêtu, précédant une troupe de soldats déguenillés, s'arrêtait devant la maison. Il sauta lestement à bas de sa monture et pénétra dans la pièce principale, suivi de sa bande.

« Holà ! cria-t-il rudement en entrant, n'y a-t-il donc personne ici pour souhaiter la bienvenue aux libérateurs de la patrie ? Où est donc le maître du logis ?

— Me voici, dit le prêtre en accourant et s'inclinant humblement devant l'officier. Je n'étais pas averti de votre venue, et....

— Suffit ! je suis le capitaine Doda, lieutenant-général de l'armée du Nord de Sa Hautesse le Peïchva, toujours victorieux. Je viens d'administrer à messieurs les Anglais une volée dont ils se souviendront de longtemps. Mais cette nuit de combat m'a mis sur les dents et j'ai choisi ta maison pour m'y reposer. Qu'on m'apporte à boire et à manger et qu'on veille aux besoins de mes gens. Et vite ! sinon la corde et le feu aux mécontents. »

Pendant que le brahmane et ses gens, tremblant de terreur, se multipliaient pour servir le capitaine, Mali et ses compagnons cherchaient à gagner le dehors. Ils parcoururent la maison et ses dépendances sans trouver une issue. Force leur fut de revenir dans la pièce voisine de celle où étaient les soldats.

« Je vous en supplie, dit le charmeur à ses compagnons, quoi qu'il arrive, conservez votre calme et surtout tâchez que les rebelles ne vous aperçoivent pas. Restez dans cette chambre sans bouger; peut-être pourrons-nous fuir. »

Le danger était sérieux et les chances de salut paraissaient bien faibles au vieux charmeur, mais il dissimulait ces craintes aux pauvres enfants. Du premier coup d'œil il avait reconnu dans le capitaine un des plus farouches séides de Nana, celui-là même qui avait présidé au pillage de la factorerie de M. Bourquien et qui plus tard avait été chargé d'escorter Berthe à Pandarpour. Fort heureusement la jeune fille n'avait pas aperçu son ancien geôlier ; autrement elle eût compris toute l'étendue du péril que couraient elle et les siens.

Pendant ce temps, le capitaine buvait et mangeait, et, tout en engloutissant arak et pilau, il racontait aux assistants ses triomphants exploits. Il entrecoupait ses récits de pillage et de meurtre de formidables éclats de rire qui ébranlaient toute la pièce. Ce qu'il ne racontait pas, c'est que depuis deux semaines il battait en retraite devant les forces anglaises et sikhs combinées, et que cette nuit même il s'était vu sur le point d'être enveloppé, quand soudain, par une manœuvre inexplicable, les Anglais avaient lâché pied et battu rapidement en retraite. Le capitaine s'était gardé de les poursuivre, ce qui ne l'empêchait pas de crier :

« Par Kali ! je crois que nous n'avons pas épargné un seul de ces fuyards. Il fallait les voir tomber les uns sur les autres ou s'arrêter pour demander merci. Que Siva me pardonne ! mais mon bras était si las que je ne pouvais plus frapper, et je me suis contenté de faire fouler les misérables sous les pieds de mon cheval. Je vais dès aujourd'hui envoyer un émissaire porter la nouvelle de cette victoire décisive à notre fidèle allié le roi de Pandarpour.

— Précisément, dit le brahmane avec empressement, j'ai ici, dans ma maison, une troupe de Nâts qui arrivent de cette ville.

— Ah ! s'écria le capitaine, je suis heureux de cette coïncidence ; ces braves gens pourront me donner des nouvelles de mes amis et se chargeront de retourner annoncer ma victoire. Qu'on les fasse venir ! »

Mali, qui avait tout entendu de la pièce voisine, n'eut que le temps de murmurer à ses compagnons : « Ne bougez pas ! » et il entra dans la salle.

« Voici, dit le brahmane en présentant le charmeur au capitaine, un des Nâts de Pandarpour. »

L'officier laissa échapper un cri de surprise.

« Comment ! c'est toi, Mali !

— Moi-même, seigneur capitaine.

— Et que diable as-tu été faire à Pandarpour ?

— Ce que je fais partout, dit le charmeur, faire danser mes serpents et divertir le peuple par les tours d'adresse de mon compagnon.

— Et quel est ce compagnon ? continua le capitaine.

— Vous allez le voir. Miana ! » appela le charmeur. Le jeune Hindou entra dans la salle, son singe sur l'épaule.

« Salue le seigneur capitaine, lui dit Mali ; il désire t'interroger.

— Nullement, dit l'officier brusquement; sa vue me suffit. C'est à toi, Mali, que j'ai affaire. Sache que des rapports précis m'ont été envoyés sur toi de Cawnpore par Sa Hautesse Nana. Tu y es accusé de trahison, et l'ordre m'est donné de me saisir de ta personne et de te faire fusiller.

— Puis-je savoir, répondit le charmeur avec calme, comment j'ai pu mériter un châtiment aussi impitoyable?

— On t'accuse de trahir ton pays et de faire cause commune avec nos ennemis. C'est toi, dit-on, qui as fait évader M. Bourquien, l'ennemi personnel de notre maître, et c'est toi aussi qui as soustrait à notre vengeance son fils, le jeune André. Crois-tu que ces crimes ne méritent pas la mort? Mais avant de t'envoyer rejoindre tes amis les Sahibs dans le sombre Patal, je tiens à savoir ce que tu as à dire pour ta défense.

— Rien, répondit Mali ; à quoi me servirait de me défendre, puisque je suis condamné à l'avance.

— Au moins m'apprendras-tu ce que tu as été faire à Pandarpour ?

— Je vous l'ai déjà dit.

— Ah c'est ainsi ! s'écria le capitaine furieux; eh bien! tu vas mourir. Qu'on emmène ce chien et son compagnon et qu'on les fusille. Non, qu'on les pende par les pieds ; c'est une mort plus lente et digne de pareils traîtres. »

André et Berthe avaient tout entendu de la pièce voisine. Oubliant toute prudence, n'écoutant plus que leur affection pour ces deux honnêtes hommes qui allaient mourir pour eux, ils entrèrent dans la chambre. Berthe se jeta au cou du vieux charmeur, tandis qu'André se plaçait devant Miana comme pour le couvrir de son corps.

« Tuez-nous avec eux ! s'écrièrent ensemble les deux enfants, ou laissez-nous mourir seuls, car nous sommes seuls coupables. »

Il est impossible de dépeindre la stupéfaction du capitaine Doda en voyant surgir devant lui André et Berthe, surtout cette dernière qu'il croyait toujours à Pandarpour.

Berthe se jette au cou du charmeur.

Le soudard se leva chancelant d'émotion et d'une voix terrible il s'écria :

« Gardes, emparez-vous de ces hommes. Que personne ne touche à cette jeune fille. »

En un clin d'œil, Mali et les deux jeunes gens furent saisis et désarmés par les soldats.

Berthe, restée libre, se tenait debout au milieu du cercle de paysans et de gardes. Le capitaine, en proie à une rage folle, avait tiré son épée et se promenait à travers la salle en brandissant furieusement son arme. On sentait que sa cervelle obtuse essayait de débrouiller le mystérieux problème qui se posait devant lui. Qu'allait-il faire de ces hommes? Quel châtiment assez terrible allait-il imaginer? Comment avaient-ils réussi à délivrer celle qu'il avait si bien enfermée et dont il répondait sur sa tête au terrible Nana? Où la mettrait-il en sûreté maintenant? Toutes ces pensées se croisaient et s'enchevêtraient dans son esprit. On voyait que le sang lui montait aux yeux et que sa colère allait éclater terrible.

Un silence de mort régnait dans la salle. Soldats, paysans, brahmanes, contemplaient avec stupéfaction cette scène inexplicable.

Tout à coup une voix douce et fière s'éleva : c'était Berthe qui parlait.

« Pourquoi te démènes-tu ainsi, Doda, comme un tigre dans sa cage? As-tu déjà oublié ton métier et trembles-tu d'ajouter quelques innocents à la longue liste de tes victimes? Je sais que tu es incapable de pitié, et, si tu hésites, c'est que tu cherches quelle nouvelle torture tu pourrais infliger à tes prisonniers. Allons, sois généreux, frappe vite et toi-même, et que je sois ta première victime.

— Ne raillez pas, princesse, vociféra le bandit, ou devant vous je fais couper par morceaux, lentement, chacun de ces misérables. Vous savez bien que leur sort et le vôtre n'ont rien de commun. Je réponds sur ma tête de vous, et nul n'oserait toucher à un de vos cheveux.

— Tu ris, Doda, reprit courageusement la pauvre enfant; que tu le veuilles ou non, si mes amis meurent, je meurs. Regarde ceci, c'est la liberté! » et elle lui montra un stylet acéré qu'elle avait tenu caché dans sa main.

L'officier fit un geste brutal pour saisir l'arme, mais la jeune fille l'arrêta en lui disant :

« Si tu bouges, j'enfonce cette arme dans ma poitrine. Écoute ce que je vais te proposer : rends la liberté à mon frère et à ses compagnons, et je te jure, dès qu'ils seront en sûreté et hors d'atteinte, de jeter ce poignard et de me laisser conduire docilement où tu voudras. »

Doda hésitait. Il essaya encore par ruse de surprendre Berthe, mais la pauvre enfant était sur ses gardes. Alors, se voyant déjoué, le bandit s'écria : « Eh bien, puisque tu le veux, vous mourrez tous! »

Le capitaine continuait seul la lutte.

CHAPITRE XX

Un nouvel ami.

En proférant ces menaces de mort, le capitaine Doda
s'était élancé le sabre levé sur Berthe ; mais, avant qu'il pût
l'atteindre, André avait repoussé ses gardes et, arrachant à
l'un deux son cimeterre, il s'était jeté résolûment devant
sa sœur. Le lâche bandit recula et appela ses soldats à son
aide.

Il y eut un instant de confusion. Les paysans, jusqu'ici
spectateurs impassibles de la scène, gagnèrent la porte,
épouvantés. Mali et Miana dégagés s'emparèrent, l'un d'une
pique, l'autre d'une épée, et coururent se placer aux côtés
d'André, qui toujours parant les coups des assaillants avait
entraîné Berthe dans un angle de la pièce.

La petite troupe tenait vaillamment tête à la meute des soldats que leur chef, combattant au premier rang, excitait par ses imprécations. Mais la lutte ne pouvait être de longue durée et son issue était peu douteuse.

Le cercle des assaillants se resserrait de plus en plus et les fugitifs acculés à la muraille voyaient leurs mouvements entravés. Mali avait eu sa pique brisée d'un coup de hache et s'escrimait avec le tronçon. Miana et André atteints, heureusement d'une façon légère, étaient tout sanglants. Encore une minute et le crime odieux s'accomplissait.

A ce moment on entendit résonner au dehors les joyeux appels d'un clairon sonnant la charge; des coups de fusil retentirent entremêlés de clameurs et de hourras. Un des rebelles parut à la porte de la salle et y jeta ce cri : « Les Anglais ! » Ce fut le signal d'un indescriptible désordre; en un clin d'œil les compagnons de Doda se précipitèrent vers la seule issue et s'enfuirent en tumulte comme un troupeau de chacals.

Emporté par sa haine, le capitaine continuait seul la lutte. Abandonné par les siens, entendant au dehors les cris de victoire de ses ennemis, le bandit vit qu'il était perdu et que sa vengeance allait lui échapper. Alors, ivre de rage, il écarta André du revers de son sabre et, tirant un des pistolets accrochés à sa ceinture, il fit feu sur Berthe à bout portant. Mais, au moment même où l'arme partait, Mali, d'un formidable coup de bâton, avait détourné le canon, et la balle sifflant au-dessus de la tête de la jeune fille vint s'aplatir contre le mur. Simultanément André et Miana avaient transpercé de leur épée le reître un instant découvert. Doda laissa tomber son sabre et, battant l'air de ses mains crispées, roula lourdement sur le sol.

Au même instant les cipayes sikhs du corps anglais faisaient irruption dans la salle, en criant : « Maro! maro!

Doda laissa tomber son sabre.

(A mort! à mort!) » A la vue du capitaine étendu au pied
du groupe des fugitifs, ils restèrent un instant indécis, puis
ils se ruèrent l'épée haute sur ceux qu'ils prenaient pour des
rebelles.

André jeta son arme et courut au-devant d'eux, les bras
ouverts.

« Nous sommes Anglais! leur cria-t-il; voyez, c'est moi
qui ai tué cet homme, le chef des rebelles. »

Les soldats étonnés s'arrêtèrent. Un vieux sous-officier
indigène, à la longue barbe grise, s'avança prudemment, et
examinant avec attention le cadavre étendu au milieu de la
salle : « C'est vrai, dit-il, cet homme est bien celui que nous
cherchons, je le reconnais, c'est le bandit Doda ; » et il
perça de son épée le corps encore pantelant.

« Mais vous autres, demanda-t-il à André, qui êtes-vous?

— Conduis-nous devant ton chef, répondit le jeune
Français, nous nous expliquerons avec lui.

— Soit! » dit le cipaye ; et s'adressant à ses compagnons :
« Emparez-vous de ces gens et désarmez-les. Nous allons
les conduire au lieutenant Algernon. Le premier qui essaye
de s'évader, qu'on lui casse la tête. Vous autres, dit-il à
André, suivez-moi. Vous m'avez l'air de drôles d'Anglais;
mais si vous m'avez trompé, il vous en coûtera, car je dois
vous avertir que le lieutenant n'entend guère la plaisanterie. »

Nos quatre amis suivirent sans mot dire le terrible sous-
officier et, escortés par les cipayes, ils traversèrent le village.
Le combat avait été court, car on n'entendait plus que de
rares coups de feu. Des morts et des mourants remplissaient
la rue principale. On voyait que les rebelles surpris par la
soudaineté de l'attaque avaient succombé sans pouvoir se
défendre.

Berthe, en traversant cette scène de carnage, détournait

la tête devant les cadavres, mais elle marchait ferme et comme impassible, tant les terribles péripéties de cette journée avaient serré son cœur et rendu ses yeux incapables de larmes.

Le lieutenant Algernon, commandant le détachement qui venait de surprendre si aisément la troupe de Doda, avait installé sa cour martiale en dehors du village, au pied d'un gigantesque figuier banian. Les rebelles étaient amenés un à un devant l'officier, qui constatait rapidement leur identité. Puis, sur un signe du lieutenant, les soldats passaient une corde au cou du condamné et le hissaient à une des branches de l'arbre, où se balançaient déjà ses pareils.

En voyant arriver la petite troupe des charmeurs conduite par les cipayes, le jeune officier se dressa impatienté.

« Que m'amènes-tu encore là, Balou ? cria-t-il au sous-officier. Tu sais que je t'ai donné des ordres sévères pour qu'on laisse en paix les paysans, les femmes et les enfants. Nous avons assez de vrais coupables à punir. Mets ces gens en liberté.

— Mais, mon lieutenant, balbutia le soldat interpellé, nous avons trouvé ces hommes les armes à la main, et lorsque nous les avons arrêtés, ils ont eux-mêmes demandé à être conduits devant Votre Seigneurie.

— Qui êtes-vous et que me voulez-vous? interrogea le jeune officier, s'adressant aux fugitifs.

— Nous sommes sujets britanniques, répondit André dans le plus pur anglais; nous allions être massacrés par les rebelles lorsque vos hommes sont arrivés.

— Qu'est-ce à dire? dit le lieutenant avec émotion. Vous seriez Anglais et j'aurais eu vraiment le bonheur d'arracher quelques victimes à ces misérables bandits?

— Je suis, moi, reprit André, le fils de M. Bourquien, le planteur de Gandapour.

— N'est-ce pas là, interrompit l'officier, que Nana Sahib a commis son premier crime ?

— Précisément, monsieur, dit André ; mon père fut assassiné sous mes yeux par ce misérable, et j'eusse partagé son sort sans cet homme que vous voyez là, le charmeur Mali. Lui et son compagnon Miana m'ont aidé, après m'avoir sauvé, à délivrer ma sœur que Nana retenait enfermée dans le château de Pandarpour. Nous avions échappé à toute poursuite, lorsque la bataille de ce matin nous a fait tomber entre les mains du capitaine Doda, notre plus implacable ennemi. Nous allions périr, quand vous nous avez sauvés.

— Oh ! cher monsieur, dit chaleureusement le lieutenant, je ne puis vous exprimer la joie que j'éprouve d'avoir été l'instrument de votre salut. Comptez dès ce moment sur tout mon dévouement. Mais veuillez, je vous prie, me présenter à mademoiselle votre sœur. »

Et l'élégant jeune homme, s'avançant cérémonieusement vers Berthe, lui fit un profond salut, tandis qu'André avec tout le cérémonial d'usage disait :

« Miss Berthe Bourquien, permettez-moi de vous présenter monsieur....

— Louis Algernon, de Windmore Castle, lieutenant au 3ᵉ fusiliers de la Reine, ajouta l'officier, votre bien dévoué serviteur. »

Subitement les trois jeunes Européens, oubliant leurs accoutrements et l'étrange milieu où se passait cette scène, étaient redevenus gens du monde, et la présentation était faite selon toutes les règles de l'étiquette anglaise, aussi solennellement que dans un salon du West End.

« Mes soldats vont vous conduire à ma tente, que j'ai fait dresser près d'ici, dit le lieutenant aux jeunes gens ; vous y serez chez vous et pourrez vous y remettre de toutes ces terribles émotions. Quant à moi, je vais rapidement expédier ma lugubre besogne et je vous rejoins. »

André et ses compagnons s'éloignaient déjà, lorsqu'ils virent amener, traîné par des soldats, le vieux brahmane qui leur avait donné l'hospitalité. Berthe, mue par un sentiment de pitié, arrêta son frère pour assister à l'interrogatoire du vieillard et le sauver si c'était possible.

« Voici, dit l'un des soldats, un homme que nous avons saisi au milieu même d'une poignée de rebelles qui ont résisté jusqu'au bout.

— Qu'as-tu à dire pour ta défense? demanda l'officier au brahmane.

— Grâce, seigneur, s'écria le vieillard en se prosternant le front contre terre devant le lieutenant, je suis innocent et ami des Anglais.

— Tu as en tout cas une drôle de façon de nous témoigner ton amitié, dit le lieutenant.

— Je suis, seigneur, reprit le brahmane, le prêtre et le chef de ce village. Les bandits m'ont entraîné avec eux; ils m'ont mis une arme dans la main, mais je n'ai pas combattu.

— C'est ce que disent tous tes pareils lorsqu'ils sont pris, dit l'officier; ton excuse est mauvaise. Qu'on le pende !

— Arrêtez, de grâce, s'écria Berthe au moment où le nœud fatal s'abattait déjà sur les épaules du brahmane. Monsieur Algernon, cet homme vous a dit la vérité. Hier, lorsqu'il nous a accueillis dans sa maison, il ne nous a pas caché la terreur que lui inspiraient les rebelles et la secrète amitié qu'il conservait pour ses anciens maîtres. Mes compagnons peuvent appuyer mon témoignage.

— C'est inutile, mademoiselle, interrompit galamment l'officier, votre parole me suffit. Relâchez cet homme, dit-il aux soldats. Quant à toi, ajouta-t-il s'adressant au

gnons se retirèrent dans la vaste tente
de l'officier, où ils purent panser leurs égratignures et se
reposer un peu.

Le lieutenant Algernon les rejoignit bientôt. C'était un
charmant jeune homme, dont la figure blonde et douce,
encore imberbe, accusait à peine vingt ans. On l'eût pris
au premier abord pour un collégien plutôt que pour un
chef de corps sachant se faire obéir des siens et redouter
de ses ennemis.

Lorsque André et Berthe lui eurent plus amplement
raconté leurs aventures, il leur dit :

« Je suis de fort peu votre aîné. Il y a huit mois à peine,
je sortais de l'école militaire de Woolwich avec le grade de
sous-lieutenant et je recevais l'ordre de rejoindre mon corps
en garnison à Calcutta. A peine arrivé, j'entends parler de
la révolte qui vient d'éclater dans le Nord et je suis envoyé
avec le général Lawrence vers Allahabad, puis de là avec
le corps de Nicholson contre Delhi.

— Cette ville est-elle de nouveau en notre pouvoir, demanda André.

— Non, mais elle ne peut tarder de se rendre. Nos
troupes l'investissent de près et en font le siége en règle.
Une des idées les plus étranges de Nana Sahib a été, après
s'être proclamé roi des Maharates, de vouloir ressusciter

l'empire Mogol. Ses séides ont tiré du fond du palais où nous le laissions moisir un pauvre vieillard impotent et idiot, le dernier des Grands Mogols, et ils l'ont hissé sur le trône des Padichahs. Le vieil imbécile n'a encore rien compris à la chose; mais c'est aux yeux de l'Inde un fétiche que nous allons pour toujours démolir à coups de canon. Nana Sahib, qui continue à guerroyer dans la vallée du Gange, a envoyé dans ces parages plusieurs bandes pour tâcher de secourir Delhi, mais nous les avons dispersées l'une après l'autre. La dernière, commandée par un favori de Nana, le capitaine Doda, avait seule échappé, et le général Nicholson m'a détaché à sa poursuite. Les officiers étant rares, j'ai reçu l'épaulette de lieutenant et le commandement du corps expéditionnaire. Depuis un mois je cours ainsi le pays après l'insaisissable Doda. Plusieurs fois j'ai pu le rejoindre, mais il s'est toujours dérobé après un court engagement. La nuit dernière, je l'ai attaqué à l'improviste; puis, voyant qu'il allait encore m'échapper, j'ai simulé une retraite précipitée. Ma tactique l'a trompé et mes espions m'ont appris qu'il s'était installé après la bataille dans ce village. Ce matin, au point du jour, je suis revenu au pas de course, mais sans vous le brigand m'échappait encore. Je vous félicite, monsieur, de votre beau fait d'armes; vous nous avez débarrassés d'un bien ennuyeux ennemi.

— J'en suis fort heureux, dit André, et je voudrais que son scélérat de maître eût été avec lui.

— Oh! n'ayez crainte, reprit le lieutenant, il aura son tour, et nous le pendrons «haut et court», ainsi que disent nos gens de loi. Grâce à vous, ma mission est terminée, le pays est pacifié, les bandes sont dispersées, et je vais pouvoir reprendre le chemin de Delhi. Vous y viendrez avec moi, et de là vous serez à même de gagner quelque asile sûr.

— Nous acceptons de grand cœur votre offre, dit André.

— Une seule chose me désole, ajouta l'officier, c'est de ne pouvoir donner à miss Bourquien un costume plus approprié à son rang. Je pourrais à la rigueur partager mes vêtements avec vous, monsieur, mais ne prévoyant pas que j'aurais à sauver une aussi vaillante héroïne, je ne me suis point muni de la garde-robe indispensable.

— Qu'à cela ne tienne, dit Berthe en riant, j'attendrai pour trouver une couturière d'être à Delhi. Ce costume a servi à me rendre la liberté, je le porterai encore quelque temps sans peine. »

Le lieutenant Algernon voulut laisser ses hôtes prendre un repos bien gagné, et il ne leva le camp que le lendemain. Il se mit en tête de la colonne, accompagné de Berthe et d'André à qui il avait donné de superbes chevaux provenant des chefs rebelles. Miana, à sa grande joie, put aussi caracoler à côté de ses jeunes maîtres, sur un beau coursier noir, tel qu'il l'avait toujours rêvé ; Hanouman prit place en croupe. Quant au vieux Mali, il préféra s'installer sur un des fourgons de bagages, sans oublier la bonne Sâprani, restée au milieu de tous ces événements dans sa cachette habituelle, et dont les tours, durant la marche, ne contribuèrent pas peu à attirer sur le charmeur toute l'admiration des cipayes siks.

Grâce au lieutenant Algernon, le voyage fut des plus gais. Le jeune homme s'efforçait par ses joyeux propos de rendre la confiance à ses nouveaux amis ; il leur démontrait la révolte comme terminée ; le pays pacifié, ils pourraient se mettre à la recherche de leur père qui devait être caché et qu'ils retrouveraient sûrement. Enfin son intarissable bonne humeur avait fini par gagner ses jeunes compagnons, et toutes les vicissitudes passées étaient déjà oubliées.

Dix jours après, la colonne arrivait en vue de Delhi.

Depuis quelques heures le bruit continu de l'artillerie avait averti les voyageurs de leur approche de la ville assiégée. Arrivés au sommet d'une colline, ils virent se dérouler devant eux le superbe panorama de la ville impériale, avec ses innombrables minarets, ses dômes, ses clochetons s'élançant au-dessus de la formidable enceinte de remparts. Les pièces garnissant les murailles tiraient sans relâche; l'artillerie anglaise leur ripostait avec ardeur. Soudain les spectateurs virent de longues colonnes rouges sortir du camp anglais et se diriger rapidement vers la ville au milieu du bruit du canon et de la mousqueterie.

« On va tenter l'assaut, » s'écria le lieutenant Algernon plein d'enthousiasme, et, se tournant vers ses soldats : « Allons, mes enfants, au pas de course, nous arrivons à temps. Vive l'Angleterre ! »

Ce cri fut mille fois répété par les cipayes, qui s'élancèrent à la suite de leur chef.

La petite colonne mit cependant une demi-heure à traverser la plaine brûlée par le soleil qui la séparait du camp anglais.

Sans s'arrêter au quartier général pour prendre des ordres, le lieutenant se dirigea en toute hâte vers la ville, laissant ses fourgons de bagages en arrière.

« Laissez-moi vous suivre, Algernon, lui dit André ; confiez-moi une arme et vous verrez si je suis digne de combattre pour ma patrie adoptive.

— Eh bien, prenez un sabre et suivez-moi, dit le lieutenant; quant à vous, mademoiselle, veuillez rester sous la garde de vos fidèles Mali et Miana, avec l'arrière-garde. »

Le jeune officier tira son sabre et s'élança en avant suivi d'André et de ses cavaliers.

Ils passèrent ainsi au pied d'un tertre au sommet duquel se tenait le général Nicholson, suivant la marche de la bataille. En voyant défiler la petite colonne, le général et son état-major saluèrent. Un instant après, les nouveaux arrivants s'avançaient au milieu d'une grêle de balles.

Tout l'effort de la bataille se portait sur la porte de Cachemire que les boulets avaient fait sauter la veille. Les rebelles massés sur la brèche défendaient avec rage cette issue, et, malgré leur opiniâtreté, les régiments anglais ne réussissaient pas à ébranler cette muraille vivante. Mais il faut souvent peu de chose pour changer l'issue d'une bataille ; en entendant les hourras des cavaliers d'Algernon, en apercevant l'uniforme rouge des soldats sikhs, les rebelles crurent que les Anglais venaient de recevoir des renforts considérables ; ils lâchèrent pied un instant, et cet instant suffit aux troupes anglaises pour forcer la porte et entrer dans la ville.

Dès lors la victoire était assurée. Algernon et André s'étaient lancés dans la mêlée et sabraient maintenant à tour de bras les rebelles en fuite. La ville était prise ; bientôt l'étendard vert aux poissons d'or, qui flottait sur le palais impérial, fut remplacé par le jack britannique.

Après une heure de lutte, le lieutenant Algernon rallia ses hommes et reprit la route du camp. Ayant combattu sans ordres, il ne pouvait tarder plus longtemps de rejoindre son arrière-garde et de se présenter au général.

André, noir de poudre, ses vêtements déchirés, avait plutôt l'air d'un bandit ou d'un rebelle que du compagnon de l'officier auprès duquel il chevauchait.

Aussi, dès que le général Nicholson, qui avait mis pied à terre près la porte de Cachemire, aperçut le lieutenant et son étrange compagnon, il cria au jeune officier :

« Mes félicitations, Algernon, vous êtes arrivé juste au bon moment et votre initiative nous a bien servis. Sitôt que vous aurez un peu plus de barbe au menton, nous vous

nommerons capitaine. Mais qui diable m'amenez-vous là ?
ajouta-t-il en désignant André qui avait mis pied à terre et
se tenait modestement derrière son camarade. Je croyais
avoir dit de n'épargner aucun rebelle trouvé les armes à la
main, et j'aperçois le sabre de celui-ci tout ensanglanté.

— Pardon, mon général, dit vivement le lieutenant, mon
ami André Bourquien n'est pas un rebelle, c'est un loyal et
courageux jeune homme qui a bravement combattu pour
nous. »

Les paroles du lieutenant avaient été prononcées d'une
voix si vibrante, avec un tel accent de sincérité, que le général tendit la main à André. Mais déjà un officier supérieur, qui s'était retourné au bruit des paroles, avait couru
au jeune Français et l'avait serré dans ses bras, puis, se
tournant vers le général, s'était écrié : « C'est mon fils ! mon
brave André ! »

La scène avait été si subite, que le brave enfant s'était
trouvé dans les bras de son père avant même de l'avoir vu ;
suffoqué par l'émotion, il ne put que murmurer : « Mon
père ! » et il s'évanouit.

M. Bourquien, l'enlevant dans ses bras, l'emporta jusqu'à la tente du général, et là quelques soins firent revenir
le jeune homme à lui.

Le premier mouvement de M. Bourquien, quand son
fils ouvrit les yeux, fut de lui dire d'une voix tremblante :
« Et Berthe ?

— La voici ! » répondit le lieutenant qui entrait dans la
tente suivi de la jeune fille et des charmeurs.

Comment décrire la joie de ce père, de ces enfants, en se
retrouvant après une séparation que chacun avait crue éter-
nelle. Après avoir écouté le récit rapide de ses enfants, récit
pendant lequel il serra au moins vingt fois dans ses bras le
bon Mali et son ami Miana, M. Bourquien raconta com-

ment, profitant du désordre qui avait suivi la prise de la
factorerie, il avait pu se traîner dans la jungle ; rejoint par
un de ses serviteurs, il avait gagné Agra, où le gouvernement organisait une milice de volontaires dont on lui donna
le commandement ; depuis, il avait combattu avec acharnement pour venger ses enfants qu'il croyait morts.

ÉPILOGUE

Onze ans après les événements que je viens de raconter,
au mois de juillet 1868, me trouvant à Cawnpore, un officier anglais de la garnison me conduisit visiter les ruines
du château de Bihtour saccagé par les troupes d'Outram.
Comme nous revenions de cette excursion, mon ami me
proposa de me faire visiter une factorerie voisine.

« La factorerie de Gandapour est la plus belle du pays,
me dit-il, et elle vous intéressera d'autant plus qu'elle
appartient à un de vos compatriotes, M. Bourquien. Nous
sommes sûrs d'y être bien reçus ; il n'est pas de maison plus
hospitalière que celle-là, et en outre le gendre du propriétaire, le capitaine Algernon, est un bon ami à moi. »

Nous fûmes accueillis, en effet, à Gandapour avec une
cordialité touchante. M. Bourquien, tout heureux de pos-
séder un Français, voulut me garder près de lui quelques
jours. Éloigné moi-même de mon pays depuis cinq ans, il
me semblait retrouver la patrie dans ce coin de l'Inde. C'est
ainsi que je fis connaissance des héros de la véridique histoire que je viens de rapporter. André, devenu un grand et
beau jeune homme, dirigeait la factorerie reconstruite et
agrandie, avec l'aide de son beau-frère, le capitaine Algernon, qui avait quitté l'armée pour épouser Mlle Berthe
Bourquien. Miana, rendu libre par la mort d'Hanouman,
avait été élevé au rang de contre-maître et de majordome

et dirigeait tout le nombreux personnel. Quant à Mali,
c'était maintenant un pauvre vieillard, tout cassé, passant
ses journées au soleil à conférer avec Sâprani, la bonne
cobra, toujours vive et alerte.

Un jour que je causais avec le vieux charmeur, nous
vîmes M. Bourquien traverser en courant la grande ave-
nue de la factorerie, suivi de ses petits-enfants dont les éclats
de joie remplissaient le bocage ; leur mère, Berthe, venait
derrière, calme et joyeuse.

« Et tout cela est ton œuvre, dis-je à Mali, en lui montrant ce ravissant tableau de bonheur et d'espérance.

— Non seigneur, me répondit le charmeur, je n'ai été
que l'humble instrument ; celui qui avait envoyé les nuages
les a dissipés, et le soleil ne brille jamais d'un plus vif éclat
que lorsque ses rayons ont percé la nuée. »

TABLE DES MATIÈRES

FIN DE LA TABLE DES MATIÈRES

PARIS. — IMPRIMERIE E. MARTINET, RUE MIGNON, 2